dtv

Ein junger Mann, im diplomatischen Dienst der Schweiz in Berlin stationiert, reist auf Schiffen rund ums Mittelmeer, um seinen griechischen Vorfahren nachzuspüren. Als Zukkerbäcker waren sie von Griechenland nach Alexandria in Ägypten aufgebrochen und haben dort eine in der ganzen Levante berühmte Konditorei und Zuckerbäckerei geführt. Als sie Ägypten fluchtartig verlassen mussten, emigrierte die Familie in die Schweiz. Einzige Hinterlassenschaft des einst stolzen Backhauses ist ein Rezeptbuch, das aber nicht mehr im Besitz der Erben ist. Man weiß nur darum, und man weiß auch, dass dieses Buch die geheimsten Rezepte für die Herstellung der gefragtesten Köstlichkeiten enthält. Der Erzähler macht sich auf, dieses Rezeptbuch zu finden: eine Odyssee, die ihn durch nahezu alle Hafenstädte des Mittelmeerraums führt. Von Naschwerk ist die Rede, von den Gerüchen in den unterschiedlichsten Mittelmeerstädten, und fast nebenbei entsteht die Geschichte einer Liebe und die einer Trennung.

Perikles Monioudis wurde 1966 in Glarus, Schweiz, geboren und zog nach dem Studium der Soziologie und Politologie an der Universität Zürich für zwölf Jahre nach Berlin. Für seine in mehrere Sprachen übersetzten Romane und Erzählbände wurde er mit zahlreichen Auszeichnungen bedacht, darunter der Preis des Schweizerischen Schriftstellerverbandes und der Conrad-Ferdinand-Meyer-Preis. Monioudis lebt mit Frau und Kindern in Zürich. Zuletzt erschien von ihm der Roman ›Frederick‹ (dtv, 2016) über den berühmtesten Stepptänzer der Welt, Fred Astaire.

Perikles Monioudis

Land

Roman

dtv

Von Perikles Monioudis ist bei dtv außerdem erschienen:
Frederick (28079)

Als E-Book sind erschienen:
Deutschlandflug
Freulers Rückkehr

Ausführliche Informationen über unsere Autoren und Bücher
www.dtv.de

MIX
Papier aus verantwortungsvollen Quellen
FSC® C019821
FSC www.fsc.org

2017 dtv Verlagsgesellschaft mbH & Co. KG, München
Die Originalausgabe erschien 2007 im Ammann Verlag, Zürich

Umschlaggestaltung: Wildes Blut, Atelier für Gestaltung,
Stephanie Weischer unter Verwendung
eines Fotos von Trevillion Images / Maja Topcagic
Gesetzt aus der Adobe Caslon
Satz: Katrin Uplegger, dtv
Druck und Bindung: Druckerei C.H.Beck, Nördlingen
Gedruckt auf säurefreiem, chlorfrei gebleichtem Papier
Printed in Germany · ISBN 978-3-423-14543-5

Für Dana

από πού κι ως πού
πώς και πόσα

von wo nach wo
wie und wieviel

1

Nach dem Abendessen ging er nun, die Brise im Rükken, die Straße hinunter und erreichte einen ausgedehnten, mit Flutern erhellten Platz. Nur kurz versuchte er, sich den Stadtplan von Alexandria zu vergegenwärtigen, den er im Hotel, auf dem Nachttisch, liegengelassen hatte. Er schmeckte das Salz in der Brise. Der Reisende atmete auf, als ob er erst in diesem Augenblick am anderen, südlichen Rand des Mittelmeers angelangt wäre.

Als er sich umdrehte, stieß er gegen die hölzerne Bank. Einige Dutzend Sitzreihen waren vor der Bühne aufgestellt. Er betrachtete die alten Menschen, die vielen Familien und Gruppen junger Männer. Sie mußten, neugierig, wie sie sich umsahen, von den Dörfern im Nildelta angereist sein. Die bunten Beleuchtungen, Glühbirnen, an den Seiten des Platzes die Stände, an denen Erdnüsse geröstet und Maiskolben gebraten wurden. Er kaufte eine Handvoll Pistazien. Von hier also kam die Musik, die er schon von weitem, Straßen entfernt, gehört hatte: vom Band, aus aufgestapelten Lautsprecherboxen, schwarze, mannshohe Türme, links und rechts der Bühne mit Seilen an den ausgewachsenen Gummibäumen und Palmen festgemacht.

Wie auf einen Befehl hin füllten sich die Reihen. Die

Menschen blinzelten, sie hielten die Hand vor die Stirn, die Scheinwerfer waren zum guten Teil auf sie und auf die Stände gerichtet, wo sich die Ansammlungen nun aufgelöst hatten. Sie bewegten die Lippen zum Text, schlossen die Augen, mit den Fingern schlugen sie den schleppenden Rhythmus, auf das Knie, mit der Sohle auf den gewalzten Sand.

Er mochte diese Musik. Er merkte, daß er sie vermißt hatte, nicht sehnsüchtig, eher erfüllte sich dabei eine lange währende Vorfreude. Von der Sängerin mit dem kratzigen Alt besaß sein Vater mehrere Kassetten, blau und rot arabisch beschriftet. Mit zwölf hatte der Junge eine nach der anderen abgespielt. Daß ihn diese Musik zum Tanzen gebracht, ihn übermütig die Hüften kreisen und die Arme in die Luft hatte werfen lassen, verwunderte ihn heute. War sie ihm näher als die Schullieder deutscher Sprache gewesen, näher als die Schlager im Fernsehen, vorgetragen von Einheimischen, von Menschen, die ihm nur außerhalb des Elternhauses begegneten?

Er öffnete eine Pistazie und warf sie, wie er es hier beobachtet hatte, aus dem Handgelenk in den Mund. Die Hülsen steckte er in die Hosentasche, die er, als sie sich zu füllen begann, neben einer Palme ausschüttelte. Die Pistazien schmeckten. Er sollte vielleicht ein Pfund auf Vorrat kaufen – doch wann würde er hier die Möglichkeit haben, Kadaifi oder Baklava zuzubereiten?

Er versicherte sich der Brieftasche im Jackett, kam sich gleich kindisch vor, man hatte es nicht auf seine Brieftasche abgesehen. Woher diese Befürchtung, fragte er sich. Er machte ein paar Schritte und setzte sich ans Ende einer Bank, neben eine Familie; hier, im Orient, wo auch er in der

Lage war, für sich Unterscheidungen zu treffen und sich in diesen eingebildeten oder tatsächlichen Unterscheidungen als das zu sehen, was er nicht war: ein auf Anhieb Eindeutiger.

Der Mann mit dem Samowar auf dem Rücken bot ihm das leere Glas an, ließ sich nicht abweisen. Der bittere schwarze Tee war noch warm. Der Reisende gab das leere Glas zurück, kramte Augenblicke später schon wieder in der Innentasche des Jacketts, nach einem Schein für das Ticket, das ihm ein Alter in einem verschlissenen braunen Anzug in die Hand drückte. Er konnte den Schriftzug auf dem Papierstreifen mit Mühe lesen, kam sich dabei erneut wie ein Ungebildeter vor.

Er erinnerte sich an den Moment, da er, mit zwölf oder etwas älter, verstanden hatte, daß er nicht alles über die Welt wissen konnte. Der Junge lag auf dem Bett, dachte nach, blickte in sich, flößte sich selbst eine kindliche, scheinbar grenzenlose Kraft ein, die immer wieder einen Größenwahn, einen doch höchst eigenen Wahn, eine Art phantastischer Ekstase hervorbrachte: den Kapitän auf den Weltmeeren verlangte es nach Betätigung, den einsamen Beduinen nach Beanspruchung, den großen Erfinder nach Herumgehen, Reisen.

Der Wahn endete öfter unter dem Bett, wo der Junge sich jahrelang mit Vorliebe ausgestreckt hatte, oder dann gleich auf dem Bett, das französisch gemacht war, mit weißem Laken, einem weiteren Laken und der dünnen, blauen Schlafdecke. Nachts kam die Daunendecke drauf, tagsüber, während sie neben dem Daunenkissen im Bettschrank am Kopfende verstaut war, der weinrote Überwurf. Da lag er und starrte mit innerem Blick an die Zimmerdecke.

Das Bett war gemacht wie in einer Schiffskabine. Der Junge verbrachte Stunden auf dem Bett und jagte sich selbst namenlose Angst ein. Er fürchtete sich davor, zu sterben oder daß seine Mutter, eines seiner Geschwister, sein Vater sterben würde. Er hätte wohl sein Leben hingegeben, um Unheil von ihnen abzuwenden. Der Tod, vielleicht auch nur dessen Schatten, beschäftigte ihn maßlos. Besessen aber war er von der zu entdeckenden Welt. Ihre Kehrseite, die schon entdeckte Welt, begriff er als Tod, als letzte Einsamkeit.

Die Stadt ging dem Jungen nicht aus dem Kopf. Früher oder später würde er in die Stadt, nach Zürich, ziehen, vielleicht in eine noch größere, in eine viel größere Stadt, nach Chicago, nach London oder Berlin.

In Zürich fuhren Straßenbahnen, die Stadt war beleuchtet, er sah dort Kaufhäuser und Gesichter, die er noch nie zuvor gesehen hatte. In der kleinen Kantonshauptstadt war ihm nichts und niemand fremd; alle, die er kannte, kannten ihn.

Die kleine Stadt, sosehr er sie liebte, sosehr er den Jahreszeiten mit ihren Veränderungen und, zu Sankt Nikolaus, zu Weihnachten, zu Ostern, den Ritualen anhing, so sehr wünschte er sich in die große Stadt, wo er die Zimmerdekke gegen die vielen Straßen und Plätze würde eintauschen können, die Berge gegen die Straßenzüge.

In einer Umgebung, die nur das von ihm wußte, was er selbst von sich zeigte, würde er in Bedrängnis geraten, das ahnte er schon damals. Unterschiedslos würde man ihn zu Selbstbezichtigungen des Fremden drängen, bis er seine fremde Herkunft haßte. Er beglückwünschte sich, hier, am Mittelmeer, zum großen Erfolg, mit dem er als Jugendlicher den einheimischen Habitus nachgeahmt hatte. Er kaute Pistazien, schaute sich um.

Er fragte sich, was es mit jener kindlichen Ahnung auf sich gehabt hatte, der ekstatischen Phantasie, die er längst nicht mehr herbeisehnte, dem Kapitän, den Beduinen, dem großen Erfinder. Vom Scheinwerferlicht geblendet, überlegte er, ob diese Ahnung so etwas wie ein Instinkt sein konnte, der immer genauer befolgte Instinkt, mit dem er sich Menschen zu- oder abwandte.

Die Bühne war groß genug für ein Blasorchester, dachte er, vielleicht wurde sie dafür gebaut. Als Kind hatte ihm sein Vater immer wieder die Lebensgeschichte des Big-Band-Leaders Glenn Miller erzählt. Sie fing an mit den Erfolgen während des Krieges und endete, unweigerlich, mit der Schlacht in El-Alamein und der kleinen Musikkapelle, einer Band, mit der sein Vater in Alexandriner Nachtklubs gespielt hatte, in seiner Freizeit an Hochzeiten, Trompete und Kontrabaß.

Der Junge verstand nur, daß die Gattin zu Hause auf Miller gewartet hatte, während die US-amerikanischen Truppen in Übersee waren – hier. Auf jener Schallplatte mit der roten Hülle lächelte Miller im nachtblauen Anzug, eine Posaune im Arm. Das Bild war ihm im Gedächtnis haftengeblieben, er hätte gern gewußt, weshalb.

Eine andere Geschichte, die sein Vater gern erzählte, handelte von jener ägyptischen Sängerin, die in den siebziger Jahren starb. Umm Kalsum war ein kratziger, sonorer Alt, eine Stimme wie aus dem Märchen oder doch aus dem, was der Junge dafür hielt. Wenn Umm Kalsum im Radio sang, ließen die Menschen alles stehen und liegen, versammelten sich vor den Apparaten, die sie auch vor die Fenster banden. Der Verkehr kam zum Erliegen, falls die Autos nicht schon vor dem Friseur, auf Plätzen, bei den Märkten verlassen worden waren, ihre Fahrer nicht längst im Kaffeehaus der Stimme harrten, die jetzt, nach der Ouvertüre – nervöse Streicher, schlichte Tamburine, Schellen – anhob und ein tausendfaches Echo hervorrief: Ya-habibi; Auftakt und Begrüßung zugleich: Ach, mein Freund.

Umm Kalsums weinerlicher, so mütterlicher wie lokkender Gesang dauerte eine halbe Stunde, versetzte die Männer in ein stummes Hochgefühl, entrückte sie in den Tarab. Weit davon entfernt, eine geistige Führerin zu sein, war sie Ursprung und Erfüllung jeder flehentlichen Sehnsucht, begleitet im orientalischen Takt von Schalmeien und Celli, von den Zwischenrufen der Tonleute und Studioangestellten.

Auf der Bühne, beim Mikrophonständer, tat sich noch immer nichts. Er hörte Umm Kalsums Stimme und sah, wie die Menschen in sich gekehrt, die meisten mit geschlossenen Augen, in den Reihen saßen. Daß Umm Kalsum auftreten würde, war unmöglich, dennoch schienen sie mit dieser Erwartung gekommen zu sein, in der Hoffnung, jemanden zu hören und zu sehen, der die Stille, die nun eintrat, für die Dauer eines Menschenlebens aufheben konnte: Ya-habibi. Das war keine Aufnahme, nochmals: Ya-habibi. Die Streicher setzten ein, auch sie nicht vom Tonband, die Musiker saßen wohl hinter der Bühne, als ob diese große, stabile Bühne für eine einzige Person gebaut worden wäre: eine zierliche Person im weißen Abendkleid, Mitte Zwanzig, ein gelbes Seidentuch in der Hand. Ya-habibi, sang sie, die Menschen antworteten ihr, fingen an, im Takt in die Hände zu klatschen. Die junge Frau sang Umm Kalsums Lied, das zuvor vom Band gekommen war – das hatten sie nicht für möglich gehalten. Sie sahen in ihr Umm Kalsum, das Alter stimmte, es konnte nur Umm Kalsum sein.

Kaum war sie abgetreten, fielen sie einander um den Hals. Sie hatten Umm Kalsums Wiedergängerin erlebt, in dem Augenblick, da sie es wurde. Er erkundigte sich nach dem Namen der Sängerin, man antwortete ihm: Amal Mäher.

Die Menschen tanzten in den Straßen, skandierten den neuen Namen, die Nachricht verbreitete sich schnell. *Er* kehrte ins Hotel zurück.

Die Rezeptionisten sahen ihn an, als ob er etwas Kostbares besäße. Sie hatten nicht erwartet, daß heute, bei der dritten derartigen Veranstaltung in zehn Jahren, die Wiedergängerin erkannt werden würde.

Im Zimmer standen schon wieder eine Flasche Wasser und Obst auf dem Schreibtisch. Er gab dem Pagen, der vor der Tür auf seine Ankunft gewartet hatte, einen Einpfundschein vom Bündel in der Hosentasche. Dann setzte er sich auf den Balkon, schaute aufs Meer hinaus, ein paar Stockwerke unter ihm die Corniche.

Das nächtliche Ereignis hatte den Verkehr lahmgelegt, die meisten Fahrer hupten. Die Menschen hüpften auf den Autos; in den Straßen von Alexandria kein Durchkommen.

Er schloß kurz die Augen. Weiter vorn, am kurzen Kap, lag einst die Konditorei seines Großvaters. Er hatte ein paar Fotos von dem Laden mitgebracht und hoffte, das Rezeptbuch, das alte, von Hand zu Hand weitergereichte Album zu finden. Beschlagnahmt, war es vermutlich zu einer anderen Patisserie gelangt, kostbar, wie es war. Die Zollbeamten behielten den Besitz – Schmuck, Silber, Kleider,

Bettwäsche – derer, die Ägypten damals verlassen mußten, für die Vorgesetzten und für sich selbst zurück.

Seine Geschwister wünschten, daß er sich einen Überblick über die verstreuten Besitztümer verschaffte, vor allem über die zyprischen Grundstücke, die französischen Möbel ihrer Großeltern, das Familiensilber.

In wessen Hände mochte das großformatige, in Leder gebundene, bestimmt längst auseinandergefallene Rezeptbuch, die Zuckerbäckersammlung seiner Familie, gelangt sein?

2

Die orangefarbenen Gardinen vor den Fenstern leuchteten im Licht des Vormittags. Er ging auf den Balkon, schaute übers Meer. Schlaftrunken, hielt er die Einsamkeit für einen Verstoß, wenn er auch nicht hätte angeben können, wogegen.

Im hellen Frühstücksraum begrüßte er, gegen halb elf, die arabischen Geschäftsleute. Er setzte sich an einen der straßenseitigen Tische, unter den Deckenventilator, dessen lange Blätter stillstanden. Von neuem bemerkte er die Autos, die einspännigen Kutschen, die ungezählten Taxis auf der Corniche – sollte auch er besser sagen, Straße des 26. Juli 1952?

Alles war, wie denn sonst, noch da; nur Bestätigung dessen, was er gestern schon gesehen hatte, die eiligen, die schlendernden, die mit dem Rücken zur Stadt auf der Uferbefestigung sitzenden Menschen, die vielen Arbeitslosen, die Müßiggänger. Über das Meer blickend, sahen sie, was auch er sah: Grünlich lag es, bei bewölktem Himmel, da, nur leicht gekräuselt, hinausreichend zum Fort Kaitbai ganz links, in der Mitte zum Offenen hin, zum Horizont.

Im Schlaf der vergangenen Nacht hatte sich ihm die deutliche Vorstellung aufgedrängt, der Horizont, die einmal weiße, dann graue, dann gelbliche waagerechte Linie werde in endlicher Staffelung dicht, tief und fest, noch bevor er, auf hoher See, gewiß auch von hier, von Alexandria aus, tatsächlich festen Boden erreichte; ohne einen anderen Grund als den, mit dem Fuß aufzusetzen – nicht zur Probe, sondern um des Trittfassens selbst willen, wie als Kind, beim Himmel-und-Hölle-Spiel, als Aufsetzen und Abspringen noch eins waren.

Er ließ sich mit Kardamom versetzten Filterkaffee und Mokka bringen, aß vom Rührei mit Speck, das die junge Kellnerin aufgetischt hatte, blickte übers Wasser, ganz nach vorn. Die entfernte weiße Linie wollte sich ihm als ein erster Landstrich jenseits des Meers zeigen, als Küste Kleinasiens; weiter westlich die Ägäis, noch weiter westlich das Ionische Meer, Catanzaro, Taranto, Häfen ohne allgemeinen Belang, weiter die Enge zwischen Sizilien und dem italienischen Festland, Messina, dahinter Neapel.

Der Voreiligkeit, die ihn auf Schiffen überkam, pflegte er mit einer Art Dämmerzustand zu begegnen, auf dem Promenadendeck an die Reling gelehnt oder im Gesellschaftsraum, allein, ohne Interesse, Bekanntschaften zu machen. Die ungerichtete Erwartung vor der Schiffsreise hatte sich auch diesmal schnell gewendet, in eine ebenso große Langeweile, die er schon als Junge auf Schiffen kannte. Er lenkte auf diese Weise, heute im Frühstücksraum, in die Maßlosigkeit ein, die das Meer nun einmal darstellte; auch das Schiff lenkte stets ein, vorgeblich willenlos, ohne aufzubegehren, um dann doch an der erwarteten Küste anzukommen – ganz so, wie der Junge, mit seinen Eltern und Geschwistern wieder einmal auf dem Mittelmeer unterwegs, im Urlaub von Ancona nach Patras, von Limassol nach

Haifa oder Rhodos kam, ganz so, wie es ihm war, wenn er sich auf dem Mittelmeer wußte, die angepeilte Küste eine Nacht lang entfernt, und nur gelegentlich ein anderes, kreuzendes Schiff. Unfreiwillig kündete es von der Stadt, die es verlassen hatte.

Er ließ sich eine Flasche Wasser bringen und winkte dem Pagen an der Tür, der, beauftragt, eine Zigarette zu beschaffen, mit einer Auswahl auf dem Tablett zurückkehrte. Der Reisende fragte, welche die einheimische sei, steckte dann die stark parfümierte, filterlose Zigarette an, auf die der Page mit halb ausgestrecktem Finger gedeutet hatte. Die Zigarette hinterließ einen Geschmack, den er mochte. Er erinnerte ihn an die Pistazien, die er vergangene Nacht gekauft hatte.

Er stellte sich später auf den Balkon, verließ dann schnell das Hotel.

Die Taxifahrer boten ihm draußen auf den Stufen ihre Dienste an, nacheinander. Er empfand die Schritte in der Stadt als Wohltat, obwohl er vorhin noch die Absicht gehabt hatte, sich zum Stadtteil Ibrahimija fahren zu lassen. Auf dem Saad-Zaghloul-Platz schloß er die Augen, einen Moment lang; daß Alexandria eine Hafenstadt war, zeigte sich auch so.

Er versuchte, den salzigen Geschmack der Luft von den Abgasen zu trennen. Schon als Junge hatte er sich bemüht, Geräusche zu unterscheiden, wechselweise nur eines wahrzunehmen. Er wandte den Kopf zum Meer, von der Wasserlinie zur Stadt hin, das Kinn in die Höhe gereckt, als horchte und röche er, da, und dort, in die Richtung des übervölkerten Stadtrands mit den Behausungen, den Zeltplanen und Wellblechdächern, viel weiter noch ins fruchtbare Nildelta. Er strich sich dabei über die Krawatte, auf die er unterwegs selten verzichtete. Mit Krawatte wurde er weniger angesprochen, sie spendete eine Art Reisesegen.

Er ließ sich durch die Angebote der Schuhputzer nicht aufhalten. Vor einer Patisserie blieb er stehen. Wenn er auch auf Anhieb eine gefunden hatte, waren da noch andere, das Pastroudis etwa, das Athinaios, wie er wußte. Vom Gehsteig aus konnte er nicht viel erkennen, die grünen Gardinen hier, die roten dort versperrten ihm den Blick durch die Scheiben ins Innere. Die Vitrinen mit dem Zukkergebäck, die beschürzten Angestellten, die roten Läufer auf dem Marmorboden konnte er nur sehen, wenn die Tür ging. Eine junge Ägypterin trat mit schnellen Schritten heraus, unvorteilhaft geschminkt. Den Karton unter ihrem Arm zierte eine rote Schleife, die in der Brise zitterte.

Er faßte den Entschluß, die Patisserien in Kürze aufzusuchen, dann ging er weiter. An der Frau mit dem Karton haftete außer dem Parfüm jener süße Geruch, den er von zu Hause kannte. Wenn sein Vater buk – er buk, als der Reisende ein Junge war und auch später oft –, verbreitete sich der Duft nach gebrannten Mandeln, nach Vanille, Zimt, Schokolade aus der Küche in alle Zimmer, in die Schlafzimmer der Kinder, kroch in die Spielzeugkisten, in die Schränke.

An der Ecke standen zwei Dutzend Männer, jeder für sich, eine Zeitung in der Hand. Sie warteten auf das Mittagsgebet. Während es, wie ihm wieder aufgefallen war, hier üblich zu sein schien, daß die Menschen im allgemeinen eher näher zusammenstanden, hielten die Männer vor dem Beten voneinander Abstand. Er wollte die Wartenden umgehen, sah zur meernahen Ecke des Platzes hinüber, tat es dann doch den anderen nach: Auf dem kürzesten Weg, durch die Wartenden, gelangten sie, an der Patisserie Délices, anschließend an der Patisserie Le Grand Trianon vorbei, zur Ramleh-Station. Hier fuhr die Straßenbahn.

Seine Mutter hatte ihm in der kleinen Kantonshauptstadt von dieser Station erzählt. Eine Straße vom Meer entfernt, war der Bahnhof das tägliche Ziel der Schülerin gewesen, dann der jungen Frau, begeistert von französischen Schuhen, den Moden aus Paris, den Essenzen der Parfümgeschäfte. Das französische Deodorant, das sie neben der Station kaufte, wurde viele Jahre später – wie zu ihrer Belustigung – in der Schweiz als Nouvauté gefeiert.

Er schrieb es dem Hang seiner Mutter zum Vornehmen zu, daß sie, von ihren eigenen bescheidenen Einkünften lebend, auf ihr Äußeres achtete. Sie mußte diesen Hang von ihrem Vater haben, der seine Möbel aus Paris herbringen ließ. Durch Baumwollspekulationen und dem New Yorker Börsensturz Ende der zwanziger Jahre um sein Geld gekommen, konnte er zuallerletzt für die weitere Ausbildung seiner Kinder sorgen. Die jüngste Tochter legte sich, wie die vier anderen Töchter, früh, mit zwölf, dreizehn, ein eigenes Verständnis vom Leben zu; über ihrem Kopf die britischen Kampfflugzeuge, kreisend, dann mit Kurs auf die nächtliche Wüstenei El-Alamein, die auch die Stukas von Westen, von der Wüste her, anflogen. Sie machte Abitur, legte nach wechselnden Anstellungen in Büros die Prüfungen bei der englischen Handelsschule ab. *The class of 1955* stand auf dem Diplom, das, nunmehr in den Alpen, in einem Wechselrahmen steckte.

In der Schrankschublade unter dicken Tischtüchern verstaut, kam der Wechselrahmen dem Jungen immer dann unter die Augen, wenn er die Schublade auf Geheiß seiner Mutter öffnen mußte. In Erwartung von Gästen traf sie fieberhaft Vorbereitungen, sie bewegte sich eckig, schwitzte in ihrem hellgelben Strickjäckchen, das sie aus Furcht vor einer Verkühlung trug. Sie war erst wieder ansprechbar, wenn der Besuch an der Tür klingelte.

Das wenige, das die junge Frau während der Ausbildung verdiente, legte sie – abgesehen von einem benötigten Kostüm in der Saison und ein paar Kosmetika – für die abendliche Handelsschule aus, ihre Eintrittskarte für die amerikanische Versicherungsgesellschaft, noch heute drückte sie sich so aus: *Billett* für die *Insurance Company.* Dort, ein Stück weit östlich vom Stadtrand, hatte sie vier Jahre lang gearbeitet und ihren Mann, Sohn eines selbständigen Zukkerbäckers, kennengelernt.

Aus Abenteuerlust, und um der Stadt fürs erste entfliehen zu können, ließ sich der Vater des Reisenden damals bei einer Patisserie anstellen, an der Küste, wo er mit den Briten halsbrecherische Motorrad- und Jeeprennen veranstaltete. Er kam so in die Nähe seiner künftigen Gattin, zum Gelände der Versicherungsgesellschaft. Wenn er, der Eigenbrötler, nicht in der Patisserie und später in der seines Vaters buk, bastelte er in den Werkstätten an Kolben und Vergasern.

Die Eltern des Reisenden verließen Versicherungsgesellschaft und Patisserie erst, als diese geschlossen wurden, Monate vor dem Sechstagekrieg. Einer Verheißung erliegend – ihr wenigstens nicht abgeneigt –, wollten sie sich in der ihnen völlig unbekannten Schweiz niederlassen. Sie meinten damit zunächst die französische Schweiz, Genf, wo seiner Mutter innerhalb des Versicherungskonzerns eine Stelle angeboten wurde, während in der deutschen Schweiz gleich mehrere Betriebe den noch jungen, mehrsprachigen, zurückhaltenden Vater haben wollten, der das französische und das englische Zuckerbäckermetier aufs beste beherrschte.

Sei es, daß ihn die Auflösung der väterlichen Patisserie zu sehr beeindruckt hatte, sei es, daß ihm Wettrennen und nächtelange Auftritte mit der Band nicht mehr viel bedeuteten, er schlug die Offerten der städtischen Patisserien aus und ging statt dessen in die Berge, in die kleine Kantonshauptstadt. Er faßte in einer großen, in alle Erdteile liefernden Süßwarenfabrik Fuß, holte einige Monate später Gattin und Kinder aus Alexandria nach. Hier blieben sie. Hier kam der Reisende zur Welt.

Verließ der Junge das Haus, unternahm er bereits mit dem Schritt vor die Tür eine Reise von tausend Kilometern. Auf dieser Reise war er allein.

Der Junge lernte, daß eine von ihm noch zu überbrükkende Distanz zwischen beiden Welten lag, ein noch zu benennender, bestimmt größtmöglicher Unterschied, der sich eben doch nicht in Kilometern ausmessen ließ: Dieser Unterschied war er sich selbst.

Der Junge hatte von seinen Eltern keine Erziehung zum Einheimischen erwartet. Eine kindliche Illusion, darauf zu vertrauen, auch wenn sie sich darum bemühten. Sie wollten verhindern, daß man die Kinder anders denn als Einheimische behandelte, sie selbst wollten Einheimische werden, so schnell, so gut wie möglich. Allerdings wußten sie nicht einmal, wer die Einheimischen waren.

Gegen diesen Willen der Eltern sperrte er sich nicht, er kannte schließlich nichts anderes als die wenigen Quadratkilometer, in denen er herumschweifte, das war seine Gegend. Was lag näher, als tatsächlich ein Einheimischer werden zu wollen? Für sich konnte der Junge ohnehin nur Schweizer sein. Das hatte es ihm erleichtert, seine Eltern nachträglich zu Schweizern zu erziehen – als ob ihm gerade das etwas bedeutet hätte.

Das Wissen um die Sitten, Bräuche, Umgangsformen in der kleinen, von Dreitausendern begrenzten, trotz Industrie und Gewerbe bäuerisch geprägten Stadt, kam mit den Kindern ins Haus, wobei die Regeln des täglichen Lebens gerade von ihnen strenger gefaßt wurden – sie schämten sich ihrer Eltern, die des Dialekts, des Schweizerdeutschen, nicht mächtig waren, über längere, wiederkehrende Zeiten.

Sie mahnten ihre Eltern, den Einheimischen eine Spur weniger verbindlich zu begegnen, bei Einladungen eine Idee weniger verschwenderisch zu sein, zurückhaltend in dem Sinne, daß nicht alles persönlich zu nehmen war – umgekehrt auch nicht die handfeste Benachteiligung in vielerlei Kleinigkeiten, die überzogene Reparaturrechnung, die verweigerte Wohnungsbesichtigung.

Der Reisende wollte nun in Alexandria Menschen und Ämter, die er am Mittelmeer aufzusuchen gedachte, in eine Liste eintragen und diese dann Punkt für Punkt abhaken – ein lächerliches Unterfangen. Er hatte in Berlin, seinem Wohn- und Arbeitsort, damit begonnen, in seinem bevorzugten Café am Petersburger Platz. Das Zettelchen, auf dem die Wörter *Alexandria*, *Chios*, *Izmir* neben *Grundstücke*, *Rezepte* standen, hatte er noch dort zerknüllt.

Vorhin mußte es geregnet haben, ein Gewitter in der Morgendämmerung, der Asphalt glänzte naßschwarz. Links und rechts der Straße, auf dem Gehsteig, im Sand, im spärlichen Gras der kleinen Parks Pfützen, in denen tiefe Wolken widerschienen und dann auch ein wenig das Blau des Himmels, bevor die Sonne da, und dort, aus der Wolkendecke stach und die Frontscheibe des Taxis, für Sekunden, erblinden ließ. Der Fahrer hielt das verlotterte Auto in der Spur.

Wenn dem Fahrer danach war, stimmte er ins ununterbrochene Hupen ein. Er wich denen, die über die Straße rannten, gerade noch aus, tat dann so, als hätte er sie längst bemerkt.

Auf die Ansage Ibrahimija hatte der junge Taxifahrer vorhin einen überzogenen Fahrpreis verlangt, doch der Reisende hatte ihm schon zwei Einpfundnoten entgegengestreckt gehabt, sagte auf griechisch zwei, auf arabisch itnani, wartete. Der Fahrer hatte abschätzig genickt, nun drehte er den Ton auf, im Radio lief eine Schnulze. Seinen grünen Turban trug er etwas flacher gewickelt als die Schuhputzer vor dem Hotel, er war schlecht rasiert. Am Rückspiegel hing ein seidenes grünes Tuch.

Der Reisende wußte, daß der junge Mann, ein mehr als überzeugter Muslim, Mitglied der einen oder anderen Bruderschaft, auf ihn herabschaute. Er gönnte ihm den Spaß. Wenn sich ihm die Möglichkeit bot, sah er zu den Sammeltaxis herüber, in die kleinen, meist weißen japanischen Kleinbusse, die da und dort hielten, um Pendler in Anzügen und Windjacken aufzunehmen, Frauen mit Kopftüchern, junge wie alte, aber auch geschminkte Frauen in Hosen und Pumps, mit Sonnengläsern im Haar und schwarzen ledernen Handtaschen, die ihnen von den gepolsterten Schultern hingen.

Durch die Scheiben der Sammeltaxis blickte er aufs

Meer. Einen Moment lang kamen ihm das unbewegte, am Horizont mit Frachtern besetzte Meer und die hohen, vertrocknenden Palmen, die die Corniche säumten, die handgeschneiderten Anzüge der Männer, die alten, in der ihm vertrauten westlichen Welt seit fast zwei Generationen ausgemusterten Autos wie aus der Zeit gefallen vor; in den Kopftüchern der Frauen wollte er das modische Accessoire der fünfziger Jahre erkennen.

Er stieg aus. Als er die Straße überquerte, fiel sein Blick auf die Betenden, sie knieten weiter vorn auf Bastmatten, Spannteppichresten, Kunstrasenstücken, die sie aneinandergeschoben hatten, ringsum ihre Schuhe. Der Vorbeter sprach in ein Mikrophon, den Männern war er in seinen Handlungen, dem Aufstehen, Niederknien, Verneigen, den selbstgewählten Bruchteil einer Sekunde voraus.

Naß vom Regen, hinterließ der Belag auf der Stirn der Betenden eine Marke, hätte der Reisende denken können. Das bläuliche Mal war ihm allerdings schon am Hafen, auf der Stirn der Zollbeamten aufgefallen, dann auch auf der Stirn des Ministerpräsidenten und auf der seines ermordeten Vorgängers Sadat, der ein religiöser Mensch gewesen war; auf Plätzen, vor Schulen, bei Kiosken sah er ihre überlebensgroßen Porträts. Das dunkelste Mal trug der junge Taxifahrer von vorhin.

Hier mußte die Patisserie seines Großvaters gewesen sein, dachte er und ging ein paar Schritte. Sinnlos, wie das war, fragte er den Nächstbesten. Der Alte deutete in eine Richtung, die auch die andere hätte sein können, hielt dann die offene Hand hin. Der Reisende betrachtete das Trinkgeld, das diesmal ein Almosen war, als Umverteilungsmaßnahme. Er hatte eine Bewegung gefunden, um das Geld so unauffällig wie möglich zu übergeben: von der Hosentasche, in der er mit Daumen und Zeigefinger den obersten Schein vom Bündel schnippte, flink in die wartende Hand bei seiner Hüfte.

Nach einer Weile spürte er den Atem eines Pferdes im Nacken, er ging schneller, schaute nicht zurück.

Er beachtete die Schuhputzer nicht, die ihm auf griechisch Schuhe schön sauber zuriefen. Von dem Felachen, der sich nur schwer abschütteln ließ, mochte er keine Erdnüsse kaufen.

Die Männer, die ihn neben ihren rostigen Personenwaagen aufforderten, sich wiegen zu lassen, kannte er aus den Schilderungen seiner Mutter. Als er wieder das nahende Klacken der Hufe hörte, blickte er sich nicht um, wich zur Seite aus.

Er kam an Schmuckläden vorbei, in denen Gold und Silber nach Gewicht verkauft wurden, Kettchen und Ringe, Armreifen. Einmal blieb er stehen, in der spiegelnden Scheibe sah er seine Umrisse und eine Kutsche, die in seinem Rücken vorüberfuhr. Er erinnerte sich an seinen Vater, der sich als Junge mit den Schulfreunden hinten an der Kutsche festgeklammert hatte. Sie rannten ihr zu zweit nach, sprangen möglichst ohne Rückstoß auf, hielten sich am Verdeck und der Feder fest – fuhren. Sie bevorzugten Kutschen, hatte ihm sein Vater erzählt, die, im Dienst der Fahrgäste, nicht anhielten, der Kutscher konnte dann auch nicht mit der Peitsche nach hinten schlagen, über die Köpfe der Leute hinweg, wie er das bei leerer Fahrt getan hätte. Die städtischen Kutscher verwendeten längere Peitschen als jene in den Orten des Deltas. Umsonst mitfahren ließ es sich nur in der städtischen Anonymität.

In einer Regung drehte sich der Reisende auf der Kreuzung um. Eine Kutsche rollte schnell auf ihn zu, das Pferd schlitterte auf dem Asphalt, die Bremsen verursachten ein kreischendes Geräusch: Eine Armlänge entfernt kam das Pferd zum Stillstand. Er sah die aufgeworfenen Nüstern, die vom Geschirr verursachten offenen, vernarbten und wieder geöffneten Schürfwunden am Kopf. Zwischen den Scheuklappen blickte es ihn an.

Das dunkle Fell war glatt vom Regen und dampfte, zerzaust an einigen Stellen. Er ging ein paar Schritte rückwärts, setzte dann seinen Weg im Laufschritt fort, als hätte er sich wie ein Junge hinten am Verdeck festgeklammert und wäre nun abgesprungen.

Er lief, da er nun einmal lief, über einen Platz, anschließend durch einen kleinen, verfallenen Garten, in dem Kinder mit einem roten Ball spielten. Auf dem Gehsteig erreichte er eine Anhöhe, von wo aus das Meer zu sehen war – wo bin ich?

Er lief weiter, die Anhöhe hinunter, blieb endlich vor einem Hemdenschneider stehen. Zwei alte Männer blickten ihn vom Innern aus an, er grüßte nickend, machte, daß er weiterkam.

Bei der nächsten Station stieg er in die Straßenbahn ein. Er fand sich im Wagen wieder, der Frauen ohne männliche Begleitung vorbehalten war. Die Frauen kicherten unter ihren Schleiern.

Nachdem er in den anderen beiden Wagen ausspuckenden Männern begegnet war, setzte er sich besser in die erste Klasse. Die Straßenbahn fuhr mit Gebimmel los. Er wunderte sich, daß ihm die Glocke, genau über seinem Kopf auf dem Dach angebracht, vorhin nicht aufgefallen war.

Er las die eingemeißelte griechische Beschriftung Gymnasium an einem klassizistischen Bau, der an ihm vorbeizog. Er überlegte, ob hier noch jemand in Altgriechisch unterrichtet wurde. War das die Schule, die seine Mutter besucht hatte, eine Pennälerin mit rundlichem Gesicht und kurzen braunen Haaren? Wo wäre dann die griechisch-orthodoxe Kirche zu finden? Reichte es hin, in der Straßenbahn sitzen zu bleiben, um an der französischen, an der englischen Schule vorbeizukommen? Und wer hatte hier wem vorgearbeitet, daß er nun tatsächlich die Patisserie Lundi zu Gesicht bekam?

Hinter den Auslagen, den weiß und hellblau überzogenen Torten, versperrten Gardinen den Blick ins Innere. Die Scheiben hatte man mit einer gelblichen Folie belegt, als müßten Torten vor dem Vergilben bewahrt werden.

Von der Straßenbahn aus sah er, daß die Gehwegplatten vor dem Lundi aus meterbreiten Steinquadern bestanden, Kalk. In der kleinen Kantonshauptstadt waren die Bordsteinkanten aus Granit geschlagen, dachte er.

Er merkte, daß er vorhin, als er gelaufen war, in die tiefen Spalten zwischen den Steinquadern geblickt und sich gewundert hatte, für welche Ewigkeit diese Gehsteige gebaut waren.

In der fahrenden Straßenbahn betrachtete er das Auto neben ihm auf der Straße, die beiden Hinterreifen waren nicht ausgewuchtet, das Auto schaukelte, wie ein Kamel schaukelnd geht, nur viel hastiger, wie ein Kamel im handgedrehten, zu schnell abgespielten Schwarzweißfilm, eine Karikatur seiner selbst, ahnungslos, hölzern.

Seine Eltern kannten die arabischen Komiker der dreißiger Jahre, sie lachten Tränen über Dialoge, die er nicht verstand. In der Straßenbahn lächelte er in dieser Erinnerung vor sich hin, ganz so, wie es die anderen taten: Jeder schien hier in bester Begleitung zu sein, auch wenn keine zu sehen war. In Gesellschaft ihrer Erinnerungen lachten, fluchten, schwiegen die Fahrgäste.

Er nahm sich erneut vor, niemals, wie es die Männer hier taten, Selbstgespräche zu führen. Nur Idioten ließen sich dazu hinreißen, sagte sein Vater.

Der Reisende stieg aus der Straßenbahn, ging in einer mit jungen Palmen begrenzten Seitenstraße. Blieb er stehen, wurde er nicht angerempelt und hier, in dem Wohnbezirk, auch nicht um Feuer oder Kleingeld angegangen. Die Menschen machten einen Bogen um ihn, wie um jeden, der bloß dastand.

Er aber war versucht, sich herumzuwerfen und ein Stück, zwei, drei Straßen weit, mit den Menschen zu gehen, zum Meer hin.

3

Am Carrer de les Jonqueres stieg sie die Stufen zur Metro-Station hinunter. Auf halber Höhe blieb sie stehen, drehte sich der Sonne zu, als wollte sie nochmals zurückschauen – worauf? Nicht mehr weißlich-gelb wie vor zwei, drei Stunden, als jeder Blick dahin sich verbot, bog sich die Sonne nun gelblich-rot in den eigenen Schein weg, verlängerte, verbreiterte sich westlich zum Horizont hin.

Bevor die Botanikerin die Metro bestieg, suchte sie nach einem Punkt, auf dem ihr Auge ruhen konnte, wie üblich eine Fassade, eine Kuppel, den kleinen Garten dort. Sie setzte die Sonnengläser auf, die über der Stirn im langen blonden Haar steckten. Einen Moment lang hatte sie gedacht, sie habe sie im Lokal liegen lassen. Der nächste Gedanke galt so der Peinlichkeit, sie von dem Reisenden gereicht zu bekommen, hier, in dieser Stadt, die sie für sich doch ausgesucht hatte.

Sie legte die Brille in die Handtasche, mit der flachen Hand strich sie sich übers Haar. Er hatte nichts zu ihren Locken bemerkt, das beruhigte sie – in Berlin hätte sie sich niemals Locken ins Haar drehen lassen. Sie betrat die Metro-Station.

Sie wunderte sich über ihn, mehr noch sah sie an sich selbst, was die vergangenen zwei Jahre – zwei Jahre und drei Monate, wollte sie genau sein – gebracht hatten. Zum erstenmal hatte sie Deutschland mit der Absicht verlassen, die Rückkehr nicht vom bloßen Wunsch danach, sondern vom neuen, südlichen Ort abhängig zu machen, von Umständen, die sie allerdings selbst herbeizuführen gedachte. Hier in Barcelona durfte es nicht so wie in Berlin werden, wo sie sich nur noch gelangweilt, an sich selbst nicht genug und an den anderen zu wenig hatte. Hier mußte alles anders werden, schließlich war sie sich selbst nicht mehr dieselbe.

Die Zehlendorfer Grundschule hätte sich als komischer Gegenentwurf dessen verkaufen lassen, das ihr am Mittelmeer begegnete. Umgekehrt kannte sie die katholischen Männer samt ihren starken Müttern und schwachen Vätern nicht, schon gar nicht als eigene Art. Sie schwärmte für das Mittelmeer, es zog sie von jeher an. Endlich war sie hergekommen, hierher, nach Barcelona, zufällig oder wahllos, an einen Anfang – wovon?

Sie freute sich auf das Abendessen mit Gästen und Kollegen, sie würde ihn für ein paar Stunden vergessen können, ganz so, wie in den vergangenen Monaten, als sie immer weniger an seine unberingten Hände, sein volles Haar gedacht hatte. Auch die ermüdenden Angebote des stellvertretenden Direktors würden sie heute nicht ärgern.

Sie legte sich zurecht, was sie ihm, den sie zugleich abschwörend und beschwörend am Ende nur noch Meinen Diplomaten genannt hatte, beim nächsten Zusammentreffen über sich erzählen würde. Sie überlegte, womit sie beginnen und wo sie aufhören, was sie sagen und was sie besser verschweigen sollte.

Sie wartete, bis die wenigen Menschen neben ihr in die Metro eingestiegen waren, dann stieg auch sie ein, schaute sich um, setzte sich in die Nähe der Tür. Der Wagen rüttelte schon beim Anfahren, sie legte die Handtasche auf den Schoß. Die langen Bügel klappten auf ihre Knie, sie ließ sie liegen.

Das Kleid trug sie zum erstenmal. Daß er ausgerechnet heute, da sie sich für das blaue Sommerkleid mit dem schmalen weißen Ledergürtel entschieden hatte, in ihrem Büro im Jardí Botanic anrief, wollte ihr wie ein Zeichen erscheinen – ein Zeichen wofür? War es nicht eher abwegig, daß sie sich ihm in diesem Kleid zeigte? Sie mochte das Kleid, sie hatte es schon lange wieder anziehen wollen, seit ihre Mutter es ihr vor Jahren geschenkt hatte – ein Geschenk, mit dem sie wiederum jahrelang geliebäugelt hatte. Sie mochte die kleinen weißen Knöpfe und dann den Kragen, der etwas breit ausfiel, doch war es das Blau, das es ihr besonders angetan hatte, ein Königsblau, dunkler als die Farben des Sommers, heller als jeder gedeckte Ton; nicht ins Blaurot spielend wie die Blätter der Vinca minor, aber auch nicht ins nur vorgeblich Satte des Hyacinthus orientalis – wenn es sich nicht ohnehin verböte, die beiden Pflanzen heranzuziehen, dachte sie. Immergrün hatte ihr nie gefallen, nicht etwa, weil sie im Winter kein Blau ertrug, auch nicht der Fünfblättrigkeit wegen, die sie manchmal als läppisch empfand: Sie konnte sich keinen Begriff machen von jener angeblichen Treue zu sich selbst und von der Reinheit der Jungfrau, wer mochte sich das bloß ausgedacht haben.

Bei der Hyazinthe bedauerte bereits das Mädchen, daß sie zu schnell verblühte. Sie wurde schön und begann zu duften, verströmte dann aber bald einen starken fauligen Geruch. Daß die Hyazinthe dafür schon in der Adventszeit blühte, konnte dem Mädchen kein Trost sein.

Sie glättete den Baumwollstoff über ihrem Schenkel. Sie bemerkte, daß der Saum des Kleides geweitet war, unterbrochen seine doppelte Naht, er glänzte, als wäre er durchgescheuert. Erst jetzt fiel ihr das auf, sie blickte auf die Schulter, auch da Spuren eines langen, steten Gebrauchs. Wo immer sie hinschaute, sie sah nur die Abnützung, die es durch seine frühere Besitzerin erfahren hatte. Aus der Freude, die ihr das blaue Kleid bereitete, wurde von einem Augenblick auf den anderen Ekel.

Am liebsten hätte sie die Notbremse gezogen und wäre in den nächstbesten Laden gerannt, um sich des Kleides zu entledigen, das, wie sie jetzt wußte, niemals ihres werden konnte. Mit diesem Kleid durch die Welt zu gehen, kam ihr wie ein dummer Irrtum vor, denn die, die es besessen und getragen hatte, hatte mit ihr nichts zu tun. Mutter hat ihr Leben soweit hinter sich gebracht, ich aber habe meins noch vor mir, dachte sie. Ich bin nicht meine Mutter, ich bin auch keine andere Frau als die, die ich bin. Wie habe ich nur denken können, jetzt sei der Zeitpunkt gekommen, dieses Kleid zu tragen? Wollte ich darin gefallen – wem außer mir selbst? Ist es die fremde Stadt, die mich dazu zwingt, im geheimen Gemeinsamkeiten zu feiern, die keine sind?

Noch wäre Zeit gewesen, zur Wohnung zu fahren. Sie zögerte, doch dann entschloß sie sich dazu. Sie stand auf, hielt sich an der Lehne fest. Gleich würde sie umsteigen und anschließend bis zur Station Rocafort sitzen bleiben. Sie sah an sich herab, preßte die Handtasche an sich. Nur gut, daß niemand sie so sehen konnte.

In einer Traube erreichte sie die andere Linie. Sie nahm bei der Tür Platz, zog sich die Lippen nach. Als ein Kind neben ihr Rocafort sagte, erhob sie sich, stieg aus. Sie bewegte sich zu forsch, die Befehle, die sie sich gab, verweigerten sich ihr. Sie zwang sich, langsamer zu gehen, doch sie ging um so schneller. Dann eben schnell bis zu den Stufen, sagte sie sich, in der Gran Via werde ich aber den üblichen Gang annehmen – wie war dieser Gang?

Nun hatte es sie doch eingeholt, das elende Gefühl, nicht mehr bei sich zu sein, sich nicht mehr selbst zu gehören. Sie wollte stehenbleiben, bleib stehen, forderte sie sich auf. Sie machte noch ein paar Schritte, setzte sich auf die Bank neben dem Eingang. Müde blickte sie vor sich hin.

Daß sie nicht bloß seinetwegen in der Metro-Station herumsaß, konnte sie sich auf Anhieb glaubhaft machen. Mit ihm hatte es gerade soviel zu tun, als er ein Teil ihres Lebens war, der sie in der Planung dieses Lebens – die sie, gleichgültig von wem, für sie erdacht, gewünscht, gefordert sah – um Jahre zurückgeworfen hatte, noch um viel mehr als um die Zeit, für die sie ein Paar waren.

Anfang Dreißig, hatte sie damals die Möglichkeit gesehen, einen Schritt weiterzugehen, ohne in Verzweiflungstaten zu verfallen, ohne beliebig zu sein; einen Fuß auf gesichertes Gelände zu setzen, ohne die Triftigkeit der Entscheidung und die Tauglichkeit dessen, den sie dafür gewählt hatte, gleich wieder anzuzweifeln.

Sie war die Zweiflerin, die er in ihr sah, das wußte sie. Er aber neigte dazu, an Entscheidungen viel zu lange festzuhalten – wenn es auch ganz wenige sein mochten, die er für sich getroffen hatte. So dachte sie zumindest.

Mitte Dreißig, schien es ihr nun, als ob sie insgeheim

doch auf ihn gewartet hätte. Sie wollte sich das schon eingestehen, doch sie merkte, daß das Unsinn war. Jeden Zufall für einen Wink des Schicksals zu halten war nicht ihre Art.

Ein Hund blieb bei ihren Beinen stehen, schaute sie an. Sie streckte ihm die Hand hin. Er schnupperte daran und ließ sich an der Kehle kraulen, folgte dann dem gemurmelten Befehl seines alten Herrn, sprang weg.

Sie betrachtete den jungen Mann, der aus der Metro gestiegen war und sich umblickte. Nach den verwischten Bügelfalten seiner Hose zu schließen, mußte der nordisch wirkende Mann, vielleicht auch ein Nordamerikaner, dessen Haar mit Pomade gekämmt, dessen braune Oxfords geputzt und der rasiert war, auf Reisen sein. Wie zum Beweis zog er einen Stadtplan aus der Innentasche des Jacketts. Sie sah weg.

Als Kind, dachte sie, empfand sie ihre Kindlichkeit als Mangel. Ihre Welt war die Welt der Erwachsenen, der Hochwildjägerinnen, der Tänzerinnen, der großen Sängerinnen. In jener Welt sah sie sich selbst nur als das Kind, das sie nicht sein mochte.

Sie hatte keine Mühe mehr damit, auf die übliche Weise zu gehen, sie ging so, wie sie wollte, jetzt, da sie sich beruhigt hatte. Wie lange der Reisende bleiben würde, mochte sie sich nicht fragen. Das war ihr gleichgültig, sagte sie sich. Sie war sicher, daß ihr diese Gleichgültigkeit nicht bloß dazu diente, die Aufregung, die sie erfaßt hattc, zu mindern.

Was war von den zwei Jahren mit ihm übriggeblieben? Sie stieg die Stufen hinauf. Der späte Nachmittag wurde, in diesem Moment, wie ihr schien, zum Abend.

Wie leicht ihr alles vorkommen, wie sehr sie sich freuen würde, ihn zu sehen, wenn es jetzt bereits jemand anders in ihrem Leben gäbe, sagte sie sich. Sie schämte sich für diesen Gedanken, vor allem für das Bereits, das sie mitgedacht hatte, als ob alles nur eine Frage der Zeit wäre – weshalb die Scham?

Die Ohrringe, die Bücher und Parfüms, die er ihr geschenkt, die Reisen, die sie gemeinsam unternommen hatten, all das fand als Erinnerung, einiges als bloßes Mitbringsel, weniges als Gegenstand des täglichen Gebrauchs seinen Platz – und er selbst?

Sie wollte es sich nicht leisten, weiter so zu leben, daß sie im nachhinein davon wie von einer Schlaufe dachte. Befand sie sich bereits wieder in der Schlaufe, vor der sie sich fürchtete und die nichts weiter als verlorene Zeit versprach? Konnte verlorene Zeit überhaupt ein Versprechen bergen?

Beim Carrer de Entença bog sie rechts ab, zu ihrer Wohnung am Miró-Park war es nicht mehr weit. Der Botanische Garten stellte ihr die Gästewohnung zur Verfügung, dafür war sie dankbar. In den acht Monaten, in denen sie darin lebte, hatte sie kaum Zeit, ebenso wenig Anlaß, die möblierte Wohnung zu verändern. Die Pflanzen, die sie vom Jardí mit nach Hause nahm, stellte sie einmal auf dem Küchentisch ab, einmal im Schlafzimmer, auf dem Balkon, sie hatten keinen besonderen Platz. Daß es mediterrane Pflanzen waren, die in Berlin nur im Gewächshaus gediehen, überraschte sie noch immer bei jedem Hinblicken.

Sie sah den Mann aus der Metro wieder. Mit seinem Stadtplan stand er auf der anderen Straßenseite. Er schaute in die Gegend, dann zu ihr, erkannte sie, weit weg von der

Station. Er lächelte, weil sie lächelte. Sie verlangsamte ihre Schritte, der Mann braucht Hilfe, dachte sie. Dann ging sie schneller, sah sich nicht mehr nach ihm um.

Sie wunderte sich über ihre Abwehr, schrieb sie der Tatsache zu, daß sie es eilig hatte. So mußte es für den Mann auch ausgesehen haben, dennoch kam sie sich schäbig vor. Im Laufschritt erreichte sie die Querstraße zum Park. Bestimmt wollte er dorthin, also ging sie weiter.

Daß diese Hüpfer, die sie vollführte, um ihren Gang zu beschleunigen, lächerlich waren, merkte sie selbst, sie ließ sie sein. Sie ärgerte sich nur kurz über den Umweg. Sie mochte den Geruch des Meers, sie nahm ihn, mitten in der Stadt, als Feuchtigkeit wahr, die sich für kurze Zeit, in der Dämmerung, auf die hafennahen Quartiere legte, auf die Menschen, auf die Dinge – so wollte sie es sehen.

Im Morgengrauen, und bevor es Nacht wurde, ging ihr Atem schwerer, als ob sie zu wenig geschlafen und sich tagsüber zu sehr angestrengt hätte, das war keine Einbildung. Das Meer kam ihr wie die ständige Einmischung in ihren Tag vor, die sie sich in Berlin noch gewünscht hatte, im Sommer der Vorstellung hingegeben, gleich dort vorn, hinter der nächsten Straße, liege das Meer.

Hier nun war das Meer. Sie hatte es sich in den ersten Wochen zur Gewohnheit machen wollen, täglich am Ufer spazierenzugehen, doch die Arbeit im Jardí ließ ihr kaum freie Zeit. Sie lernte, daß das Meer ihre Stimmungen leitete, es darüber verfügte, was und wann sie aß, ebenso, wer sie an diesem Ort wohl werden würde.

Sie sah an sich herab. Sie beschloß, doch in diesem Kleid zum Empfang zu erscheinen. Da sie es nie wieder anziehen würde, kam es auf die Stunden nicht an, in denen sie nicht sie selbst war, dachte sie. Sie strich an den Schaufenstern vorbei, begutachtete sich darin. Im undeutlichen Spiegelbild erschien das blaue Kleid wie jedes andere Kleid, es betonte, durch den Kontrast zum kleinen weißen Ledergürtel, ihre schlanke Taille. Sie faßte sich an den Oberschenkel, drehte sich ein wenig ab. Sie machte, daß sie weiterkam.

Von einer Laune geleitet, betrat sie das zur Straße hin offene Restaurant; in den ersten Tagen war es ihr beim Vorbeifahren aufgefallen. Sie setzte sich beim Tresen an den kleinen Tisch, bestellte Sherry. Der Kellner brachte schwarze Oliven dazu. Sie fragte sich, ob sie es merkwürdig finden sollte, daß ihr der junge Mann aus der Metro wiederbegegnet war. Vielleicht war er für sie nur deshalb nochmals hervorgetreten, weil er wie ein Reisender aussah. Nicht Meinen Diplomaten in ihm zu sehen, gelang ihr zwar mühelos, sie überlegte aber, ob es nicht an sich der Reisende sei, der sie anzog – im Unterschied zum einheimischen spanischen Mann, der sich hier als Katalane und meist ausschließlich als Katalane verstand.

Ihre Erfahrungen mit diesen Männern waren entsetzlich, dachte sie, es wollte ihr wie eine Befreiung vorkommen, daß es auch andere Männer gab. Doch hätte der Mann in der Metro sie über kurz oder lang nicht ebenso, willentlich oder nicht, mit seiner Mutter verwechselt?

Beim Katalanen, ihrem Geliebten, hatte sie es fürs erste zugelassen, daß er sie so verzerrt sehen wollte. Vielleicht deshalb, weil sie in Berlin unter dem Mangel einer festgelegten Ansicht über sich selbst gelitten hatte. Sie vermißte dort eine zwingende Konsequenz dessen, das sie, für sich und mehr noch für andere, darstellte.

Dennoch verabscheute sie die Regeln, die es in Berlin gab: eine Frau sein und deswegen auf der Straße nicht begehrenswert erscheinen zu dürfen; eine junge Frau, in ihrer Geburtsstadt in jeder Hinsicht auf sich allein gestellt – war das die Regel? Hatte sie die Kraft, Regeln zu brechen und aufzustellen, wie sie es für richtig hielt?

Sie war sicher, daß sie nur sich selbst gehorchte und daß alle Regeln für sie keinen Belang hatten. Welche Regel hatte sie schon befolgt, als sie nach Barcelona gezogen war? So schlecht, wie um die hoffnungslosen, ihre Zweifel in falsche Gewißheiten verdrehenden Männer, die ihr hier noch und noch über den Weg liefen, konnte es um sie ohnehin nicht bestellt sein.

Sie schaute auf die Straße hinaus. Wenn der junge Mann mit dem Stadtplan vorbeiginge, stünde sie auf und spräche ihn an, nahm sie sich vor, oder sie würde ihm zu verstehen geben, daß sie sich ansprechen ließ. Sie wandte sich gleich etwas vom Tisch ab, blickte geradeaus.

Die großen, spanischen Oliven kaufte sie nicht mehr, seit sie sich von ihrem katalanischen Geliebten, der auf die Oliven versessen war, ihrem Verlobten, wie er und seine Freunde sich ausdrückten, getrennt hatte.

Bei dieser guten Gelegenheit verstand sie den Stolz, der den hiesigen Frauen in den nördlichen Ländern zugesprochen wurde, als stolze Pose; sie erschien ihr als das Umkehrbild dessen, was die Frauen zu Hause, in ihren Familien, ganz allgemein an Kontrolle durch ihren katholischen Gatten, an willkürlichen Einschränkungen erfuhren. Der angebliche Stolz der Katalaninnen zeigte sich ihr als ein bloßes Erdulden, eine Geduld, in der Art der vorgespiegelten Selbstwürde. Die Frauen schickten sich in das Bild von einer würdigen Frau, das nicht das eigene sein konnte.

Sie hätte sich trotzdem gern so gekleidet wie die modische Katalanin, mit hohen Absätzen an einem Werktag, in dunklen Farben auch im Sommer, das Haar frisiert. Sie fragte sich, welche Möglichkeiten sich ihr dann böten, von außen betrachtet nicht jenem Bild von der katalanischen Frau zu entsprechen und von innen nicht diesem nordostdeutsch, besser preußisch bestimmten Bild, das sie aus Berlin von sich hatte, wenn sie für dort unpassend hohe Schuhe, für dort unpassend dunkle Farben im Sommer trug, das Haar unpassend frisiert? Welchen Preis mußte sie wofür bezahlen? Einen Augenblick lang sah sie ihre evangelische Mutter vor sich, der es nicht gestattet war, sich zu gefallen; da stand sie, im Gewächshaus, bei den Pflanzen, die an ihrer Statt schön sein durften.

Der Geliebte, der ein Verlobter sein wollte, wurde ihr als Arzt vorgestellt, er war hoch gewachsen, trug einen Seitenscheitel, wie die meisten Männer hier. Auch bei ihm fiel ihr jenes Parfüm auf, eine Art Kölnisch Wasser oder Aqua Brava, das sehr verbreitet zu sein schien und das bereits die Jungen, mit Seitenscheitel im kurzgeschnittenen Haar, zu verwenden gezwungen wurden; sie entnahmen es dem grünen Fläschchen ohne Aufschrift, der Arzt hatte eines in seinem Badezimmer stehen, neben den Kämmen. Die große Flasche, die man beim Apotheker oder in der Parfümerie auffüllen ließ, vermutete sie bei seiner Mutter, schließlich war da noch der jüngere Bruder, der versorgt sein mußte.

Einmal hatte sie den Finger auf die Öffnung gelegt, das Fläschchen gekippt, das Parfüm, das auch im Jardí mehrere Männer trugen, aufs Handgelenk gerieben. Sie hatte den Vormittag lang nicht darüber gewischt, nochmals daran gerochen und festgestellt, daß der Duft verflogen war. Sie beließ es dabei, er wehte sie ohnehin stets an. Wenn sie bei ihrem Geliebten lag, in ihrer Wohnung oder in seiner noch größeren, noch helleren, ruhigen, umgab sie sein Parfüm, das also eher ein Atem war und an den Dingen klebte. Zumindest kam es ihr später, als sie der Ekel packte, so vor. Sie hatte das Gesicht gegen das Kissen gepreßt, doch auch daran haftete der Geruch. Sie wußte, daß sie dem Geliebten und seinem Geruch nur schlagartig entfliehen konnte.

Sie hatte sich auf der Couch in seinem Wohnzimmer ausgestreckt, er saß auf dem Ledersessel und las. Während er mit einer Hand ihren Nacken massierte, vergrub sie das Gesicht in den Spalt zwischen den Kissen. Er spielte dann am kleinen Ledernippel herum, der am Reißverschluß des Kissens neben ihrem Kopf befestigt war – zog daran.

Das Geräusch, nah und dumpf, erschreckte sie. Im Kissen klaffte die Öffnung.

Es kam ihr vor, als ob ihr Kopf aufgerissen worden wäre, ihre Gedanken herausgefallen, dem Arzt vor die Füße. Bestimmt blickte er nun in ihren leeren Kopf.

Sie verließ den Katalanen noch am selben Tag. In seinem Schlafzimmer suchte sie die Sachen zusammen, die sie dort aufbewahrte, eine Bluse, Strümpfe, Unterwäsche. Sie stieß dabei auf die Kartons im Kleiderschrank, deren Inhalt sie vom Hinsehen kannte und dessentwegen sie ihn zur Rede gestellt hatte. Sie waren angefüllt mit Schnipseln, die der Arzt in seiner Jugend aus pornographischen Magazinen herausgeschnitten und gesammelt hatte, er wachte darüber wie ein Kind. Sie durfte sich die – nach diesem Parfüm riechenden – Schnipsel anschauen, mußte sie aber wieder zurücklegen.

Sie trank den trockenen Sherry aus, sie überlegte, ob alles nicht auch ganz anders hätte kommen können. Sie reist in die Fremde, sie arbeitet dort, aus den ersten Handlungen werden Gewohnheiten, daraus ein geregelter Tagesablauf, sie übernimmt die Sitten.

Doch wie die Menschen hier, dachte sie, wollte sie nicht werden. Den Sherry im nüchternen Magen, empörte sie sich, daß nicht umgekehrt die südliche, die Mittelmeerstadt so werden konnte wie sie.

Sie ahnte, daß sie hier bloß wie der Arzt werden würde, der einfältig und ein Junge geblieben war, verstrickt in seine kompromittierenden Marotten, die er nicht einmal als solche erkannte.

An den Kiosken der Stadt blickte sie manchmal auf die Magazine, die offen feilgeboten wurden; nie hatte sie Pornographie als etwas Natürliches empfunden. Sie gewöhnte sich an, die Männer und Jugendlichen, die neben ihren Frauen und Freundinnen in den Magazinen blätterten, nicht zu beachten. Wie leicht das ging, hatte sie erstaunt.

Sie hatte Hunger bekommen, zahlte, stand auf, überquerte mit schnellen Schritten die Straße. Bald würde sie ein Steak bekommen, an einem anderen Ort, im Restaurant. Die Erwartung erfreute sie.

Der Mann mit dem Stadtplan war nicht wieder aufgetreten. Besser so, sagte sie sich, sie würde doch morgen Meinen Diplomaten wiedersehen. Sie hatten sich im selben Café verabredet. Von dort wollten sie zum Aquarium, wie er vorgeschlagen hatte. Er konnte zwar stundenlang am selben Ort verweilen, hatte also, wie man sagt, Sitzfleisch, doch herumgehen, das mochte er noch mehr.

Er wußte, daß es unter Umständen, die vielleicht seine Umstände waren, nur eine Generation dauert, bis der Flüchtling zum Flaneur wird.

4

Er hätte in dem Athener Schwefelbad auf den Dampf, der den funzelig beleuchteten, hohen, aus Ritzen und Spalten Kalk ausschwitzenden Baderaum erfüllte, nicht mehr verzichten wollen. Der Dampf duftete nach Rosenöl und verquirlte nur dann, wenn jemand, aus Unachtsamkeit oder aber aus Gewohnheit, sich dem armdick aus der Wand herausschießenden Wasser näherte.

Das Wasser entwich einem steinernen Mund mit vollen Lippen. Der Mund gehörte zu dem ausgewaschenen Gesicht eines tierhaft wirkenden Mannes, vielleicht Poseidon. Antriebslos, zum unerwarteten Stillstand gekommen, seit er ins Becken gestiegen war, mutmaßte er über eine römische Verarbeitung von Osiris. Der Nilgott, am breiten Ende des Deltas zu Hause, in dem über Kilometer sich erstreckenden, verzettelten, moorigen Übergang des Nils ins Mittelmeer, wäre hier am falschen Ort gewesen.

Unter der Wirkung des Bads erinnerte ihn das Gesicht an ein anderes, viel größeres und rundes, an jenen breiten und flachen Mund der Wahrheit in Rom, die Bocca della Veritá, deren Nachbildung ihm in einigen Berliner Bahnhöfen als blinkendes und höhnisch lachendes elektronisches Orakel begegnet war. Den Spruch, die Wahrheit eben, spuckte es auf einem kleinen weißen Zettel aus, nachdem er seine Fingerspitzen dort herausgezogen hatte.

Er bemühte sich vergeblich, im Dampf etwas zu sehen, weitere Münder aus Sandstein oder Marmor, Gottheiten, Ornamente. Er hörte das Plätschern und Schlagen des Strahls. So war er, töricht, wie er im selben Moment dachte, versucht, das Wasser selbst für die wohl belanglose Mitteilung zu halten.

Er hätte gern gewußt, aus welchem Innern das Wasser herbeiströmte, tiefe Gesteinsschichten konnten es schließlich kaum sein. Da war dieser Schwefel- und leise Chlorgeruch, der im Rosenduft lag und der ihm immer dann unerträglich wurde, wenn er bis zum Hals im Wasser stand, sich über Mund, Augen und Haare strich.

Die Männer, dreißig und älter, lehnten am Rand des runden Beckens, gelöst, einige mit geschlossenen Augen und erhobenem Kinn, manchmal murmelnd, die Arme auf dem warmen Stein ausgestreckt. Sie putzten wieder und wieder die Nase mit der offenen Hand, die sie im Wasser reinigten, bevor sie sich mit dem kleinen Finger ins Ohr fuhren. Diese Geräusche vermochte er nicht zu überhören; in der aussichtslosen Bemühung, mehr von den Wänden zu sehen und dafür weniger zu hören, starrte er ins Weiß, das auch ihn verhüllte.

Das Bad war ihm von den Rezeptionisten empfohlen worden, heute, an einem regnerischen, windigen Tag. Er hatte sie auf englisch angesprochen, er mochte die Fragen nicht, die folgen würden oder in anderen Hotels stets folgten, wenn er, was auch ihm naheliegend schien, Griechisch geredet hätte. Wie er wußte, war man für die meisten Griechen immer Grieche, egal, wer man wirklich war –

gleichviel, daß man die Griechen nur als Zerrbild kannte, vielleicht auch als Zerrbild seiner selbst; einerlei, daß man mit der Sprache gerade einmal so wie ein Kind umzugehen verstand, oder nicht einmal wie ein Kind.

Der Reisende wurde dazugerechnet, wo er doch nur eines nicht wollte: eingeschlossen, mitgemeint zu sein, fast gleichgültig, wo er sich befand.

Und dennoch gab es diesen Ort, wo er mitgerechnet, mitgedacht wurde und das so wollte. Die kleine Kantonshauptstadt, die Wälder ringsum, die Berge, die Wiesen, die Seen und Flüsse, Landschaft seiner Kindheit und Jugend – was kannte er besser? Dort vermochte er, das Gewöhnliche vom Außergewöhnlichen mühelos zu unterscheiden, dort war ihm das meiste vertraut und kaum etwas unbekannt.

Seit der Ankunft in Athen leistete ihm sein Griechisch die besten Dienste, sein Kindchengriechisch, wie er gern sagte, wenn man ihn danach fragte. Er hätte es für wenig wahrscheinlich gehalten, daß er sich damit verständlich machen konnte, hier und heute, dort und gestern in Alexandria, Jahrzehnte, nachdem seine Eltern zwischen Hunderttausenden von Griechen, den Italienern, fast allen Christen und Juden, Armeniern, Franzosen und Briten, die Stadt verlassen mußten.

Mit seinen Eltern hatte er Athen drei, vier Male besucht. Wie die meisten Kinder hatte er dazu geneigt, den momentanen Aufenthaltsort als endgültig anzunehmen, in den Bergen seine kleine Kantonshauptstadt, in den Schulferien, verwegen genug, den ihm völlig unbekannten Athener Bezirk.

Der Junge war unter dem Eindruck der sommerlichen Fremde, in der heißen, auf den ersten Blick überwiegend häßlichen Millionenstadt noch nicht darauf gekommen, daß damit, wo man sich im Augenblick aufhielt, nichts entschieden war. Er mußte mitnichten zwischen da und dort, zwischen dieser für ihn beziehungslosen und der vertrauten Welt zu Hause in den Alpen wählen, gar für immer wählen. Daß die eine Welt die andere nicht ausschloß, ahnte er aber erst als Jugendlicher. Er faßte den Vorsatz, sich beide Welten zugänglich zu machen. Darauf hatte er sich selbst gebracht. Denn weder da noch dort ein Erwachsener, der hätte wissen können, was der Jugendliche für sich wußte, niemand, der ihm hätte erklären können, daß man vieles zugleich und gerade damit bei sich selbst war. Wer mochte ihm dahin noch folgen? Bei wem konnte er ohne Rücksicht Grieche sein, der er nicht war, Schweizer, der er nur sein konnte – und umgekehrt?

Er schloß die Augen, streckte die Beine aus. Im Wissen, daß man ihn nicht sehen konnte, kreiste er mit den beiden großen Zehen. Er spannte und entspannte die Waden, bis sie schmerzten, ging dann dazu über, die Arme, die auf der runden Kante des Beckens lagen, langsam hin und her zu drehen, sie an dem warmen Marmor zu reiben.

Am Beckenrand stand einer bis zum Hals im Wasser und schaute in den Dampf. Ein anderer, gedrungen, redete mit ihm. Vater, Sie müssen zugeben, daß das verschwenderisch wäre, das soll man nicht sein, ist Sünde. Der Mann am Beckenrand richtete sich auf, lächelte. In den Augen des Reisenden nahm er, trotz der grauen Badehose, die Gestalt eines griechisch-orthodoxen Priesters an.

Lachen Sie nicht, Vater, ich besitze keinen Esel, der Golddukaten herausgibt, außerdem muß mein ältester Sohn sich zurzeit Arbeit suchen. Ich sollte es nicht ständig wiederholen müssen, erwiderte der Priester, sei glücklich, daß es Zwillinge geworden sind. Vater, ich verstehe nicht, weshalb das Taufbecken zweimal mit geweihtem Wasser gefüllt werden muß, es sind doch beides Mädchen. Mein Sohn, eine Taufe ist etwas Persönliches, jeder, ob Mädchen oder Junge, wird für sich allein zum Christen, einzeln, verstehst du?

Der Gedrungene sprach den Reisenden an. Der nickte, daß er verstanden hatte, er wisse aber nicht viel über die kirchlichen Dinge. Daß der Reisende fremd war, merkte der Gedrungene mehr an der zurückhaltenden Art als an der Aussprache und nahm gleich die hier übliche Überlegenheitspose ein. Fremde waren ihm nicht nur mutmaßlich, sondern ganz bestimmt geistig Minderbemittelte, Barbaren – trotzdem bat er ihn nochmals um eine Antwort. Der Vater hat recht, sagte der Reisende.

Sie sind nicht von hier, erwiderte der Priester, kenne ich Ihre Eltern? Das bezweifle ich, sagte er und schaute in das pickelnarbige Gesicht des Geistlichen, in den ergrauten langen Bart, auf die Stirn, deren Haut ihm besser verheilt schien als auf den Wangen. Der Priester drehte ihm den Rücken zu und tauchte kurz unter, hielt dann die Augen geschlossen, als ob er betete. Zeitweise nahm ihnen der Dampf jede Sicht.

Der Reisende besaß Aufnahmen von seiner Taufe, auf denen sein Vater, seine Mutter, sein Patenonkel und ein Priester zu sehen waren, gewellte, kleinformatige Schwarzweißfotos mit dünnem weißen Rand. Er weinte auf den Fotos, schreiend. Das Wasser im Taufbecken war heiß.

Die Kirche in Zürich wurde, Jahrzehnte, bevor die orthodoxe Gemeinde eine eigene errichtete, mit den Russen geteilt. Der Junge stand zu den wichtigen Festen neben seinem Vater und seiner um Ruhe zwischen den Kindern besorgten Mutter im Holzgestühl. Von der altgriechischen Liturgie bekam er nichts mit. Er deutete seinen Geschwistern Späße an, die sich allerdings bald verliefen, der Weihrauch in der Luft erstickte jede Anstrengung. Er betrachtete die Gesichter der Kirchgänger, und, wenn man sich kurz setzte, das Haar auf ihrem Kopf, ihre Glatze, den schuppenbestreuten Kragen des ungefügen dunklen Jacketts, in denen die Männer steckten, das einmal glänzende, einmal matte Rot an den Fingernägeln der Frauen.

Er fragte sich, ob es zwischen diesen griechischen Händen, Ohren, Ausdünstungen und den schweizerischen Händen und Ohren, den Ausdünstungen in der Schule, auf dem Sportplatz, bei Freunden zu Hause, Unterschiede gab. Er verglich Haare und Wimpern, Knöchel und Muttermale. Über die Jahre entwickelte er so eine Phänomenologie der eingebildeten Unterschiede, ohne allerdings weit zu kommen, schon gar nicht zu sich selbst.

Er stand da und harrte dem Ende der Liturgie entgegen. Er hatte die mit Lippenstiftabdrücken übersäte Ikone der Muttergottes geküßt, eine dünne lange Kerze angezündet und sie dann in den körperhohen Messingkandelaber gesteckt. Orgelmusik gab es hier nicht, man hörte der Hand voll Psalter, dem Chor, zu oder sang selbst. Zwei-, dreimal schritt der Priester mit dem Weihrauchfaß durch die Gänge, schwenkte es an der rasselnden Goldkette. Die Ikonostase mit ihren drei Türen trennte den Altarraum vom Kirchenraum, ihre Süd- und Nordtür offen. Der Priester ging dort während der Liturgie mehrmals ein und aus, der Gläubige soll durch sie hindurch in den Himmel schauen.

Der Junge betrachtete die Ikonen, besonders die des Pantokrators, auf den alles zuzulaufen schien: Seine Pupillen waren parallel aufgemalt, so blickte er einem stets in die Augen, von wo man auch hinsah.

Der Reisende machte ein paar kleine Schritte, zu den Stufen am Beckenrand hin. Vor dem Priester blieb er nochmals stehen. Er merkte, daß das beinahe zum Fehler geworden wäre, der Priester hätte es als Aufforderung verstehen können, das Gespräch fortzuführen, im Café, womöglich in seinem Haus. Geh auch nach Smyrna, mein Sohn, sagte er aber bloß, murmelte dann noch etwas, das ein Segen, vielleicht ein Reisesegen war.

Der Reisende stieg durch den Dampf. Das Becken kam ihm uferlos vor, weit und unfaßbar wie das Meer, ringsum das Römische Reich und das Oströmische, Byzantinische Reich. Er bekam Lust, nach den Orten Kleinasiens aufzubrechen, nach Troja, nach Ephesus, nach Smyrna. Bei der hölzernen Bank schlug er das Handtuch um die Hüften. In Smyrna, heute Izmir, war er noch nie.

Im Freien, es war leicht bewölkt, entschied er sich, auf die Metro zu verzichten und statt dessen zu Fuß zum Syntagma-Platz zurückzukehren.

Für einen Moment hatte er sich im Bad unfrei gefühlt, wie in Alexandria.

Er fragte sich, ob es Zufall sein mochte, daß er sich gerade in Athen nicht gut auskannte. Diese Stadt war ihm näher als Alexandria. Sein Großvater, der Vater seines Vaters, war in einem überfüllten Ruderboot von Smyrna nach Chios gekommen, wanderte später weiter, nach Alexandria, nicht hierher.

Der Reisende hatte schon als Junge Piräus gesehen, mehrmals, die Hafenstadt vor Athen, von dort war es nach

Chios nicht sehr weit, bestimmt nicht weiter als von Barcelona nach Marseille, von Tunis nach Palermo, dachte er.

An einem der freistehenden Kioske, die in großer Zahl über die Stadt verteilt waren, kaufte er ein Tütchen Sonnenblumenkerne. Er riß es auf, entleerte es in seine Hosentasche.

Wieder hatte er den Eindruck, als seien die Frauen hier auf eine Weise gekleidet, die er aus Split und Dubrovnik, aus Istanbul kannte: schwarze Pumps, schwarze Hose, weiße Bluse, Lederjäckchen, lederne Handtasche. Die dunklen, mit helleren Strähnen versehenen Haare trugen sie schulterlang. Er knackte einen Kern zwischen den Zähnen, rollte mit der Zunge den Inhalt heraus, kaute ihn. Ganz so, wie es auch ein Passant tat.

Er überquerte die Straße, blieb neben ein paar geparkten neuen Motorrollern stehen, schaute hoch. Die Wolken schimmerten grünlich, als ob sie fluoreszierten, auf ihrer Unterseite spiegelte sich das Meer, das am frühen Morgen noch aufgewühlt gewesen war.

Die löcherige Wolkendecke und die Abgase, die seine Nase reizten, ließen ihn einen Augenblick lang denken, er befände sich zwischen den Mauerstummeln eines niedergebrannten Hauses.

Sein eigenes Haus zündete man nicht an, auch wenn man es für immer verlassen mußte. Die wenigsten schauten dorthin zurück. Der Fußmarsch zu den Booten vor der Stadt, fast ohne Gepäck, an der Hand eines Erwachsenen oder als Erwachsener, schien unendlich.

Auf See beachteten sie die Boote nicht, die von dort kamen, wo sie hinsollten – umgekehrt wurden auch sie nicht beachtet. Griechen, die genauso Türkisch sprachen und mit den Türken lebten; in den entgegenkommenden Booten ruderten Türken, die Griechisch sprachen, mit ihnen seit Generationen verwandt. Nationen mußten her, Bevölkerungen wurden getauscht. Was zählte, war Boden, abgegrenzt von anderem Boden, eine Sprache, abgegrenzt von einer anderen Sprache, eine Religion.

Er stellte sich jetzt wieder den Mittelmeerraum als eine Karte vor, mit Pfeilen übersät, mit kurzen und langen, mit ausgefransten, stumpfen, mit weitverzweigten, vom Balkangebirge zur Küste hin, vom Maghreb in die Wüsten, wo die Menschen noch immer wanderten, vom Kaukasus nach Anatolien, von der Schwarzmeerküste in neugeschaffene Staaten oder aus diesen hinaus: Abermillionen von Menschen auf der Flucht vor Katastrophen, Kriegen, versprengt, abgetan an einem beliebigen Ort, unterwegs während des Ersten Weltkriegs oder aus dem zaristischen Rußland, die Armenier, die Mazedonier, Jordanier, Syrer, Palästinenser, Hungernde, Verzweifelte, Juden, Christen, Muslime, die Vertriebenen des Zweiten Weltkriegs, auf der Stelle oder fern ihrer Häuser vernichtet, in größter Zahl ausgelöscht, die Weggescheuchten jeder Herkunft und jeden Alters, ohne Ziel, ohne wirkliches Ziel. Ein Gewimmel von Pfeilen, dicht wie ein tragfähiges Geflecht, das nie eines, das immer dessen Gegenteil war.

Die in das Tal der kleinen Kantonshauptstadt gekommen waren, vor drei-, vier- und fünfhundert Jahren, trugen romanische und slawische, schnell typisch gewordene Namen. In der Mitte des neunzehnten Jahrhunderts gaben sie nach den Hungersnöten ihre Kinder weg, schifften sich nach der Neuen Welt ein, fuhren übers Meer. Sie verließen die Schweiz, die damals gerade entstanden war.

Er machte, daß er über den Boulevard kam. In diesem Moment war er von der Unmöglichkeit überzeugt, einen Pflock in die Erde zu rammen und sich daran festhalten zu können. Die Zeit würde ihn und die Seinen nach spätestens zwei Generationen von hier, dort, von jedem Ort wegfegen, die Zeit und ihre Ereignisse, die ihm unbekannt waren wie die Menschen hier.

Nach einer Weile setzte er sich in ein Zacharoplasteion, eine Patisserie, bestellte ein Stück Baklava und einen Mokka. Er sah sich am wackligen Tisch vor, er hatte nur seine Reisegarderobe.

Draußen gingen die Menschen schneller. Bald würde alles geschlossen sein, drei Uhr, mitten am Nachmittag. Er würde bis halb sechs kaum jemanden auf der Straße antreffen.

Der Vater des Reisenden buk ein köstliches Baklava. Er klaubte eine Handvoll vom Blätterteig, wallte sie aus, breitete die dünne Lage übers Blech. Er tunkte – jede Bewegung nur der Vorgang, der nötig war – den Pinsel in die geschmolzene Butter, strich sie auf die Lage, wallte gleich eine weitere Handvoll aus und breitete sie über die bestrichene Lage im Blech. Nach der dritten und vierten Lage verteilte er die Paste aus gehackten Walnüssen und Pistazien, Zucker und Butter drauf und bedeckte sie mit vier Lagen Blätterteig. Im Ofen wurde der Teig nach einer halben Stunde golden. Er goß den Sirup, den er aus Zucker, dem Saft einer Zitrone und Wasser auf dem Herd gerührt hatte, über das Blech. Kaum daß der Sirup durchgerieselt oder aufgesogen war, schnitt er mit dem Brotmesser ein Karomuster hinein. Ein Stück genügte dem Kind stets, es genügte auch dem Reisenden noch. Die

Besitzerin brachte es ihm auf einem Tellerchen, dazu ein zweites Glas Wasser.

Das Stück schwitzte den Sirup aus, steckte im eigenen Bodensatz, war noch frisch. Der Reisende zögerte, dann stach er mit der kleinen Gabel einen Bissen ab.

Er blickte zum Blech in der Vitrine, aus dem das Stück stammte. Im Blech hinterließen die fehlenden Stücke Leerstellen – Leerstellen? Wer wollte behaupten, die Stükke gehörten zusammen?

Er nahm einen weiteren Bissen. Kauend dachte er, daß es das größte Glück war, unbehelligt zu sein; von den niederen Beweggründen anderer, vom Staat, vom widerwilligen Unterwegssein.

Als ihm die Besitzerin der Patisserie einen weiteren Mokka brachte, fragte sie, woher er komme und was er hier zu tun habe. Er sei Diplomat, antwortete er. Was denn, für die Schweizer? Er nannte den Namen seines Großvaters, wiederholte ihn. Er fügte hinzu, daß der Mann eine erstrangige Patisserie in Alexandria betrieben habe, bat anschließend, hier in die Backstube zu dürfen. Die Besitzerin nickte, den Namen des Großvaters aber höre sie zum erstenmal. Vom Tresen aus fragte sie den Reisenden, wie er selbst denn heiße. Er nannte denselben Namen.

5

Mutter war in der Kabine geblieben, der Wechsel vom Berliner zum mediterranen Klima bekam ihr selten. Ich ging, eine botanische Publikation in der Handtasche, in den Gesellschaftsraum.

Nahe am Fenster, setzte ich mich auf den Sessel, schlug die Beine übereinander und blickte hinaus. Die Leinen waren noch nicht los, ein paar Passagiere lehnten auf dem halboffenen Deck an der Reling. Zu viele, um sich gemeinsam hinzusetzen und Karten zu spielen, zu wenige, um einander zu übersehen, schaute man sich bei günstiger Gelegenheit kurz an.

Ich blätterte in der Broschüre, die man mir in Karthago entgegengestreckt und die ich in der hinteren Tasche der Sommerhose vergessen hatte. Mutter wollte sich das alles ansehen, ich hatte sie begleitet.

Tunis lag im letzten Sonnenlicht, ich blickte nochmals über die Stadt. Am Kai, weiter vorn, die fliegenden Händler, denen ich Papiertaschentücher und Kaugummi abgekauft hatte. Sie hatten mich, eine junge, unverschleierte Frau in mütterlicher Begleitung, immer wieder von oben bis unten angeschaut.

Ihre weißen und beigefarbenen knöchellangen Gellabias

flatterten in der Abendbrise. Sand wirbelte durch die Stadt, ich glaubte, ihn längst in meinen Lungen zu spüren, hustete. Jetzt schraubte er sich bis zum Deck hinauf. Ich schloß die Augen, zum Glück waren da noch die Scheiben.

Als die Motoren stärker schlugen, wollte ich Mutter Bescheid geben, wählte auf dem Decktelefon die Nummer unserer Kabine. Vielleicht hat sie sich auch bereits hingelegt, dachte ich. Es klingelte abgerissen. Noch bevor Mutter sich auf französisch meldete, stieß ich leicht mit der Schläfe gegen die Wand – das Schiff hatte abgelegt. Das Horn ertönte, Mutter konnte mich kaum verstehen. Kommst du hoch? Nein, antwortete sie, aber bleib nur.

Ich stand vor dem Tresen. Beim griechischen Kellner bestellte ich einen schwarzen Tee und ein Stück Marmorkuchen. Der Tee wurde mir in einer Tasse gereicht, die eine verwaschene griechische Aufschrift trug, darunter das Logo der Reederei.

Drei junge Leute mit Rucksäcken baten mich um Kleingeld. Ich wollte ihnen auslegen, was ich in der Hosentasche hatte, wühlte darin, während die drei überflüssigerweise weiter auf mich einredeten. Ich drückte es der jungen Frau, die mit den beiden Kommilitonen reiste, in die Hand. Sie bedankten sich überschwenglich.

Tee und Kuchen auf dem kleinen Tablett, stieg ich die Stufen zum Promenadendeck hinauf. Neben einem Rettungsboot setzte ich mich auf die weißgestrichene Bank. Das Schiff nimmt nun Fahrt auf, dachte ich, aber wir waren schon längst jenseits der Mole.

Ich schaute zurück auf die Stadt. Die Dächer schienen in diesem Augenblick wie auf ein Kommando hin dunkelrot auf. In den Fenstern dort lohte es. Eine Weile gab ich mich, verschwitzt wie ich war, mit Sand in den Mundwinkeln und von der Sonne tagelang gequält, der Idee hin, es lohte nur für mich.

Kaum daß ich den Kuchen gegessen hatte, klopfte mir eine junge Frau auf die Schulter und setzte sich neben mich auf die Bank. Ich schaute sie nicht an, es mußte die Studentin von vorhin sein. Wo sind deine beiden Freunde abgeblieben, fragte ich. Sie schwieg. Ich drehte mich zu ihr um, doch das war gar nicht die Studentin, sondern eine andere junge Frau, eher noch ein Mädchen.

Morgen abend werden wir in Marseille ankommen, sagte sie, dort ist es zwar nicht so schön wie in Piräus, aber immerhin. Ich verstand ihr einfaches Griechisch. Mit ausgestrecktem Arm deutete sie über das Hauptdeck. Schau, wie schmutzig unsere Flagge ist! Ich konnte erkennen, daß die weit entfernte Heckflagge um mindestens ein Drittel ausgefranst, das Blau verblichen war.

Die junge Frau lachte auf, manchmal ohne Grund, wie ich dachte, manchmal hatte ihr Auge etwas gestreift. Ihre grüne Windjacke roch streng, ihr Haar flatterte im Wind. Sie mußte zum Schiff gehören, vielleicht war sie die Schwester des Kellners, oder ihre Mutter arbeitete in der Putzkolonne.

Sie legte einen Moment lang den Arm um mich, wie zur Probe. Dann rutschte sie ans andere Ende der Bank, kam aber bald wieder herüber. Sie redete unablässig, verwendete dabei Ausdrücke, die mir, als ich im vergangenen Jahr auf Rhodos Urlaub machte, auf Schritt und Tritt begegnet waren. Die griechischen Lieblingswörter lösten sich in endlos wirkender Reihung in meinen Ohren in Laute auf, in Silben und Seufzer, von der jungen Frau genießerisch ausgestoßen. Sie hatte sie aufgeschnappt, ließe sich sagen, wäre es nicht unmöglich, diesen Wörtern in Griechenland zu entkommen. Im Urlaub war mir davon schlecht geworden, ich hoffte, daß gerade dieser liebenswürdige, hilfsbereite, aufmerksame Mann, jene freundliche, gebildete Frau sie nicht aussprechen würden, wenigstens nicht immer wieder; doch ich konnte nicht umhin, an jedem Ort und zu jeder Zeit auf die Bemerkungen zu Geschlecht und Hautfarbe, in der Art herabsetzend, gefaßt zu sein. Das größte Gefallen fand die junge Frau an den Wörtern Schwuler und Stricher. Sie gab das wieder, was sie hörte und was man unterschiedslos auch zu ihr sagte, die nicht verstand.

Ich sah die junge Frau neben mir an, sie lächelte, so lächelte ich zurück. Sie wandte sich an zwei Passagiere, die sich als ihre Landsleute herausstellten. Die beiden blickten sie mitleidig an, reichten ihr ein paar Münzen, die sie aber nicht annahm. Statt dessen beschimpfte sie die beiden, bevor sie feixend abzogen.

Ich stand auf. Die junge Frau lehnte an der Reling, nahm keine Notiz von mir. Als die Glühlampe neben dem Rettungsboot anging, erschrak sie, ihre grüne Windjacke leuchtete hell auf. Ich legte ihr die Hand auf den Rücken. Sie warf sich herum, blickte mir in die Augen. Schnell lief sie davon.

Hätte sich die Angelegenheit nicht schon an Bord für mich erledigt, wäre ich in Marseille als erstes zur Hafenpolizei geeilt. Die verwirrte junge Frau tat mir leid, ich war in Sorge um sie. Ganz auf sich gestellt, schien sie verloren, sie begriff nicht, was ihr zustieß. Eingetroffen aus Fügung, in jeder Hinsicht ungewollt, reihten sich die Ereignisse in ihrem Kopf auf. Sie konnte sie nicht anders denn als Reihung ordnen. Was war so zu lernen?

Ich sah der jungen Frau zu, wie sie gestikulierte und hastig redete, sie fluchte mehr, als daß sie redete, sie verwendete die üblichen Wörter. Man forderte sie auf zu zeichnen, was sie uns sagen wollte, es war ihr eigener Wunsch, Stift und Papier zu bekommen. Gierig griff sie danach, legte in der Kapitänskabine das Blatt auf den großen Tisch, setzte sich hin, dachte lange nach, bevor sie, aufgewühlt, zu skizzieren begann.

Die medizinische Untersuchung hatte sie bereits hinter sich, der Kapitän, ein Thessalier, hatte darauf bestanden. Auch mit den drei jungen Männern war er unerbittlich. Einer von ihnen, der Kellner, schien mehr als ein Ärgernis. Der Kapitän schrie ihn an, wandte dabei die griechischen Lieblingswörter an, dann beachtete er den hochgewachsenen Kellner nicht mehr, dem die junge Frau, erstaunlich genug, zu vertrauen schien. Sie blickte den Kellner öfter an. Er nickte ihr zu.

Offenbar zeichnete sie sehr gern, sie hatte sich beruhigt. Die beiden anderen Männer waren in Gewahrsam genommen worden. Da war wohl eine kleine Zelle an Bord, von wo sie der Erste Offizier herbrachte.

Der Kapitän spannte die Zeichnung in den kleinen Umdruckapparat, drehte an der Kurbel. Die Kopie legte sich vor ihm auf den Tisch. Er reichte sie mir.

Die drei Männer lachten, sie stritten alles ab. Die Zeichnung schien ungeschickt für eine junge Frau, für ein Mädchen, das sie nicht mehr und dennoch geblieben war. Man hätte sagen können, die Zeichnung sei ein Zeugnis ihrer Phantasie: Die Dinge konnten sich unmöglich so zugetragen haben, hatten mit der Angelegenheit nach aller Vernunft nichts zu tun.

Personen, Wetter, Tageszeit, vieles schien ausgedacht. Einige Dinge waren auch zu klein, andere zu groß geraten.

Auf dem Bild geschah alles gleichzeitig, einerlei, welches Ereignis was zur Folge oder umgekehrt als Ursache hatte. Die Mutter der jungen Frau war in einer ähnlichen Situation dargestellt wie sie selbst. Ich erkannte mich auf dem Bild wieder, ohne eine Funktion, die sich mir erschlossen hätte. Die Engländerin trug eine weiße Bluse mit dünnen roten, diagonal verlaufenden Streifen, die die junge Frau so genau wie möglich abzeichnen wollte. Sie hatte der Engländerin immer wieder auf die Bluse geschaut. Die drei jungen Männer hatten dabei gelacht.

Der Kapitän hielt sie nicht für eine Lügnerin, er hätte auch die Engländerin und mich dafür halten müssen, aber er war uns dankbar. Ich vermute, daß er den Kellner verabscheute und nur auf eine Gelegenheit gewartet hatte, um ihm das Handwerk zu legen. Möglich, daß er der Zeichnung nicht viel abgewinnen konnte, sie hielt eine persönliche Sicht dessen, was geschehen war, fest. Eine unbeeinflußte hatte er ohnehin nicht erwartet, wie mir schien. Der Kapitän war sich im klaren darüber, daß sich die junge Frau nur auf die eigene Weise mitzuteilen verstand. Er ahnte, daß die Zeichnung eine Art seelischen Abbilds war.

Er schwitzte unter den Achseln. Später sah ich, daß das nicht stimmte, das Bleichmittel hatte die Schweißränder ins Hemd eingefärbt. Er trug keine Mütze, die weiße Hose war an den Taschen eingerissen. Wenn er ging, hielt er den Oberkörper etwas zurückgeneigt. Das Weiß seines dünnen Schnurrbarts spielte mit dem Weiß des Hemds. Ein schöner Mann, von dem ich mir vorstellte, daß er heute besser aussah denn als Jugendlicher.

Was war auf der Zeichnung zu sehen? Für die junge Frau kam nur ein umfassendes Bild dessen, was sie sah und fühlte, in Frage. Darin trat, unzweideutig, auch ihre Mutter auf. Sie hatte sie beschriftet. Neben die Figuren kritzelte sie Bezeichnungen, sich selbst nannte sie Mutter, den Kellner Bruder.

Nach einem Blick in die Pässe bestätigte der Erste Offizier, daß der Kellner tatsächlich ihr Bruder war. Unsere Pässe wollte er nicht sehen, es reichte, daß die Engländerin und ich den Namen buchstabierten und die Paßnummer nannten. Wir gaben alles, was wir zur Sache wußten, zu Protokoll, er tippte auf der alten Schreibmaschine mit den griechischen Zeichen. Das Mädchen schrieb in griechischen Versalien, verwackelt.

Was war auf dem Bild zu sehen? Nicht die Menschen, die man erwartet hätte, also die drei jungen Männer, die Engländerin, mich, sondern Figuren, die zwar aussehen sollten wie wir, aber um ein paar Einzelheiten verändert waren. Die Figuren entsprachen eher Funktionen, hatte ich den Eindruck, ähnlich wie sich die kindliche Angst im Wald als böser Wolf oder als Hexe zeigt, die Eifersucht als petzende Alte. So zumindest deutete ich jene Figuren, die ich nicht erkannte. Ich wußte nicht, mit wem die junge Frau auf dem Schiff umging, falls man das Umgang nennen konnte. Auf der Zeichnung war ein großer schwarzer Hund zu sehen, mit Petros beschriftet, den sie zu fürchten schien und der in Wirklichkeit ein Mensch sein mußte, wie die Wollmütze verriet.

Die Mutter der jungen Frau trug auf dem Bild das weite,

am Bauch verknotete Hemd und die Bluejeans, mit dem das Mädchen bekleidet war, statt der grünen Windjacke einen Mantel, dazu einen langen Schal.

Ich hatte in Barcelona die Gewohnheit angenommen, Schnittblumen zu kaufen. Da ich am Anfang keine Vase finden konnte, ging ich los, eine zu kaufen. Ich glaubte, im Carrer de Montcada einen Laden gesehen zu haben; ich wollte eine hohe, dünne Vase, aus Glas, nicht aus Porzellan, pastellfarben, hellblau oder gelblich. Als ich den Laden betrat, merkte ich gleich, daß die wenigen Vasen in den Vitrinen für mich nicht in Frage kamen. Ich ärgerte mich darüber – von meiner Wohnung dorthin ist es nicht gerade nah. Ich blickte mich um, ließ mir nicht anmerken, welcher alberne Anlaß mich hergeführt hatte.

Die Besitzerin begrüßte mich, kehrte dann ins Hinterzimmer zurück, machte sich an einem Walzer zu schaffen, der den halben Schreibtisch bedeckte. Ich tat so, als interessierte ich mich für Vasen, als wüßte ich schon Bescheid, fragte nichts. Ich betrachtete eine schwarze Vase, die sich im Glaskasten drehte, eine Pelike, wie ich nun weiß. Ihre langen Henkel, die vom runden Bauch ausgingen und zum weiten, dicklippigen Mund führten, kamen mir massiv und dennoch zierlich vor. Ich mochte die Vase auf Anhieb. Am liebsten hätte ich sie mir einpacken lassen, wäre nicht sehr deutlich gewesen, daß ich sie mir nicht leisten konnte.

Auf die Pelike, unten mit einem Mäander-, oben mit einem breiten Wellenband geschmückt, waren Figuren aufgemalt, Tiere, ein Pferd und zwei Vögel, ein Stuhl, deren Rot, dunkler als gebrannter Lehm, matt glänzte. Ich fragte mich, was die Darstellungen bedeuteten – die Besitzerin, eine Slowenin, mit einem Galizier verheiratet, schickte mir nach meinem ersten Besuch öfter Ausstellungskataloge, für die sie keine Verwendung hatte, Zeitungsartikel, meist französische.

Auf dem Schiff nach Barcelona begriff ich, daß die Zeichnung der jungen Frau mit jenen Darstellungen auf den klassischen Vasen eine Ähnlichkeit hatte. Das scheinbare Durcheinander war vergleichbar. Auch die Beschriftungen fehlten auf den Vasen nicht.

Das Mädchen mußte die Reproduktion einer Vase gefunden haben, vermutlich eine Ansichtskarte im Souvenirshop des Schiffs. Eine ganze Geschichte in einem einzigen Bild zu erzählen, entsprach der Denkweise der attischen Maler. Übersichtlich zusammengestellt, so bezeichnete es die Slowenin.

Der Kapitän hatte ein Bild erwartet, auf dem Hier und Jetzt eine Einheit bildeten, wie auf einem Foto, zu einem bestimmten Zeitpunkt das Mädchen, die drei jungen Männer, der Rest.

Man hatte früher gedacht, daß die Vasendarstellungen von Einwanderern angefertigt worden seien, die eine Geschichte nur in Teilen begriffen und sie mit Gegenständen aus anderen Geschichten ausgeschmückt hatten. Die Archäologen, die sich im neunzehnten Jahrhundert damit beschäftigten, haben die Vasen geborgen und ausgestellt – verstanden aber haben sie sie nicht.

Als ich den Laden zum zweiten Mal aufsuchte, drehte sich eine andere Vase im Glaskasten. Ich redete mit der Besitzerin, sie hielt mich für den faszinierten Laien, der ich war.

Seemöwen flogen hinter uns her, drehten ab, kreisten wie Blütenblätter von einem Kirschbaum im Wind, angezogen oder angesogen vom Heck des Schiffes, im Luftwirbel wieder zurückgeworfen, über den rechten oder den linken Flügel abgeschmiert, aufgelehnt, ein Hin und Her. Sie taten, wie sie gelernt hatten, aber wir fuhren nicht in einem Kutter, wir warfen ihnen höchstens Blicke nach, die wir ohnehin ins Meer geworfen hätten, oder dann in den wolkenlosen, rötlichen, weiter hinten bräunlich abfallenden, schon schwarzen Himmel.

Die Möwen trauten sich bis zum Ladebaum vor, schauten zu uns herunter, für Sekunden nur, dann machten ihnen andere den wogenden Platz streitig.

Die beiden jungen Männer waren Angler. Sie hatten Teleskopruten aus Fiberglas im Gepäck, blaue und grüne, die sich auf einen Meter zusammenschieben ließen. Bevor es dunkel wurde, warfen sie die Schnur aus, nicht ins Wasser, in die Luft. Die Möwen kämpften um den Köder, in der Höhe schnappten sie danach. Die ihn erwischt hatte, wurde an Schnabel oder Hals zur Hütte gezogen, wo die beiden Männer unter sich waren. Der Widerstand der Möwe brach schnell. Punktgenau herangekurbelt, verlor sie ihr Gleichgewicht, torkelte und taumelte, kreischte, spreizte die Flügel, streckte die Ruderfüße von sich, flatterte.

Den beiden Möwen, die sie schnell gefangen hatten, wickelten sie ein Stück Draht um den Schnabel. Sie steckten sie in eine Tüte und kreisten die Tüte in der Luft. Die weiten Flügel falteten sich auf, die Tüte wurde rund wie ein großer Ball, dann sackte sie wieder in sich zusammen, füllte sich neuerlich zum Ball, sackte zusammen. Die Möwen konnten mit den Flügeln, obwohl doch im Flug, längst nichts mehr ausrichten, ihre Kräfte schwanden, sie zuckten bloß noch.

Die Männer griffen in die Tüte und zogen die Möwen heraus, sie vermochten auch nicht annähernd, sie mit beiden Händen zu umfassen. Die eine pulsierte stark, ihr Herz raste, es überschlug sich, die andere konnte dem, was mit ihr geschah, nur noch mit einem Auge folgen. Die Männer feixten. Sie verständigten sich mit Handzeichen und einem Gemisch aus Griechisch und Kroatisch. Ab und zu schauten sie sich um, blickten in die Ferne, die Möwe in der einen, Tüte und Kneifzange in der anderen Hand.

Die Möwe, der sie das Bein abgezwackt hatten, zitterte einige Augenblicke lang stark. Der eine hob das lose Bein von den Planken und schleuderte es ins Meer, der andere zog das Feuerzeug aus der Hosentasche, hielt den Gasknopf gedrückt, strich mit der Düse am anderen Bein der Möwe auf und ab. Er hielt das Feuerzeug gegen das Licht der Glühbirne, nicht mehr viel drin, sagte er. Der andere nickte und sah ins Meer, das sie umgab, bis zum Horizont, der nur im Westen noch erkennbar war, als blaues Schimmern auf Augenhöhe.

In der beginnenden Nacht zeigte sich das Mittelmeer oft als flacher, gekrauster Boden, auf dem man gehen zu können meinte. Doch man konnte darauf nicht gehen, so einladend er war, eben Boden, so weit das Auge reichte – überblickte ich im Dunkel zwanzig, zweihundert Fuß, zwanzig, zweihundert Meilen?

Das Feuerzeug bleckte nur noch. Der junge Mann spielte mit dem Zeigefinger am Bein der Möwe, das steif und kalt geworden war. Mit einem Stüber brach er es. Er drehte es um den Zeigefinger, riß es ab, warf es über die Reling.

Gehen konnte die Möwe nun nicht mehr, ein Hohn, dies zu fordern. Der junge Mann schubste sie an, spreizte ihre Flügel. Er streckte die Arme aus, doch die großen Flügel hingen noch immer durch. Auf den Planken trippelte er hinter der Möwe her.

Der andere nahm ihm das Feuerzeug aus dem Mund und machte sich am Schnabel seiner Möwe zu schaffen; den Schnabel einzuschwärzen, gelang ihm noch, dann zündelte er an ihrem Hinterkopf. Mit letzter Kraft warf sich die Möwe auf – er faßte sie neu, schlug ihren Kopf gegen die Reling, um das Feuer auszumachen, dann nochmals und nochmals. Die Möwe blutete aus dem Schnabel, sie rührte sich nicht mehr. Kurzentschlossen stieß sie der junge Mann mit der Schuhspitze über Bord.

Der Kellner, der dazugekommen war, zerknüllte die Tüte und warf sie in die Nacht hinaus. Gemeinsam schauten sie ihr nach. Er grinste, als er die Möwe ohne Beine erblickte.

Sie hörten jemanden kommen. Die Engländerin schaute sich im Heck um, die helle Schulterdecke hielt sie über der Brust zusammen, die Haare vom Wind zerzaust. Sie grüßte und ging. Die schnellen Schritte, später, gehörten der verwirrten jungen Frau. Sie hatte ihren Bruder gesucht und war froh, ihn endlich gefunden zu haben.

Mutter hatte ich nichts davon erzählt, das hätte sie nur beunruhigt. Sie hatte sich in Tunis und nun auch in Marseille Samen besorgt, wieder einmal Verbene und Lavendel. Daß sie Verbene bevorzugte, zwar ein Wunschkraut, aber eben ein Wegrandkraut, verstand ich nicht. Ich beschrieb ihr, wie sie es ziehen sollte, anders als bisher. Sie lachte, streichelte meine Hand.

Mutter verließ den Fahrstuhl und kam in der Hotellobby

auf mich zu. Sie war müde, wirkte aber fröhlich. Ich fragte sie, ob sie sich auf Berlin freue. Ja, sagte sie schnell.

Wir frühstückten, statt Saubohnen und Mokka gab es hier Milchkaffee und Croissants.

Ich brachte Mutter vom Hotel zum Flughafen, fuhr zum Hafen zurück und schiffte mich am selben Morgen nach Barcelona ein.

6

Er hatte sich das Gesicht gewaschen, die Brille aufgesetzt, war ins Jackett geschlüpft. Er warf einen Blick aufs Rezeptbuch, das auf der Kommode lag.

Daß das großformatige, in Leder gebundene, beinahe auseinanderfallende Rezeptbuch so schnell, fast mühelos in seinen Besitz gelangen würde, hatte der Reisende nicht zu hoffen gewagt, auch nicht in Berlin, von wo aus er sich auf die Suche danach gemacht hatte.

Er hatte sich in Alexandria durchgefragt, nach kurzer Zeit hatte es sich im Viertel herumgesprochen, daß er ein Enkel der Eigentümer war. Der Rest war Verhandlungssache, und verhandeln war sein Metier.

Er verließ Alexandria mit dem Rezeptbuch, in dem er zu lesen begann, stundenlang, dabei Notizen machte. Er wollte damit keine bloße Sicherungskopie anfertigen; ihm war darum zu tun, die in arabischer, türkischer, griechischer, französischer, englischer Handschrift verfaßten Rezepte zu verstehen.

Er gestand sich ein, vom Anblick des Rezeptbuchs erschrocken zu sein. Eigentlich hatte er nicht damit gerechnet, es je zu finden. Nun konnte er es kaum mehr aus der Hand legen, er beschäftigte sich immerfort damit.

So schnell er seinen neuen Besitz in Sicherheit oder zumindest wegbringen wollte, so gewiß war er, daß er nach Alexandria, noch auf dieser Reise, zurückkehren wollte.

Izmir kannte er kaum. Im Flur wartete er auf den Fahrstuhl, dessen Messingknauf die Haut in seiner Handfläche reizte. Er wischte sie mit dem Taschentuch. Schmuck trug er nie. Vermutlich, dachte er wieder, reagierte er auf Metalle allergisch.

Im Fahrstuhl prüfte er, ob er genügend Türkische Lira in der Brieftasche verstaut hatte, blickte dann durchs Bullauge in die vorbeiziehenden Stockwerke: niemand zu sehen.

Die Hand in der Tasche, am Bündel mit den Scheinen, wollte er dem Pförtner ein Trinkgeld geben – der ältere Mann hielt die Tür auf, blickte aber stumm hinaus, wandte sich dann ab. Der Reisende war hier nicht in Alexandria, die vielen Minarette hin oder her. Dort vorn sah er eins, daneben ein höheres, dahinter weitere, mit buntem Licht bestrahlt.

Er hatte in den Empfehlungen, die das Hotel in der Broschüre gab, von einem nahen Fischlokal gelesen. Er ging über die Straße. Vom Gehsteig aus sah er das Meer, ungerührt lag es da, der Schein der hohen Straßenlampen am Mustafa-Kemal-Boulevard schlängelte sich übers schwarze Wasser, nicht sehr weit hinaus.

Die Spiegelungen ließen ihn an Stilette denken, wo er doch hier, wenn überhaupt, Krummsäbel erwartet hätte, Sicheln, auch Mondsicheln. Er suchte mit weit geöffneten Augen den Himmel ab. Daß heute kein Vollmond war, beruhigte ihn.

Ein in voller Größe dumpf strahlender Mond bereitete ihm schlechte Träume, falls er dann nicht ohnehin wach lag, schlaflos, in der Schlaflosigkeit sich selbst überlassen, als Junge in den Bergen, als Diplomat in Nikosia, in Berlin, in den Vereinigten Staaten, wo er sich gern und oft aufhielt, an der Ostsee, in den norwegischen Fjorden.

Der Halbmond, Symbol der Muslime, war ihm, dem orthodoxen Christen, nah, so nah wie möglich.

Der Reisende dachte, das sei der Grund, weshalb Mohammed auf den Halbmond verfallen war: Bei Vollmond war man allein und bloß man selbst.

Er sah Halbmonde auf den Spitzen der Minarette; er füllte die Lungen mit der Seeluft, die heranwehte. Lampen und Lämpchen fielen ihm auf, rot, blau, grün, blinkend, starke Strahler an den Ladeneingängen, Glühbirnenketten, über die Straße gespannt.

Nach der Fahrt auf der aufgewühlten See von Chios hierher fand er Gefallen an der Lust der Einheimischen, die Nacht wie ein Kinderzimmer zu beleuchten.

Auf einer Kreuzung blickte er in vier ähnliche Straßen, alle mit bunten Lichtern verziert, er blieb stehen. Er wollte über die Kreuzung setzen, aber die Autos fuhren auch bei Rot, sie hupten und wichen einander, oft in Schrittempo, aus.

Obwohl die Gehsteige voller Menschen waren, wurde er nicht angerempelt. Er machte es den Einheimischen nach, drängte sich zwischen den Stoßstangen durch. Einmal blieb sein Blick an den Lämpchen im Heck eines alten Renault hängen. Daraus schaute ihn ein Kind an.

Er hustete Abgase aus. Auf griechisch erkundigte er sich nach der breiten Anafartalar-Straße, erhielt auf türkisch Auskunft. Er merkte sich die Richtung. Wenigstens konnte er in dieser Stadt die Straßenschilder ohne weiteres lesen. Gerade nur darüber empfand er eine kindliche Freude.

Die Menschen ließen ihn in Ruhe, man behandelte ihn, den Fremden, zuvorkommend – was hatte er erwartet? Er kaufte bei einem fliegenden Händler, der einen übergroßen Bauchladen trug, ein Tütchen mit gerösteten Erdnüssen. Er steckte es so in die Hosentasche, daß er sich mühelos daraus bedienen konnte, wenn er durch die Stadt ging.

In der Kneipe trank er einheimisches Bier. Zusammen mit den Erdnüssen sollte das sein Aperitif sein, sagte er sich.

Im Speiselokal, das er bald darauf erreichte, war er der einzige Gast. Der Ober, ein anatolischer Türke im grünen Livree, siebzig oder älter, gab ihm den besten Tisch im Freien und bediente ihn auf griechisch.

Die Mottenlöcher in Tischdecke und Serviette hatte man nicht zugenäht, der Kronleuchter im Innern war staubig. Vergilbte Fotos und Auszeichnungen an den roten Wänden; die grünen Brokatgardinen, der beschädigte Stuck an der Decke zeugten von einer anderen Zeit, vor dem Krieg.

Er hoffte, daß das polierte Silber seine Lippen, seinen Mund, seine Zunge nicht reizen würde. Er bestellte Wasser und trank es, obwohl es mit viel Chlor versetzt war. Er bat um eine noch verschlossene Flasche, dann um eine weitere. Man spielte griechische Schnulzen für ihn. Seine Eltern hätten bestimmt mitzusingen gewußt.

Er glaubte, das Stück, das gerade lief, zu erinnern, summte mit. Er kannte es von den Sommeraufenthalten in Griechenland her – zu Hause im Bergtal hörte keiner griechische Musik.

Die Schallplatten und Kassetten, die seine Eltern besaßen, waren Geschenke von Verwandten. Er hatte die kleine Sammlung an sich genommen, bewahrte sie in Berlin auf.

Er dachte an die Passage von Chios nach Tschesme, an die Busfahrt von Tschesme hierher, sie hatte ihn ermüdet.

Er hatte dabei versucht zu lesen, es war ihm nicht gelungen. Über die Tatsache, daß dort, wo einst die Ruderboote der Flüchtlinge an- und abgelegt hatten, an den kilometerlangen Stränden, jeden Moment Urlauber erwartet wurden, hatte er nur kurz nachgedacht.

Er hatte sich im Bus geärgert, daß er zu müde war, um die arabische, griechische, türkische Schrift auseinanderzuhalten, die stellenweise winzige Handschrift zu entziffern.

Im Schaukeln des Busses war er kurz eingenickt. Die Schnellstraße wirkte, in der anbrechenden Nacht, neu asphaltiert. Den Bus hatte man erst vor ein paar Monaten in Verkehr gesetzt; fabrikneu, trotzdem klang der Motor heiser. Der Reisende blickte über die karge Kalklandschaft, das Meer neben sich. In der Entfernung leuchteten, angestrahlt, die Straßenschilder. Er sah den Neumond, schloß die Augen.

Nun, kaum zwei Stunden später, da er an einem Tisch im Freien Raki trank, in einer schmalen Straße, die von der Promenade wegführte, wollte ihm der Halbmond als Ausdruck all dessen erscheinen, das friedlich, zumindest zur Besänftigung angetan war.

Der Reisende blickte von seinem Tisch aus in die Straße. Er beachtete dort vorn die Herumstehenden nicht, genausowenig wie sie ihn. Er war nicht auf der Hut. Hier gab es zum Glück deutlich weniger, überhaupt keinen dieser Übermütigen, die noch in Alexandria in jeder Zahl zu erdulden waren. Die Herumstehenden rauchten und redeten. Wenn sie lachten, berührten sie einander.

Ein Alter ging vorüber. Auf die Zigarettenschachtel in seiner Hemdtasche war ein grüner Halbmond aufgedruckt, der durch den Baumwollstoff schimmerte; der Serviettenspender an der Theke zeigte einen aufgestanzten Halbmond als Firmenlogo.

Der Reisende war entschlossen, sich von dem süßen Traum des Halbmonds besänftigen zu lassen und sich dem Vollmond nie wieder ausliefern zu wollen, der Schlaflosigkeit, den Stunden im Bett, in denen ihn das Mondlicht quälte.

Einen Moment lang sah er die Welt, die Gestade des Mittelmeers, als an der Frage des Mondes geschieden.

Das Schwertfischsteak, der gewürzte langkörnige Reis schmeckten ihm. Zum Nachtisch verlangte er einen Apfel. Er steckte ihn in die Jackettasche, bezahlte und verließ das Lokal.

Bei der nächsten U-Bahn-Station stieg er die Stufen hinunter und setzte sich dann in den hintersten, leeren Wagen. Das Hotel lag zwei Stationen entfernt, das sah er auf dem Plan bei der automatischen Tür – wollte er wirklich ins Hotel? Er streckte die Beine aus, hielt den Kopf im Nacken, versuchte dabei, sich den Plan einzuprägen, zuerst die Endstationen. So blieb er länger sitzen, als er beabsichtigt hatte.

Auf dem menschenleeren Boulevard gelangte er zur Nationalbibliothek, anschließend zur Staatsoper, in der gerade Norma gegeben wurde. Er betrachtete das aktuelle Plakat, es gefiel ihm, an den Ecken große Arabesken. Sie bildeten dort, wo vier Plakate zusammentrafen, eine Art Rose, ein im Öffnen oder Entfalten begriffenes Ornament.

Bei dem Kreisverkehr angelangt, bemerkte er einen anderen Kreisverkehr, weiter vorn, am Wasser; in welchem Park war er jetzt? Von hohen Pinien und Palmen umgeben, fühlte er sich an die Strandpromenade von Thessaloniki erinnert – es war ihm, als ob er in diesem Augenblick dort weilte, als bildete der Park in der Nähe des Weißen Turms, den er mochte, die Verlängerung, die Erweiterung dieses Parks, dieser wiederum jene der Antoniadis-Gärten in Alexandria.

Abermals sah er in den Gestaden des Mittelmeers nur diese eine, beschreibliche Vegetation, diese eine, von der Zeit geschichtete und vermengte Architektur, die sich als Erinnerung an die tatsächliche Schichtung gab, es ja auch war, ein Abbild ihrer selbst, längst nur noch mit sich selbst vermengt, Minarette neben byzantinischen Kuppeln, römische neben griechischen und persischen Tempeln, maurische neben genuesischen Burgen, syrische neben osmanischen Festungen, Ruhmesbauten der einen und der anderen Art, Denkmäler, das eine und das andere zu feiern, zu festigen, so oder so zu behaupten.

Er ging in Richtung des Meers, das, ohne Dünung und schwarz, am Ende des asphaltierten Parkwegs lag. Die verhüllte junge Frau, die mit ihrem Mann entgegenkam, schaute ihn verstohlen an.

Würfel klopften gegen Holzrahmen – das hohle, helle Geräusch, ein wiederkehrendes Klimpern, war ihm vertraut. Unter der Straßenlampe spielten junge Männer Tavli, oder Tavla, wie man in dieser Stadt sagte; in einer Auffassung auch Backgammon genannt.

Der Reisende blieb bei den Tischchen stehen, schaute zu, wenig erstaunt darüber, daß hier jene strengen Regeln

Anwendung fanden, die auch sein Vater bevorzugte und die von den Regeln in Thessaloniki geringfügig verschieden waren; nicht balkanisch, sondern kleinasiatisch, ähnlich den Regeln in Alexandria, die er am besten kannte und deren wichtigste er sich, wie sein Vater wieder und wieder sagte, hinter die Ohren schreiben mußte: den Gegner nicht warten lassen.

Tavli wurde angeblich instinktiv gespielt, in Wahrheit besaß das Spiel aber einen schablonenhaften Charakter, zeigte sich als mutwillige Verkettung von Mustern, in der Art statisch. Bei geübten Spielern verkam es zu jenem Glücksspiel, das es nur zwischen solchen war. Leiseste Unterschiede in der Spielstärke zeitigten vernichtende Niederlagen oder dann einfachste Siege, letztere wurden, sobald abzusehen, verhöhnend gefeiert.

Er kannte das versteinerte Gesicht des Verlierers – es erinnerte ihn an sein eigenes. Sein Vater hatte ihm immer nur so viel beigebracht, daß das Spiel zwischen den Geschwistern eine Zeitlang spannend blieb. Von dem, was das Spiel ausmachte, sagte er nichts. Dennoch mußte es etwas geben, das dabei zu lernen war, sonst hätte er nicht nach Belieben gewinnen können. Schau zu, wie ich spiele, sagte er nur.

Der Vater des Reisenden hatte keine Gegner, buchstäblich nicht. Wenn sich jemand fand, der sich getraute, gegen ihn zu spielen, begann er mit dem Lobgesang auf sich selbst und den Verschmähungen gegen den Unterlegenen, schon nach kurzer Zeit, freudig und unterschiedslos. Die Gegner, durchreisender Verwandter oder ehrgeiziger Debütant, jung oder alt, mochten nach zwei, die Verwegenen unter ihnen nach drei bald, sehr bald verlorenen Partien die flinken Handgriffe nicht mehr sehen und die dann meist nur gemurmelten griechischen und oft auch arabischen Wörter nicht mehr hören, außerdem störte es sie, daß er ihnen auf die Finger klopfte, wenn sie mit dem Stein den Weg abzählten. Was sie für eine Unverschämtheit hielten, war der unter guten Spielern berechtigten Befürchtung geschuldet, der andere wolle zu viele Steine und falsch verschieben.

Den Gegner nicht warten lassen: Erst nach Jahren hatte der Reisende begriffen, daß er stets nachprüfen mußte. Genauso gehörte es aber zum Spiel, daß er vergeblich nachzählte. Sein Vater wußte nur zu gut, in welchem Moment er falsch spielen durfte.

Schnell genug hatte der Jugendliche gelernt, in einfachen Mustern zu denken, indem er sein Auge auf Distanzen und Konstellationen einrichtete. Das erübrigte ein laienhaftes Nachzählen, beschleunigte sein Spiel.

Auf keinen Fall nachzählen, die zweite Maxime, war keine erzieherische und keine vorsichtige Maßnahme mehr, sondern die Aufforderung zum richtigen Spiel.

Den Gegner nicht warten zu lassen und nicht den Spielzug nachzuzählen verband sich zum einzigen Zweck des Spiels, den Fluß, also die Berauschung, die nur gemeinsam mit einem anderen geübten Spieler herzustellen war; ein Hin und Her, auf den passenden Wurf hoffend, auf den Fehler des Gegners.

Hastig schüttelten die Spieler, wie der Reisende auch hier in Izmir sah, die Würfel in der Faust, streuten sie aus dem Handgelenk stets flach in ihre Bretthälfte, ersehnten den Durchbruch im Spiel, den Wurf, der sie uneinholbar in Führung bringen und ihnen jedes Recht verleihen würde, den Gegner herabzusetzen, zu entmutigen, ihm die

Niederlage ins Gedächtnis einzuschreiben, für immer und ewig – bis zum nächsten Spiel.

Im guten Spiel, in der Aufregung, die sich aus der bloßen Geschwindigkeit ergab und mit der das noch unbekannte Ende herbeigezerrt wurde, bekam der Spieler etwas Andächtiges, das Spiel etwas höchst Eigenes, das dem ekstatischen Koranrezitat und dem weihrauchbeförderten Chorus in der orthodoxen Liturgie beinahe gleichstand. Wie die Spieler die Würfel einholten – den Oberkörper vorgeneigt und dann aufgerichtet, vorgeneigt und wieder aufgerichtet –, entsprach jener Gleichrichtung des Gefühls, das sie in der Gottesbeziehung bewegte.

Gehetzt durch die Aussicht auf den Sieg, durch die Furcht vor der immer bitteren, immer unvermeidlichen Niederlage, beschleunigten die Spieler ihr Spiel. Das Spiel verselbständigte sich dadurch, das gute Spiel, das sein Vater in der kleinen Kantonshauptstadt nicht mehr spielen konnte.

Unwissend genug, hatte der Reisende als Kind noch mit festem Siegeswillen gegen seinen Vater gespielt. Der Sieg gelang ihm nur dann, wenn Vater es wollte.

Als Jugendlicher schließlich spielte er gegen ihn, um an den alexandrinischen Gefühlen teilzuhaben, die beim Spiel aus dem schweigsamen, in sich gekehrten Mann herausbrachen – dabei verwandelte sich sein Vater in einen Jungen und er sich in dessen Schulfreund. Nie war er ihm nähergekommen.

Sein Vater fluchte und lachte, witzelte und nahm ihn hoch. Wenn die Mutter des Unterlegenen, seine eigene Frau, anwesend war, verhöhnte er ihn nicht, wie er es bei den anderen Gegnern tat. Aus der Küche wies sie ihn trotzdem zurecht, oft lachte sie dabei. Er war schamlos im Verspotten des Gegners, in dem er stets nur den Gegner in dieser Partie sah, vielleicht mit Absicht seinen Sohn, wäre er nicht bei allen derselbe überhebliche Sieger, der aber, kaum daß das Spiel zugeklappt war, immer einlenkte und dem es dann, weniger seines Auftritts, mehr des stets einfachen Sieges wegen, peinlich war. Denn er hatte sich einen Gegner vorgestellt, wo wieder keiner zu finden war – als ob es dieses Spieles bedurft hätte, um sich seiner großen Zurückgezogenheit bewußt zu werden.

Er spielte immer weniger. Den Zedernholzkasten mit den Perlmutteinlagen, den der Reisende ihm aus Zypern mitgebracht hatte, faßte er selten an. Die schwarzen und weißen Steine aus Porzellan wickelte er stets wieder in das Baumwolltuch ein.

Ein Spieler bot dem Reisenden Tee an. Er wollte zuerst ablehnen, nahm dann doch das Glas an, auch den Stuhl, den man für ihn heranschob. Er bedankte sich auf griechisch, der Türke wünschte ihm auf griechisch Gesundheit.

Man ließ ihn in Ruhe – war das schon die Art von Gesellschaft, die man hier bevorzugte?

Er nahm die Brille ab, schloß für einen Moment die Augen. War es der entfernte Straßenverkehr, war es das Meer, das er hörte? Er versuchte, sich zu konzentrieren. Er nahm sich vor, danke und bitte, was er auf türkisch konnte, bei der nächsten Gelegenheit anzubringen.

Die Spieler redeten kaum. Sie hatten alle Verhöhnungen hinter sich, weil sie stets nur gegeneinander spielten.

Er atmete den Dampf des schwarzen Tees, der sich in Nase und Mund mit dem Salz in der Luft vermischte.

So, wie die Männer spielten und herumsaßen, scheinbar

unbeteiligt, dabei in Erwartung eines Gegners, den Tee neben sich, erinnerten sie ihn an ein Foto, das er von seinem Vater besaß: Sein Vater als junger Mann, im Baststuhl vornüber geneigt, baren Oberkörpers, mit Pyjamahose und in ledernen Hausschuhen, ein Sommermorgen, die ebenerdige Terrasse in Alexandria schattig; er schrieb einen Brief, den Arm stark angewinkelt, den Kopf nahe an Blatt und Bleistift. Ein Tavli lehnte am Tischbein, jenes Tavli, das er aus Freundschaft gegen das eines langjährigen Gegners tauschen sollte, bevor er Ägypten verließ.

Der Reisende hatte auf dem Foto die Hände seines Vaters wiedererkannt, nach denen seine eigenen Hände geformt waren, er erkannte auch die Körperhaltung. Beides hatte sein Vater vom eigenen Vater, dieser wiederum vom Vater geerbt.

Der Reisende ekelte sich in solchen Momenten vor den fremden Körpern, in denen er seinen eigenen Körper und dessen künftigen Verfall sah, er ekelte sich auch vor dieser Beobachtung, der er nur gerade abgewinnen konnte: Es gab eine Ähnlichkeit, ein Gedächtnis, das nichts mit seinen Erinnerungen zu tun hatte, rein körperlich und im Körperlichen offensichtlich war.

Wenn er als Kind, ohne zu wissen, wie ihm geschah, zu den schleppenden Rhythmen, scheppernden Tschinellen und Rasseln, näselnden Schalmeien tanzte, sich schnell um seine Achse drehte und die Arme in die Höhe warf, weil er sich selbst darin fühlte – war es dann noch möglich, nicht wie sein eigener Vater zu werden?

Er kannte die Antwort, aber es half nichts, er war seinem Vater deswegen nicht näher als dem Tavli, das nie sein Spiel sein würde. Nicht, weil er es sich vorgenommen hätte, sondern weil vielleicht das Körpergedächtnis gerade hier ein Ende hatte. Er strebte nicht danach, wie sein Vater zu werden, vielleicht war er ihm gerade deshalb ähnlicher als noch als Jugendlicher, als die familiäre Lage beständig schien und die aus der Vergangenheit herausführende Zersprengung dessen, was ihn außerdem ausmachte, noch nicht absehbar.

Wenn er schon an dem familiären Gedächtnis teilhaben mußte, dann war er an diesem Ort, in Izmir, in die eigene Vergangenheit zurückgekehrt. Hier näherte er sich unwillkürlich Vater und Großvater. Er konnte weder der eine noch der andere sein. Das zumindest war, was ihm ganz bestimmt eignete.

Sein Großvater hatte Türkisch so gut wie Griechisch, ebenso Arabisch gesprochen. Der Zuckerbäcker, der Unternehmer, spielte die Ukulele – auf die griechische Art, die sich damals zu einer neuen musikalischen Bewegung formte, dem Rembetiko, ein Blues für Fischer und Bauern, Seeleute, Hafengänger. Er spielte auch die genauso tranigen, die Welt mit dem eigenen Sentiment überziehenden türkischen Volkslieder, in Alexandria dann eine Mischung aus beiden. Er gesellte dem einen das andere bei, ohne sich zu fragen, was nun welches war. Das tat er auch in seiner Patisserie, in seiner Pastane, wie die Türken sagten, wo es ihm eins war, ob man ein Stück Baklava und ein Kadaifi auf arabisch, türkisch oder griechisch verlangte – ein Blech Baklava und ein Blech Kadaifi, die er noch lieber losschlug.

Von hier also kam sein Großvater her – woher genau? Er öffnete auf dem Stuhl die Augen. Niemand schaute ihn an.

Er prüfte, ob er die Gegend kannte, doch er fand in dieser Sekunde soviel Trennendes wie Vertrautes, dasselbe wie in Athen, in Alexandria, in Chios und Nikosia, in Barcelona und Marseille, in Palermo, Dürres und Algier. Denk nach, sagte er sich, aber er dachte nur an den frischen Schwertfisch, den er vorhin verzehrt und den er genau so zubereitet auch in Thessaloniki, in Istanbul und Tanger, in Beirut aufgetischt bekommen hatte, einmal von einer lächelnden serbischen Hilfskraft in hochhackigen Schuhen, dann vom geübten Kellner des Hotels, dort vom minderjährigen Sohn des Besitzers, da von einem älteren Mann in der braunen Gellabia.

Er ahnte, daß auch er von da herkommen konnte, daß er von da, auch und unter anderem von da, tatsächlich kam, wenngleich er nicht hätte angeben können, was er mit da genau meinte. Er stand auf.

Die beiden jungen Männer vor ihm wußten, wie das Spiel zu spielen war, er freute sich darüber. Das Spiel schlug bald einen Pfad ein, an dessen Ende der Dicke im roten Hemd als Sieger hervorgehen würde. Der andere gab, in aussichtsloser Lage, innerlich auf, warf die Würfel unwillig, verschob nur noch jene eigenen Steine, die den Gegner nicht behinderten. Er spielte zu Ende, das längst klar, aber noch quälend lange nicht erreicht war.

Der Reisende zeigte keine Regung, alles andere hätte ihn zum Ausländer gemacht, der er war und der er nicht war, der er immer und der er nie, überall und nirgends war. Er sagte Iyi günler. Auf Wiedersehen, erwiderte der Sieger auf griechisch.

Er wollte zum Kreisverkehr und zum Meer hin, ging dann aber zur U-Bahn.

Im Hotel legte er sich bald schlafen, das Rezeptbuch auf der Kommode.

Beim Einschlafen erinnerte er sich an eine Reise die Küste entlang. Sie mochte nun fast zehn Jahre zurückliegen.

Von Thessalien aus war er über Thrakien und die Dardanellen nach Troja gekommen, ein Bus fuhr weiter nach Äolien, dann nach Ionien. Er hatte den Goldenen Lorbeerkranz aus dem Dardanos-Tumulus in Qanakkale gesehen, seine Erinnerung daran war klar, obwohl er viele Lorbeerkränze in zu vielen Museen angeschaut hatte.

Die gelben Äcker, die Kiefern, die sehr hohen Pinien wiegten ihn nun in den Schlaf.

Hinter dem sichtbar geschichteten Kalk das Meer, sein Blau fast so hell wie der Himmel.

In Troja hatte er sich die Reste des Athene-Tempels angeschaut, der vergleichsweise klein schien, dafür an erhöhter Stelle errichtet worden war.

Über dem Meer der Ort Assos, weiter, viel weiter entfernt Pergamon – im Halbschlaf malte er sich jetzt den Schrekken des antiken Fußgängers aus, der den über die Maßen großen Pergamonaltar mit dem Fries ringsum erblickte, die bunten Götter und Giganten im Kampf.

In Ephesus hatte er in einer Patisserie köstliche Kadingöbegi gegessen. Kadingöbegi wurden nach dem Nabel geformt und auch danach benannt, wie er dort erfuhr. Wieder war ihm dieses Gutturale in der Sprache der Einheimischen aufgefallen, im Vergleich zum Arabischen erschien es ihm spitzmündig.

Er lobte den Besitzer, der ihm allerlei frisch Zubereitetes reichte, und nannte zur Freude des alten Mannes die Namen und Rezepte der Süßspeisen.

Der Reisende flocht in der Backstube, wo er ein paar Handgriffe ausführen durfte, einmal die türkische, einmal die griechische, dann wieder die arabische Bezeichnung für Blätterteig ein, für Gelatine, Puderzucker, Butter, Öl.

Er setzte sich anschließend in den Bus nach Milet, auf dem Schoß die Tüte, die ihm der Besitzer mitgegeben hatte, blickte aufs Meer hinaus.

Er griff in die Tüte und zog den weißen Karton hervor. Er fragte sich, welches Zuckergebäck die Verwandten in Australien, in Amerika, in Asien wohl bevorzugen würden.

Als er den Karton öffnete, zerstob Puderzucker über Hemd und Hose.

Er schaute an sich herab.

Wie folgt man einer Zerstäubung?

7

Die Fahrt im Bus von meiner Wohnung am Miró-Park zum Jardí, hinauf zum Park des Montjuïc, wurde, wenn man sie wie ich täglich unternahm, zur Qual.

Die Serpentinen der Zufahrtsstraße ließen sich nun einmal nicht begradigen, und abkürzen nur auf dem steilen und sehr schmalen, wenig bekannten Pfad. Wollte man dort nicht in die Dornbüsche stürzen, mußte man sich an den Entgegenkommenden festhalten.

Einmal hatte sich ein Dorn in meine Augenbraue gebohrt. Ich fürchtete, die Gluthitze des Mittags würde in meinen Kopf gesogen, der Dorn hätte auch mein Auge geritzt, damit ich das Lodern der Sonne nicht nur sehen, sondern genauso fühlen sollte, ausgestreckt im Staub, in den Büschen, ein paar Schritte nur neben dem Pfad, Meter bloß entfernt von den Serpentinen, die mich gleißend, in ihrer Stummheit ungerührt, zu verspotten schienen – zumindest redete ich mir das ein, während ich mich aufrappelte.

Die beiden Jungen, denen ich ausgewichen war, hatten nichts von meinem Sturz mitbekommen. Ich beschimpfte sie nachträglich.

Als ich zum Weg vorging, verfing sich der Saum des Kleids in einem Strauch und riß ein. Ich drehte mich um, löste den Stoff von dem Strauch, empfand dabei noch einmal jene lodernde Sonne in meinem Kopf. Ich ließ ein Feuer, von mir aus ein bengalisches Feuer, im Auge über mich ergehen. Das Auge zeigte mir die Serpentinen, wie sie sich für mich schlängelten und übereinander legten zu einer Geraden. Ich folgte ihr, als ob sie für mich entstanden wäre.

Mein schaukelnder Gang war der Lehrerin, die ihre Schulklasse den Weg hinauf zum Jardí führte, nicht aufgefallen. Sie war neben mir stehengeblieben, doch nur, um die Kinder vorbeizulassen, die sie umkreiste wie ein Schäferhund die Herde. Von ganz vorn hörte ich jetzt ihre Stimme, die Lehrerin redete ununterbrochen, als könnte sie nur gerade dadurch jede Gefahr von den Kindern abwenden.

Ich ging neben den Kindern her und empfand, die Hand ans pochende Auge gedrückt, etwas wie Rührung darüber, mit ihnen den Weg teilen zu dürfen.

Ihre Gespräche drehten sich um den Jardí und um die Leute, die sie auf den Serpentinen unter sich sahen. Sie fragten die Lehrerin, weshalb die ältere Frau, die ihren Hund spazierenführte, einen derart breiten Hut trage, ahmten anschließend die gedehnten Rufe einer weit entfernten Mutter nach.

Am liebsten hätte ich mich an diesem kindlichen Hin und Her beteiligt, wenn es auch niemanden gab, dessen Hand ich in der Zweierreihe hielt.

Wieder lösten sich zwei Hände voneinander, das Mädchen strich sich linkisch, mit weit geöffneter Hand und gespreizten Fingern, die Haare aus der Stirn, der Junge zog am Gürtel die Hose hoch. Still ertrugen sie den Spott der Mitschüler darüber, daß sie Händchen halten mußten.

Die katalanische Lehrerin rief einen Jungen zurück, der länger schon neben dem Weg ging. Ich wollte es ihm nachmachen, ließ es aber bleiben. Nicht, daß ich ein Vorbild zu sein glaubte. Ich gehorchte bloß der Lehrerin, die doch auch meine Lehrerin war; aus der Gruppe auszuscheren erschien mir unmöglich. Tu es, sagte ich mir trotzdem, tu es jetzt, aber ich ging weiter neben den Schülern her, ganz jene ruhige Schülerin, die die Stimme der Lehrerin zum eigenen Nutzen befolgte. Ich haßte damals die Strafarbeiten, die ich viel zu oft aufgetragen bekam. Ich hatte bald gemerkt, daß es einfacher war, die Aufmerksamkeit der Lehrerin nicht zu erregen und mich statt dessen in mich selbst zurückzuziehen, bis an den Punkt, da es mich nicht mehr kümmerte, mit wem ich Händchen halten mußte, Hauptsache, die Stimme der Lehrerin galt nicht mir. Die Stimme focht mich allerdings auch deswegen nicht an, weil ich den Jungen, an dessen Namen ich mich jetzt wieder erinnerte, mochte. Manchmal umhalste ich ihn im Spiel, aber er wollte das nicht, er war verschlossen und blieb es auch in den folgenden zehn Jahren, da wir uns zufällig begegneten, im Bezirk, oder in einem anderen nahen Bezirk Berlins.

Auf halber Höhe zum Jardí bemerkte ich zwei alte Frauen. Sie mußten vorangegangen sein, um der Klasse nicht zur Last zu fallen. Als sie den Schülern kosend über die Köpfe strichen, stahl ich mich an ihnen vorbei, zwischen Zedern hindurch erreichte ich die nächste Windung des Wegs. Ich hoffte, die Lehrerin möge mich nicht sehen – sie rief mich nicht zurück. Nun also war ich frei zu gehen, wohin ich wollte. Ich mußte leider zum Jardí.

Als ich neu in der Stadt war, wollte ich mir alles ansehen, streifte am liebsten am späten Nachmittag herum. Öfter sprachen mich fremde Männer auf der Straße an, luden mich auf einen Kaffee ein. Ich lehnte immer ab.

Wenn ich das Haar offen trug, war in dieser Stadt stets ein Mann da, der mich ansah. Wie zufällig schaute man von der Zeitung auf oder drehte den Blick von den Ansichtskarten weg zu mir.

Ich hatte mich schließlich mit einem gebildeten jungen Mann getroffen. Luiza, meine Kollegin, hatte ihn mir vorgestellt. Ein Freund ihres Gatten, sagte sie, was nicht stimmte, die beiden waren einander nie zuvor begegnet, und auch Luiza kannte den Mann nur flüchtig, er hatte sie auf mich angesprochen. Der Mann schickte mir Rosen, sie kamen mir in der Gästewohnung gelegen.

Er war vernarrt in meine blonden, in meine deutschen Haare, wie er sagte, er sah so oft hin wie in meine Augen. Ich war am Anfang versucht, mir ins Haar zu greifen, um zu prüfen, ob sich nicht doch etwas darin verfangen hatte, ein Blatt von der Mohnblüte, ein Kaugummipapier, aber der Katalane mußte allein auf meine Haare geblickt haben. Später waren es meine Schultern, die er ständig betrachtete, berührte, liebkoste. Ich mochte zu Beginn sein Duftwasser, das hier typisch war und ihn und alles umgab.

Luiza schien mir gleich eine kluge Person zu sein. Sie hatte die Gewohnheit, mehrere dünne, vergoldete Armreifen zu tragen, die, einmal über den Unterarm und den Ellbogen hinweg ausgestreut, einmal beieinander über dem Handgelenk liegend, klirrten, wenn sie sich bewegte. Sie bewegte sich andauernd.

Wir hatten uns für den frühen Nachmittag bei den Gärten der Königin Viktoria im Zentrum der Stadt verabredetet, wo ich schon seit einiger Zeit wartete. Sie rief durch, sagte ab; sie könne sich heute nicht mit Botanik und Architektur beschäftigen, wie wir es vorgehabt hatten, ihr würde alles schwerfallen. Sie lud mich statt dessen zu sich ein. Zögernd begab ich mich in ihre nahe gelegene Wohnung.

Ich klingelte, ließ mich ins fünfte Stockwerk fahren und klopfte an die Holztür, die einen Spaltbreit offenstand. Die Tür gab nicht nach, ich drückte dagegen und verschob dadurch im düsteren Innern einen Ledersessel. Ich betrat die Wohnung, rief Luizas Namen, sie antwortete aus einem anderen Zimmer. Als ich die Tür hinter mir schloß, bemerkte ich den Gummibaum und fragte mich, was sie damit wollte. Neben dem Fernseher, der ohne Ton lief, ein zweiter Gummibaum in einem Topf aus hellem Kunststoff.

Luiza machte das Licht an. Sie trug Rock und Bluse, darüber einen gelben Bademantel, als hätte sie mitten am Nachmittag geschlafen. Sie habe gelesen, sagte sie. Nachdem ich in ihrem Atem keinen Alkohol gerochen hatte, war ich bereit, ihr zu glauben. Ich setzte mich, wie sie mich hieß, auf den Ledersessel, nahe beim Sofa, auf dem sie sich ausstreckte.

Kein Winkel in dieser Wohnung, der nicht vollgestellt gewesen wäre, kein Raum, um frei zu gehen; wo einst Platz war, lag ein Stapel Bücher, hier eine Ansammlung von Plüschtieren, dort Decken, zerwühlt und zusammengeschoben. Luiza drehte das Licht etwas herunter. Erst allmählich schien sie zu begreifen, daß sie für jetzt verabredet war.

Ihre Füße steckten in gepunkteten Pantoffeln. Sie wollte mir Limonade anbieten, aber ich hatte keinen Durst. Nicht gegen den Durst, sagte sie, zur Kühlung. Ich schwitzte, wenn es auch in der Wohnung nicht so heiß war wie draußen. Mein Blick fiel auf die Möbel, gefertigt aus weißen und schwarzen Preßspanplatten, auf die roten Vorhänge, übersät mit blauen, grauen, gelben Linien und Kreisen.

Luiza fragte, ob ich den Mann wiedergesehen habe. Ich bejahte, doch es kümmerte sie nicht weiter. Ich hielt es ihr zugute, nun, da ich längst den Eindruck gewonnen hatte, als seien die Pflanzen im Jardí das einzig Schöne im Leben dieser Botanikerin. Ihr gärtnerisches Wissen beeindruckte mich, ihr Umgang mit Farben, die Genauigkeit, mit der sie, besser als jeder andere dort, Wachstum steuerte. Hier aber lebte sie ohne Lust, Unterscheidungen zu treffen.

Sehr bald ließ mich ein Ekel aufstehen, eine tiefe, bedrohliche Abscheu, die ich am ehesten dem eigentümlichen Geruch in der Wohnung zuschreiben wollte, der fauligen Luft, die mich dann auch im Bad einschloß.

Wieder im Wohnzimmer, öffnete ich auf ein Klingeln hin die Tür. Der Mann der Botanikerin grüßte und setzte sich aufs Sofa. Er strich die Schuhe am Teppich ab, vergrub die Füße hinter dem Kissen. Sie rappelte sich auf, küßte ihn auf die Wange, schmiegte sich an ihn. Sie drehte das Licht ganz auf, lächelte. Ich blickte zu den beiden. Dann ließ ich sie allein.

Wer waren diese Leute, was hatten sie mit mir zu tun? Einander zugekehrt, saßen sie da und umarmten sich, stumm, der eine die mutmaßliche Ergänzung des anderen.

Als ich Luiza, ganz die alte, am nächsten Tag im Jardí wiedersah, verlor ich das Bild von ihr auf dem Sofa. Ich konnte sie mir in jener Wohnung im fünften Stockwerk des schmucklosen Baus nicht mehr vergegenwärtigen. Die Frau, sagte ich mir, die in den Gewächshäusern so flink wie aufrecht, so streng wie nachsichtig einherschritt, war sie wirklich die Frau auf dem Sofa? Ich hatte versucht, mich wieder an sie auf dem Sofa zu erinnern, es gelang mir ein, zwei Tage lang nicht.

Ich schaute mir am Schreibtisch eine Vase im Katalog an, ein Krater aus der klassischen Periode. Ich blickte vom Katalog auf, in den heißen, sonnigen Nachmittag. Da sah ich Luiza in Gedanken wieder vor mir, in den gepunkteten Pantoffeln und dem gelben Bademantel.

Ich hatte mich damit aufgehalten, Luiza sehen zu wollen, wie sie auf dem Sofa saß, inmitten der Plüschtiere und Decken, Preßspanmöbel, Gummibäume, zwischen Bücherstapeln und noch höheren Türmen von Musikkassetten, Videokassetten, Tonträgern aller Art, Boulevardzeitungen, Modezeitschriften. Ich wollte mir all das so genau wie möglich vorstellen, damit das Bild vollständig sei. Dann aber blickte ich auf die Vase, ich unterschied die roten Figuren von ihrem Hintergrund, vom schwarzen, flächigen Hintergrund. Einmal auf die Idee gekommen, legte ich diesen schwarzen Hintergrund vor meinem inneren Auge unter das Bild von Luiza auf dem Sofa. Luiza wurde davor endlich sichtbar.

Ich stand vom Schreibtisch auf, ging zu den Gewächshäusern hinüber. Schon als Kind haben mich Gewächshäuser angezogen, nun konnte ich täglich welche betreten.

Das Gewächshaus, das Vater im Garten bauen ließ, war nicht groß, doch groß genug für die Ansprüche meiner Mutter, deren bevorzugter Ort das bald werden sollte. Das Gewächshaus schloß sich an den gemischten Zier- und Nutzgarten an, ließe sich sagen, doch stand es, Glas über Glas, für sich und ungerührt neben Spargelbeet und Gladiolen, Löwenmäulchen und Hortensien, so, als spielte sich in seinem Innern etwas ab, das im Freien nicht geschehen konnte und deshalb davon abgetrennt werden mußte, die Wunder des Wachstums und der Blüte, der Vielfalt und der Sorgfalt, die ich als Kind oft und über Jahre hinweg empfand, ohne sie anders als an mir selbst erfahren zu haben und fortgesetzt zu erfahren: mein stets neues Gesicht nach dem Haareschneiden, die Fingernägel, sauber und nicht zu lang, nicht zu kurz von Mutter geschnitten, meine Schenkel nach dem Baden, eingerieben im geheimen mit Mutters Kamillelösung, die Schultern wie zum Spiel zurückgezogen und vor dem Spiegel die Brüste im prüfenden Blick. Rund um die Brustwarze eingedellt, sahen meine Brüste noch aus, als seien sie zwar aus der Form gestürzt worden, ein Bodenkranz dabei aber in der zu großen Form klebengeblieben.

Auch vom Bad im ersten Stockwerk aus ließ sich aufs Gewächshaus schauen. War ich des Spiegels überdrüssig, warf ich einen Blick hinaus, dorthin, wo Mutter sich für gewöhnlich aufhielt, jeden Nachmittag, bei Regen und bei Sonnenschein, genauso im Winter. Ein dickes Druckluftrohr wärmte dann dort, bis die Glasscheiben beschlugen und Mutter für Wochen, für Monate verhüllten; wenn sie sich bewegte, konnte ich manchmal ihren roten Strickpullover erkennen, die dunkelblaue Schürze, die ich so sehr mochte, das grüne Kopftuch. So konnte ich gewiß sein, daß das, worauf ich die ganze Zeit geblickt hatte, Mutter war und nicht die Gießkanne über dem Sack Erde, grün, mit den weißen Aufschriften.

Die beschlagenen Scheiben rückten Mutter näher an mich heran, als daß sie sie von mir entfernt hätten, ich wußte doch, wer im Gewächshaus war, eben Mutter. Ich stellte sie mir darin vor, von dem, was sie umgab, abgelöst, von allem losgebunden. So blieben mir Mutters Hände, ihr Gesicht, ihr Mund im Gedächtnis haften, das kurze blonde Haar, noch bevor es grau, bald schon weiß war.

Trotzdem war es Mutter im Gewächshaus, von der ich einen Blick zu erhaschen suchte und ihn auch oft genug bloß zu erhaschen glaubte. Ein Zweifel blieb immer, ob es Mutter war, Mutter vor den Aussaatschalen, ein Pflanzholz in der einen, einen Sämling in der anderen Hand, Mutter vor den Wasserstecklingen, Mutter beim Lesen botanischer Werke im grünen Baststuhl, Mutter in ihrem winterlichen Gewächshaus, das verspiegelt wirkte. Ich schaute bloß in den Spiegel, Mutter aber lebte darin. Sie überließ es mir, wie ich sie sah, als Gießkanne, wenn es denn sein mußte.

Sich selbst nicht gefallen zu wollen, sich ins Leben zu schicken, einer vielversprechenden Beschäftigung ernsthaft nachzugehen, so lauteten die von Vater öfter geäußerten Familiengrundsätze. Niemand verkehrte sie derart unbemerkt ins Gegenteil wie Mutter. Sie vereinsamte dabei so sehr, daß ich es mir nicht auszumalen wagte. Den Einfall, sie in ihrem Gewächshaus zu besuchen, hatte ich dennoch nie. Hätte ich ihn gehabt, hätte ich ihm widerstanden.

Einmal aber, im Sommer, allein zu Hause, war ich von der Liege im Garten aufgestanden und im Bikini zu den Beeten gegangen, ich kauerte nieder, blickte drüber. Sie waren gleichförmig und buchstäblich schnurgerade.

Die Tür des Gewächshauses stand offen. Nicht, daß mir unbekannt gewesen wäre, was ich jetzt sah – ich hatte für Mutter oft genug die Setzkästen vom Auto her- und hineingetragen –, länger im Gewächshaus aufgehalten hatte ich mich aber nie. Alles darin gehörte zu Mutter; ohne sie in das Gewächshaus einzutreten wäre einer Berührung gleichgekommen, die mir untersagt war – von Mutter? Nie verbat sie sich eine Berührung von mir, niemals auch, daß ich das Gewächshaus betrat.

Was tat Mutter stundenlang dort? Ich erinnere mich, wie ich sie beobachtete, das Kinn auf den Fenstersims im Bad gestützt. Sie blickte sich um, griff nach einem großformatigen Buch. Ich schaute sie oft sehr lange an. Mutter trug ihr Alleinsein mit solcher Würde, daß ich auf der Stelle auch allein sein wollte.

Ich stand als Jugendliche in jener Sommerhitze vor dem Gewächshaus, sah hinein. Die Gerüche von Rosmarin, Origano, nach Orchideen drangen zu mir heraus, sie regten meinen Appetit an, ungerichtet, auf Essen, auf Männer, auf mich selbst. Ich rieb die Füße aneinander, das Gras war länger als üblich. Bei der Tür hing, griffbereit, die dunkelblaue Schürze. Ich faßte sie an, strich sie glatt. Ich ging einen Schritt zur Seite und drückte die Tür von außen ins Schloß. In jenem Moment hatte ich mir wohl vorgenommen, eines Tages dorthin zu gehen, wo Gewächshäuser unnütz sind.

Ich hatte eingesehen, daß Vater, nachdem ich Biologie studiert hatte, nichts mehr von mir erwartete außer Enkel. Ich haßte Vater nicht, schon gar nicht deswegen. Mein Haß hätte ihn doppelt bestraft, seine Eigentümlichkeit bestand darin, alles persönlich zu nehmen.

Das eignete auch dem Katalanen.

Ich machte heute im Jardí früher Schluß, ging den steilen Pfad hinunter, bestieg die U-Bahn.

Der Katalane wartete im Parc de les Cascades auf mich, unten am Meer, ich hatte mich sehr verspätet. Als ich ihn sah, erschien er mir blaß. Er wollte sich kurz hinsetzen. Tut mir leid, sagte ich, er winkte ab. An einem Stand kaufte er Limonade und reichte sie mir. Er lächelte gequält, trank aus, stellte das Glas zurück. Ich nahm nur einen Schluck.

Wie üblich hakte er sich bei mir unter. Wir gingen auf dem betonierten Weg, feiner Sand wirbelte in unsere Schuhe. Wie schön du dein Haar gekämmt hast, sagte er. Als wir die Nabe eines Rads hörten, das schnelle Ticken hinter uns, wichen wir zur Seite – da war aber bloß ein kleiner Hund, der uns gerade überholte und dessen Krallen am Boden kratzten.

Wir sahen, wie der Hund sich von den Menschen dort vorn nicht ablenken ließ, er lief an ihnen vorüber, ohne sie auch nur eines Blickes zu würdigen. Sie warben für ein Museum für Bekleidung, verteilten Flugblätter. Ein Mann mit Seitenscheitel, Spitz- und Knebelbart trug eine gepolsterte Oberschenkelhose, ein ausgestopftes Wams, darüber einen kurzen grünen Mantel mit Besatz. Die junge Frau, verkleidet als Dame, führte einen rosafarbenen Schirm mit, ihr Rock zierte eine viel zu breit wirkende Turnüre. Ich nahm das Flugblatt von ihr an, gab es meinem katalanischen Begleiter. Er las vor, faltete und steckte es dann in die Hemdtasche.

Vorhin war er vom Beamten aufgefordert worden, den Unfallhergang zu schildern, er hatte verfolgt, wie ein junger Mann auf dem Fahrrad von hinter den Bäumen hervorgeschnellt und gegen die ältere Frau mit der Einkaufstüte geprallt war. Sie war mit dem Kiefer gegen den Gehsteig geschlagen, davor schon hatte es hell geknackt, vermutlich ihr Becken. Ich wußte, daß sich ihm diese Szene nicht gezeigt hätte, wenn ich pünktlich gewesen wäre. Entschuldige, sagte ich wieder.

Ich roch sein Parfüm. Er wollte sich von nun an um mich kümmern, ich mochte das nicht zu sehr, immerhin aber soweit, daß man als Paar durchgehen konnte. Ich wurde seine Verlobte, als die er mich den Leuten vorzustellen pflegte; seine deutsche Verlobte, wie er sagte.

Allein in meiner Wohnung, schaute ich auf den Miró-Platz hinunter. Dieser Miró, wie konnte ein unansehnlicher Mensch so eitel sein, dachte ich. Er trug rüschenbesetzte Krawatten, einmal ließ er sich in einer bis zum Nabel hochgezogenen schwarzen Badehose am Strand ablichten. Unvorteilhaft genug, hielt er dabei einen dürren langen Ast vor sich hin, auf den er wie gebannt blickte. Denselben Blick hatte er, auf einer Fotografie, auch auf ein weißes rundes Objekt aus Ton gerichtet, dem er nachträglich weitere Tonmasse angehaftet hatte, dort beim Kringel, auch da, unter der Schlange. Auf ein Holzbrett hatte er, in weißem Hemd und schwarzer Hose, mit Wasserfarbe bunte Linien und Kreise aufgemalt. Sie erinnerten mich an die Vorhänge in Luizas Wohnung.

Miró trug Seitenscheitel, ein rotes Hemd mit weißen Streifen, eine goldene Uhr, die bestimmt ein Geschenk war – von wem? Vom Vater, sagte mein Begleiter, als er später mit den Einkäufen bei mir eintraf. Er stellte alles hin und ging. Ich wollte nicht, daß er heute länger blieb.

8

Der Junge, auf den der Reisende während seiner Zeit in Nikosia stieß, war, zu klein, um in der Schweiz zurückgelassen zu werden, mit seinen Eltern nach Zypern gekommen, noch vor der Einschulung, die hier geschehen sollte. Der Junge redete mit seinen Eltern Schweizerdeutsch, genauer, einen Schweizer Dialekt, der im Vergleich zu den anderen langsamer, vokalreicher, mit einem Hang zum Rhythmischen gesprochen wurde und am Ende des Satzes, wie mit dem eigenen Echo vermischt, zu einem gedehnten, oft hellen Vokal auslief.

Dagegen war der Dialekt des Reisenden grober, zwar ebenfalls mutwillig ein Singsang, doch mit Kratzlauten versetzt, kehliger, mit rollendem R und geschlossenen Vokalen, einem immer wieder, zumal am Satzende auftauchenden U.

Beide bäuerlich geprägt, hätte sich der Sprache des Jungen trotzdem anmerken lassen, daß die Gegend, in der sie gesprochen wurde, hügelig, und der des Reisenden, daß sie in den Bergen entstanden war; zweckdienlich, hatten die Dialekte – mit ihnen alle Dialekte der Deutschschweiz – das Mündliche beibehalten, ohne das Schriftliche zu seinem Recht kommen zu lassen, selbst ohne es zur Darlegung des Mündlichen heranzuziehen, zu einer simplen

Grammatik, einer unverbindlichen Orthographie, wie sie jeder Sprache gut anstehen würde, dachte der Reisende, als er den Jungen zum erstenmal sprechen hörte.

Von seiner Mutter mit dem schwarzen Kleinwagen abgeholt und zunächst zur Botschaft gebracht, war der Junge stets erleichtert, den Diplomaten zu sehen, mit ihm würde er ein paar begreifliche Sätze wechseln können. Vorhin noch, in der von Diplomatenkindern besuchten Internationalen Schule, hatte der Junge wieder nur das wenige verstanden, das er bereits kannte, die Bemühungen seiner Eltern hin oder her, die englischen Bücher, die griechischen Comics, die er sich bei ihnen erkämpft hatte, die deutschen Kinderhörspiele, von denen er nicht jedes Wort verstand, aber verstehen wollte. Er machte das unbekannte Wort ausfindig, im Suchlauf des Kassettengeräts vor und zurück, wieder vor, wieder zurück, er merkte sich das Wort, damit der Reisende es ihm später, am besten sofort, erklären konnte.

Dem Jungen aus der Schweizer Bundeshauptstadt fehlten, mit jenem Dialekt aufgewachsen, nun im schulfähigen Alter die Voraussetzungen, eine Sprache zu erlernen, die nicht nur mündlich war, sondern geschrieben werden mußte; ihm fehlten die deutschen Wörter für die englischen Wörter.

Das Alphabet hatte der Junge im Kindergarten gelernt, er konnte seinen Namen und den Namen der Bundeshauptstadt zwar aufschreiben, mehr aber kaum. Was die Buchstaben bezeichneten, mußte ihm fremd bleiben. Schriftdeutsch, wie man Deutsch in der Schweiz, Hochdeutsch, wie man es anderswo nannte, hatte im Dialekt keine Entsprechung, war selbst jene Fremdsprache, die sich der Junge näherbringen wollte.

Zwischen Fremdsprache und Fremdsprache, Englisch und Deutsch, begann der Junge zu stammeln, flüssig redete er allein im Dialekt. Außer mit seinen Eltern konnte er sich nur mit dem Reisenden verständigen. Wie hätte er auf diese Weise eine Sprache, die nicht immer schon die seine war, erlernen können? Gezwungen, sich die eigene Sprache auseinanderzusetzen, kam dem Jungen die Sprache abhanden. Er redete nicht mehr.

Die Sprachlosigkeit, in die der Junge verfallen mußte, ließ ihn um so mehr zeichnen und malen. Das kleine Keyboard, auf dem er wieder und wieder Melodien entwarf, wurde sein liebstes Spielzeug. Nun verschlechterte sich auch sein Schweizerdeutsch, ohne daß sich etwas Neues seines Gehirns bemächtigt hätte: Der Junge sprach oft mit sich selbst, in einem Kauderwelsch, das nur er verstand, weil es für ihn selbst bestimmt war. Wer mochte ihm darin folgen?

Der Reisende erinnerte sich an die Zeit, als auch er sich am liebsten in einer eigenen Sprache und mit sich selbst unterhalten hatte – als Junge auf dem Bett, auf dem weinroten Überwurf, mit innerem Blick an die Decke starrend. Er hörte die Geräusche von draußen, vorbeifahrende Autos, vereinzelt die Glocken der Kühe, die auf den Fettwiesen hinter dem Haus weideten, auch nachts. Er hörte die Stimmen der Fußgänger, die sich unterhielten, wenn sie einander, bei ihren Besorgungen, begegneten.

Daß die Menschen in der kleinen Kantonshauptstadt etwas mit ihm zu tun hatten, schloß er damals noch aus. Wenn er sich ihnen verbunden fühlte, dann auf äußerliche Weise. Ganz so, wie auch sie ihn wohl sahen, mit Mißtrauen, das über die Jahre, die siebziger Jahre, zwar schwand, sich zu einem Vertrauen wandelte, das ihm höchstpersönlich entgegengebracht wurde. Die Gründe jenes ungerichteten Mißtrauens entkräftete das noch nicht, denn es war vornehmlich aus Gewohnheit entstanden; Vertrauen, das er, wie er dachte, verdiente oder nicht verdiente, Mißtrauen, worauf er, wie er dringend vermutete, nur geringen Einfluß hatte.

So war ihm denn das einzig Gewisse eine unausgesprochene, aber immerwährende Aufforderung durch die Einheimischen, sich ihnen zu erklären, auf Schritt und Tritt Rechenschaft darüber abzulegen, daß es ihn gab, daß es ihn hier gab.

Gerade dieses tat er aber nicht. Man legte es ihm als Verweigerung aus. Zwischen Anpassung und Verweigerung versuchte der Junge, sich selbst zu wählen – nicht, daß ihm etwas anderes übriggeblieben wäre.

Seine Geschwister hatten sich entschieden, Einheimische zu werden, was immer das hieß. Sie auferlegten sich eine strenge Selbstkontrolle und die fortlaufende Tilgung ihrer Zweifel, die sich den Zweifeln der Einheimischen verdankten. Bald haßten sie sich selbst.

Die Menschen nahmen das persönlich: Nicht der sein zu wollen, der man für sie doch war, ließ ihre Enttäuschung zur Empörung wachsen, endlich zum Zorn. Bereits als Junge hatte er sich nichts vorgemacht, gerade das Kind wußte wie mit letzter Gewißheit, daß es von den Menschen dort wenig über sich lernen konnte, und daß es alles, was es von ihnen lernte, über sie lernte.

Lernen hieß so für den Jungen, nicht sich selbst, sondern die anderen zu begreifen. Was in der Schule an Wissen für ihn abfiel, war wenig im Vergleich zu dem, was er selber über die Menschen in Erfahrung bringen konnte. Da er stets ein guter Schüler war, kam um so mehr zusammen. Alles wollte auf dem Bett erfaßt, begriffen und eingeprägt sein: die Unterschiede, die er, zu Beginn träumerisch, dann ohne weiteres gedanklich für sich herstellen konnte, die Gründe, die er bei den anderen sah, noch ohne eigene entwickelt zu haben, ein Bild von sich selbst, ein für ihn glaubhaftes Bild.

Der Junge war an der Gaststätte vorbeigekommen, die etwas höher lag, mit Ausblick auf die kleine Stadt, die Kirchtürme, den Fluß, die repräsentativen Bauten im helvetischen Stil, viel Sandstein, Quader, bewußt schmucklos. Er stieg vom Rad und schaute, angezogen von den Vorbereitungen der Angestellten, in den am sonnigen Nachmittag noch unbeleuchteten Saal. Zwei Dutzend runder Tische wurden gedeckt, mit weißem, bis zum verschlissenen Parkett reichenden Tuch, darauf blaue Blumenvasen, in denen Tulpen steckten.

Er fragte sich, für wen der Saal der ersten Gaststätte des Ortes bereitet wurde, für wen die weißen Servietten bestimmt waren, die man selten aus den Schränken holte, nur zu Hochzeiten Auswärtiger, aus Zürich oder der französischen Schweiz. Parteitreffen, das wußte er, zog man außerdem nüchtern auf, fast wie Gemeindeversammlungen. Er verfolgte, wie der Oberkellner ein weißes, mit blauer Handschrift versehenes Papier im Glaskasten neben der Tür befestigte, um Mitglieder und Freunde des Clubs willkommen zu heißen. Als er den Jungen bemerkte, scheuchte er ihn davon.

Daß das nun der große Erfolg, der große Glanz sein sollte, glaubte selbst der Junge, zwölf oder dreizehn, nicht. Während er zu seinem Rad zurückkehrte, stellte er sich vor, wer sich heute nachmittag hier einfinden würde, bestimmt auch der eine oder andere seiner Gymnasiallehrer, der sich dabei an seine Zeit an einer auswärtigen Universität, in Frankreich oder in Großbritannien, erinnern wollte, die Gewerbetreibenden, die Lokalpolitiker, die Ärzte vom Krankenhaus, ihre Frauen.

Dem Jungen kam es vor, als ob ihm etwas auf Dauer verwehrt worden wäre, das er ohnehin nicht begehrte. Eine ähnliche Empfindung hatte er vor der Tür des Gemeinderatssaals, als er, verschwitzt und verspätet, mit Cordhose und Strickjacke, vom Eishockeyspielen zur Konzertprobe geeilt, zurückgewiesen wurde. Er hatte Blockflöte und Noten vorgezeigt – trotzdem. Zufällig kam die Musiklehrerin nochmals heraus. Sie strich ihm über den Kopf und begleitete ihn dann zu seinem Platz auf der Bühne.

Zum Bürgertum – wäre es auch das seiner kleinen Kantonshauptstadt – hatte er so schnell keinen Zutritt. Das brauchte dem Jungen nicht erst klargemacht zu werden, er wollte ihn selbst nicht. Gleichviel, daß solche Bürgerlichkeit ein frommer Wunsch gewesen wäre, einerlei, mit welchem Ziel er sie verfolgt hätte, für ihn, den nicht Deklassierten, aber außer Konkurrenz Laufenden, war sie nicht vorgesehen.

Den Jungen in Nikosia bemitleidete der Reisende nicht. Er gab sich mit ihm ab, wann immer er in der Botschaft Zeit hatte, erklärte ihm das eine oder andere deutsche Wort.

Mit den griechischen Comics beschäftigte sich der Junge auf der Liege im Garten der Botschaft stundenlang, unter dem Baldachin. Von der arabischen Bediensteten freudestrahlend, doch mit Abstand bewacht, trank er eisgekühltes Zitronenwasser.

Über ihm die Schweizerfahne, die auch die Fahne des Diplomaten war. Hoch auf dem Dach, neben der Kurzwellenantenne, flog sie im Inselwind. Was sollte aus dem Jungen werden?

Der Heranwachsende hatte im Verein der kleinen Kantonshauptstadt Eishockey gespielt. Einige Freunde, nicht die unansehnlichsten, nicht die unbeliebten, streiften, je nach Dosis, je nach Grundstimmung mit Kokain betäubt oder aufgepeitscht, das Trikot über die Ausrüstung, nachdem sie sich bereits beim Treffpunkt zur Abfahrt nach dem Ort des Gegners, nach innen oder nach außen hin grinsend, leicht betäubt eingefunden hatten. Sie und andere spritzten später Heroin.

Der Körper nahm das Heroin auf, die Bewegungen dessen, der diese Gewalt gegen sich anwandte, wurden tranig. Der Süchtige war gerade noch fähig, sich hinzulegen, sich, bereits ausgestreckt, auf die Seite zu drehen, die zusammengerollte Jeansjacke unter den Kopf zu schieben, die er vorhin, vorgestern oder vor einer Woche einer Mitschülerin oder einem eingenickten Fahrgast im Zug nach Zürich entwendet hatte.

Der Jugendliche, mit dem der Student vorgestern oder vor einer Woche noch gescherzt hatte, wurde am Abend besinnungslos von der Polizei aufgegriffen und erneut zurück in die Berge geschickt, einem narkotisierten Lehrling aus dem Nachbardorf mußte ein Bein amputiert werden, mit dem gestohlenen Motorrad war er nachts durch ein Stoppelfeld gerast und gegen die Doppelfederzinken eines Heumischers geprallt.

Die Selbstzerstörung, die als solche nie – sah man von Diebstählen dieser und jener Art ab, von der dumpfen Angriffslust – gegen andere gerichtet war, brachte den Süchtigen erwartbar an den Punkt, an dem er und an dem sie, in Zürich, für Tage in Südfrankreich oder zu Hause am Bahnhof der kleinen Kantonshauptstadt, hier in den Hinterzimmern der Kneipen, von denen es viele gab, zusammenbrachen, an sich selbst erlagen, ohne Trost durch einen Menschen, durch Bildung, durch die Künste, leer.

Erkannten sie den Reisenden, den Studenten, in den Straßen der kleinen Kantonshauptstadt oder in Zürich, nahmen sie Reißaus, oder sie redeten ihn an. Er gab selten Geld auf die Hand, kaufte ihnen ein Sandwich und einen Liter Milch. Wochen später sollte er erfahren, daß sie an einer Überdosis Heroin in einer Toilette, einem Park, allein, gestorben waren.

Seine enge Wohnung im Westen von Zürich erreichte der Student damals vom Bahnhof aus mit der Straßenbahn, die am Platzspitz vorbeifuhr, einem Park mit Pavillon, bei Sihl und Limmat gelegen, am Fluß, der in den ihm vertrauten Bergen entsprang und begradigt und mit Wucht dem Flachland und Zürich zuströmte.

Einen anderen Eindruck als den, daß am Platzspitz Leichen herumgingen, herumsaßen, dalagen, hatte der Student auf längere Zeit nicht; von Ausgezehrten wimmelte es, Tausende, der Boden mit Unrat und Spritzen übersät. Die Süchtigen kauften und verkauften Stoff, hehlten, rangelten miteinander. Sie konspirierten, auch aus einem Bedürfnis nach Konspiration – die Intimität, die ihnen geblieben war.

Der Staat sperrte die Ausgezehrten aus, scheuchte sie durch die halbe Stadt, um die Ansammlung schließlich, nach etlichen Jahren, zu zerstreuen. Eine häßliche Angelegenheit, die der Student – auch als Unbeteiligter – als

Angriff auf sich selbst empfand. Die Ausgezehrten versammelten sich schnell an anderer Stelle wieder, wo es endlich zuging wie am Platzspitz – bis der Staat, nunmehr im Auftrag der Bürger, die Ausgezehrten in Hilfsprogramme, auch mit Drogenersatz, einteilte. Als allerletzte rechtmäßige Möglichkeit hatte der Staat gewaltlos auf die Gewalt reagiert, die die Ausgezehrten gegen sich selbst richteten.

Als jene neue Stelle aufgeräumt werden sollte, war da keiner mehr, der hätte ausgesperrt werden können. Das hatte der Student für mehr als unwahrscheinlich gehalten.

Er legte die Prüfungen zum Juristen ab. In der Hauptstadt bewarb er sich für den Diplomatischen Dienst.

9

Mitten in der Nacht war ich aufgewacht, aus der Küche unter oder über meiner Wohnung gegeneinander klingendes Geschirr, eine der Stimmen gleichförmig und schnell, möglich, daß sie aus dem Radio kam, Musik spielte. Im Halbschlaf, in den ich bald wieder fiel, wollte ich verstehen, was da, unten oder oben, vor sich ging. Ich schleppte mich auf den Balkon. Im Miró-Park war es dunkel – kein Volksfest, keine Tanzenden, kein Conférencier.

Die drei jungen Männer in der Wohnung unter mir mußten Paella zubereiten, in der Pfanne zischte es, der Geruch nach gedünstetem Knoblauch stach mir in die Nase. Ich wandte mich von der Brise ab, die um diese Zeit manchmal gegen die Hochhäuser der Stadt prallte, sich in den Balkonen verfing, Gerüche nach allen Seiten hin forttrug, auf die anderen, auf meinen Balkon, wo ich im Nachthemd stand.

Vor Stunden hatte ich mich verärgert schlafen gelegt und fand mich nun in diesen Gerüchen und Geräuschen wieder, aufdringlich wie um diese Zeit alles, das nicht Schlaf war.

In der Luft wedelnd, setzte ich mich auf den Stuhl. Ich beschloß, nach unten zu gehen und die jungen Männer zurechtzuweisen – warte noch ein wenig, sagte ich mir dann doch, bestimmt würde sich auch jemand anders gestört fühlen und eher das Recht haben, dort zu klingeln.

Ich lehnte den Kopf gegen die Brüstung; sie kühlte nicht, wie ich erwartet hatte, statt dessen war der braune Lack klebrig.

Noch blieb ich sitzen. Ich versuchte, nach unten zu schauen, auf den Balkon, der zu jener Küche gehörte, da bemerkte ich die zweite Küche, bald fand sich auch eine dritte, aus der Licht und Stimmen drangen. Wie spät mochte es sein? Die meisten Straßenlampen waren aus.

Daß ich mir die jungen Männer, die sich zu einer Wohngemeinschaft zusammengefunden hatten, vorknöpfte, wäre zwecklos, sie würden nicht verstehen. Man kochte hier zu jeder Tageszeit, wer war ich, das ändern zu wollen?

Wach zu sein, da ich doch in ein paar Stunden schon wieder im Jardí sein mußte, brachte mich auf und trübte die Aussicht auf die kommende Zeit so sehr, daß ich in die Weite blickte, über die Lichter der Stadt hinweg zum entfernteren Himmel, von dem ich nicht hätte sagen, bloß behaupten können, daß er so bestirnt war wie über mir. Ich schloß die Augen.

Ich fürchtete, die Gerüche, nunmehr nach fritierten Kartoffelscheiben, würden sich verstärken. Ich wollte Stimmen unterscheiden. Stühle wurden gerückt, ich öffnete die Augen. Die jungen Männer verwendeten, aus dem Klacken und Klirren zu schließen, schweres Besteck, Teller aus Porzellan. Was hatten sie den Tag über getrieben, daß ihnen jetzt erst einfällt zu essen? Wann schlafen sie? Ich ahnte, daß ich mein Leben würde umstellen müssen.

Ich schob die Balkontür ins Schloß. Ohne Licht zu machen, kehrte ich ins Bett zurück, dachte an das Basilikum, das die drei in Blumenkästen zogen. Ich glaubte, seinen Duft auch hier wahrzunehmen.

Ich bemühte mich einzuschlafen, nahm mir vor, am Morgen über alles nachzudenken. Trotzdem fragte ich mich, wie man nach einem solchen Essen schlafen konnte. Dabei schlief ich ein.

Tage später begegnete ich einem der drei Männer beim Briefkasten. Er grüßte, ich grüßte zurück. Daß er in mir keine Einheimische sah, merkte ich gleich, er überlegte wohl, woher ich kam, er sagte einen Satz, ein Willkommen, ich bedankte mich. Mein Katalanisch war da noch erbärmlich.

Die Sonne schien. Durch die Parfümwolke, die der junge Mann hinterlassen hatte, schritt ich in den Morgen hinaus. Ich sah, wie er sich weiter vorn zu mir umdrehte, bevor er in sein Auto einstieg.

Er trug Seitenscheitel, sein Haar glänzte. Bestimmt würde er mich das nächste Mal, wenn er sich über mich erkundigt und erfahren hatte, daß ich allein lebte, ein Stück mitnehmen wollen.

Seltsam, aber von da an liefen mir immer nur die beiden anderen über den Weg, abends, wenn ich nach Hause kam, oder sonntags, auf den Fahrstuhl wartend. Wir tauschten Bemerkungen aus. Nach einigen Wochen – sie wußten inzwischen bestimmt, was ich tat, ohne daß ich das mindeste über sie wußte – sah ich auch die beiden kaum mehr, ich hörte die drei bloß noch kochen und dann schweigend essen, mitten in der Nacht. An der Klingel, auf die ich, wie käme ich dazu, nie gedrückt habe, stand Caldéron/Ignácio/Morales geschrieben.

In einer anderen Nacht war mir der Himmel zu dunkel, der Sterne zu viele, die Hitze zu groß. Die Geräusche aus den Küchen unter und über mir schienen einer einzigen Person zu gelten: mir. Zwei-, dreimal in der Woche kochten die Männer, ich ließ es ihnen durchgehen, nun aber stand ich vom Bett auf, griff nach der Schulterdekke, die ich in dem Laden am oberen Ende des Passeig de Gracia gefunden hatte, warf sie mir um, schlüpfte in die Mokassins. Im Treppenhaus merkte ich, daß das Unsinn war. Ich stieg dennoch ein paar Stufen hinunter, zögernd, blieb stehen.

Die Tür öffnete sich, aus der Wohnung der drei Männer trat eine junge schwarzhaarige Frau mit schmalem Gesicht. Sie lächelte vor sich hin, weil ihr jemand etwas nachgerufen hatte, lächelte noch, als sie mich sah, wünschte mir einen guten Abend, schwang die Handtasche über die Schulter und sprang die Treppe hinunter, gerade so, als wäre es Samstag nacht und ohnehin die richtige Zeit, um sich, gleichgültig wo, zu vergnügen.

In den Gerüchen, die aus der Wohnung gedrungen waren, setzte ich mich hin; wieder hatten die drei fritiert und gebraten. Sollte ich klingeln, unfrisiert, mißgelaunt, wie ich war? Man würde mich hereinbitten. Der Eindruck, daß die drei mich einladen wollten und sich nur nicht einig waren, konnte nicht täuschen.

Die junge Frau, unten angekommen, quietschte und schabte ein letztes Mal mit ihren offenen Schuhen, den Dianetten. Sie hatte zuviel getrunken – wer läuft schon von hier die Treppe hinunter?

Ich merkte, daß ich zu dieser Stunde nicht im Treppenhaus herumsitzen sollte. Vielleicht war ich verwirrt, dachte ich, ich hatte keine Entscheidung getroffen, herzukommen.

Sie nachzuholen bereitete mir jetzt keine Mühe. Auf das Geländer gestützt, stieg ich Stufe für Stufe hinauf.

Das Licht ging klackend aus. Ich machte, daß ich in meine Wohnung kam, stieg ins Bett.

Ich stand kurz auf und streifte die Schulterdecke ab. Dann streckte ich mich aus, zog das Laken bis unters Knie hoch, legte eine Hand unter den Kopf, die andere an die Bettkante, die mir etwas kühler schien als der Rest des Lakens. In diesem Gedanken schlief ich ein.

Ein Morgen, der mich hätte trösten können, dachte ich; halb zehn, die Sonne schien, zum Jardí mußte ich heute nicht, weil ich am Samstag eine Konferenz besucht hatte, den ersten Kaffee würde ich in meinem bevorzugten Lokal hinter der lauten Plaça Reial trinken, dazu Orangenkonfitüre und getoastetes Weißbrot bestellen. Schnell ging ich ins Bad.

Als es klingelte, legte ich Haartrockner und Bürste aufs Regal zurück. Ich erwartete niemanden. Kaum jemand konnte wissen, daß ich nicht im Jardí, sondern noch zu Hause war. Ich wollte meine Pläne für den freien Tag nicht durchkreuzt sehen, bevor er begonnen hatte, hoffte, daß es ein Hausierer oder der Gasableser war. Der Postbote bat mich, ein braunes Päckchen entgegenzunehmen, für die Nachbarn, da sei jetzt niemand.

Ich unterschrieb den Zettel, den er an der Perforation auseinanderriß. Den unteren Teil steckte er in die Brusttasche, den oberen würde er in den Briefkasten des Empfängers einwerfen. Der ältere Mann mit Seitenscheitel verabschiedete sich lächelnd und nickend, ganz so, als ob er mir etwas andeuten wollte.

Nach den parfümierten fleckigen Händen des Postboten

riechend, war das Päckchen über und über mit dem Firmenlogo versehen, ein ovaler roter Stempelabdruck, darin ein Familienname, den ich schon kannte, ein Gewürzvertrieb, eine frühere Mühle, ich mochte seine Produkte. Der Pfefferstreuer etwa, an dessen Verschluß ich drehen konnte, ohne daß er aufging, wirkte als kleine Pfeffermühle, gefüllt mit hellbraunen Körnern. Ich schüttelte das Päckchen vorsichtig. Die stramme Verpackung verhinderte, daß ich den Inhalt erriet. Ich blickte aufs Adreßfeld, es war mit Caldéron/Ignácio/Morales beschrieben.

Wann hätte es sich angeboten, das braune Päckchen vorbeizubringen, wenn nicht in einer der zwei, drei Nächte in der Woche, da die drei kochten? Ich würde, nicht schlaftrunken, sondern nach einem ersten Glas Wein, frisiert, hinuntergehen, klingeln, der Dinge harren. Bestimmt erwarteten die drei die Gewürze sehnsüchtig, es mußten besondere Gewürze sein, die man nicht in jedem Laden bekam und auf die man eine Weile warten mußte, je nach Jahreszeit und Bestand, dachte ich, ohne viel davon zu verstehen.

In der Botanik hat mich stets nur das Sichtbare beschäftigt – der Geschmack, den die Flora erzeugte, wenig. Ab und zu überlegte ich, einen Mistelzweig oder Ginster in der Hand, ob sich meine Urteilsfähigkeit nicht ohnehin auf das beschränke, was ich sehe.

Im Café hinter der Plaça Reial, später, strich ich Orangenkonfitüre auf die Toastscheibe und dachte schon an den Abend.

Die Sonne stand im Zenit, ich bat den Kellner, den weißen Schirm nachzuziehen. Der junge Mann kannte mich schon. Manchmal war es auch ein anderer, der mich ebenso zuvorkommend bediente, beide verstanden sich auf ihren Beruf. Ich trank vom starken Kaffee. Wenn ich Glück hatte, dachte ich, würde sich schon in der Nacht die Möglichkeit bieten, das Päckchen abzuliefern.

Wieder an der Plaça de Catalunya, kaufte ich Tulpen. Schnittblumen können nicht schlicht genug sein. Wenn ich mich nicht für Tulpen entschied, was selten vorkam, dann für Lilien, für Rosen, gelbe und weiße, weil sie in der Stadt, gegen den tiefblauen Himmel, im Kontrast wirkten. Ich schaute mich auch gleich nach Dianetten um.

Mein Plan war, jetzt zum Carrer de Montcada zu gehen. Die Slowenin würde sich über meinen Besuch freuen, obwohl sie wußte, daß ich keine Kundin sein konnte. Wer zählte zu ihren Kunden? Genausowenig kannte ich ihre Lieferanten. Ich mochte nicht an die illustrierten Berichte des Grenzschutzes denken, an die für Jahre und Jahrzehnte versiegelten Zollfreilager und die Asservatenkammern, in denen Fundstücke aus Raubgrabungen angehäuft, fotografiert und mit Karteikarten versehen wurden, aufgelistet nach mutmaßlichem oder verbürgtem Herkunftsort, Alter, Material, Hunderte, Tausende.

Wie ich gelernt hatte, gab es Vasen zum Lagern, Transportieren, Einschenken, Mischen, und man trank auch daraus. Die Lekythos, ein schlankes Ölgefäß mit engem Hals und becherartiger, breitlippiger Öffnung, diente zum Einschenken.

Ich erinnerte mich an eine klassische Lekythos in bestem Zustand, sie zeigte den selbstlosen Ajax in Troja, gemeinsam mit Odysseus, hatte einen kurzen, dicken Henkel und verjüngte sich nach oben ein wenig, ganz wenig. Mit ihr ließ sich Öl griffbereit auf Temperatur halten. Sie stand auf dem Tisch, vielleicht unter einem Baum, neben einer Liege im Haus, war tagelang im Keller abgestellt, eine Rotfiguren-Vase, darauf also Ajax, ausgestreckt auf dem Boden, bäuchlings, aufgespießt vom eigenen Schwert.

Die Slowenin erzählte mir, daß sie vor ein paar Jahren auch eine Schale verkauft hatte, auf der Ajax abgebildet war. Um ihn herum die wenigen, die, nach der Auffassung des Malers, seine Leiche aufgefunden hatten, Teucer, auch Diomedes, die Gattin Tekmessa, Nestor, alle angeschrieben.

Ich hielt ein Auge offen, was Ajax anbelangte. Als es um den Waffenschmuck Achills ging, dessen Leiche er vor den Trojanern gerettet hatte, war ihm Unrecht widerfahren. Odysseus hatte mit seiner Rede die Griechen überzeugt, daß nicht Ajax, der körperlichen Stärke zugeneigt, sondern er selbst, der Kluge, es war, der die Leiche geborgen hatte. Betrogen, wollte Ajax, am Strand vor Troja, blind vor Wut, Odysseus mit dem Schwert zerstückeln und gleich alle Griechen des Heeres vernichten, die Flotte in Brand setzen, rannte schließlich in eine Schafherde, die er, geblendet von Athene, Odysseus' größter Beschützerin, für eine Ansammlung von Griechen hielt, richtete, wie die Sage geht, ein Blutbad an.

Als er wieder zu sich kam, sah er, daß er Schafe geschlachtet hatte, er schämte sich, noch mehr aber dafür, daß er so etwas den Kameraden antun wollte. Ajax steckte sein Schwert, das er einst von seinem Feind Hektor bekommen hatte, mit dem Griff in den Boden und ließ sich dann, nach einer Anrufung der Götter, die ihn verlassen hatten, in die Klinge fallen.

In Katalogen fand ich Aufnahmen von Vasen, die Ajax in seiner Todesstunde darstellten, solche, auf denen er, auch als Leiche, viel größer gemalt war als seine Männer, auf einer lag er zwischen den Schafen. Oft war die verehrte Tekmessa mit dem Leichentuch anwesend.

Ich habe nur wenige Vasen gesehen, die allein ihn zeigten. Da lag er, stets muskulös, von seinem Schwert aufgespießt, im trojanischen Staub, immer mit längerem Haar, mit Locken, die von einem schmalen oder breiten, schwarzen oder roten Band gehalten wurden, am Kinn ein langer, spitz zulaufender Bart. Daß die Götter nicht im mindesten gerecht waren, das wußten die Maler, das wußten auch die früheren Besitzer der Vasen. Sie blickten auf den armen Ajax, wenn sie Öl, Wasser oder Wein einschenkten.

Die Vase aber, die ich gern besessen hätte, war einmalig, eine attische Schwarzfiguren-Amphore, bemalt vom Athener Exekias, hundert Jahre, bevor Sophokles sein Stück über Ajax verfaßte. Der Selbstmörder war zum ersten Mal nicht als Leiche abgebildet, sondern im Moment, da er den Griff seines Schwerts mit Sorgfalt in die aufgeworfene Erde steckte. Seine Augen waren aufgerissen, mit der anderen Hand drückte er die Erde ringsum flach, er kauerte. Gleich würde er aufstehen und sich aufs Schwert stürzen.

Exekias zeigte Ajax in Angst und dumpfer Entschlossenheit. Damit fertigte er als erster ein inneres Bild von einer Sagengestalt. Er zerrte Ajax aus der verallgemeinerten, möglichst vollständigen, abgeschlossenen Welt der Sage und verlieh ihm ein Innenleben. Ajax wurde so zum Einzelnen, sein Schicksal zu einem Leben geformt, dann zur Biographie.

Ich erkundigte mich nach weiteren Ajax-Vasen, die Besitzerin zeigte mir ein Bild in einem französischen Heft. Wir redeten darüber, tranken einen Saft aus Pfirsich und

Mango, den sie selber gerührt und, so schien mir, eingedickt hatte, er war köstlich. Möglich, daß sie ihn mit einem Schuß Likör versetzte.

Man sollte nicht versuchen, sich in Vasen wiederzuerkennen, sagte die Besitzerin.

Später, im Magazin bei den kostbarsten Vasen, nannte sie die Art und Weise, eine ganze Geschichte in einem einzigen Bild zu erzählen, synoptisch. Ein Foto könne eben nicht synoptisch sein, sondern zeige immer nur das Abbild eines Augenblicks.

Das Telefon klingelte, sie lief zum Schreibtisch. An Fotos, rief ich ihr nach, sei ich nicht interessiert, höchstens an Fotos von Vasen mit synoptischer Darstellung – ich hatte einen Begriff gehört, schon schrie ich ihn durch die Räume, dachte ich.

Ich folgte ihr in den Ladenraum, verabschiedete mich, ging die Straße hinunter.

Dort vorn würde ich auf den Bus warten, der zum Miró-Park fuhr. 18 Uhr, ich war hungrig, nachdem ich am frühen Nachmittag im Barri Gotic gebummelt hatte. Der Obstsaft mußte den Hunger ausgelöst haben.

Als ich die Haltestelle erreichte, blickte ich kurz zum Himmel. Ein großer, schwarzer Hund betrachtete mich. Er hechelte, trug ein rotes Halsband, seine Besitzerin war jung. Ich erinnerte mich an das Mädchen auf dem Schiff, fragte mich, wo sie jetzt sein mochte. Petros war der Name des Hundes, den sie gemalt und beschriftet hatte. Petros, flüsterte ich dem Hund zu, der neben mir in den Bus einstieg. Er blickte mich an, als ob er seinen Namen gehört hätte. Dann schaute er weg.

Zu Hause öffnete ich als erstes die Fenster und löste das

Papier von den Tulpen. Ich steckte sie in die neue Vase, an die ich mich bereits gewöhnt hatte, fächerte die Blumen etwas auf, so waren sie schön anzusehen. Stehend trank ich auf dem Balkon Kaffee. Ich konnte nicht anders, sah nach unten zum Balkon der drei jungen Männer, denen ich am Abend das Päckchen vorbeibringen würde.

Spät, nach Mitternacht zu kochen und zu essen, war hier üblich, wie ich inzwischen wußte. Man aß gemeinsam, zwischen altem und neuem Tag, geschützt durch die späte Stunde, von den Vertrauten, dem warmen Essen, der Tatsache, daß man aß, dazu stets nur ein Glas Wein trank, als einziges Zugeständnis an den Schlaf, an den man nicht denken mochte. Erschöpft fiel man dann ins Bett, wie zur eigenen Bestrafung mit vollem Magen.

Ich schaute auf den Miró-Park hinunter, Kinder spielten dort. Wie in Tunis und Marseille fütterten hier die alten Männer noch die Tauben. Sie standen auf dem Fußweg, seltener auf der Wiese. Die Krumen und Krusten führten sie in einer Tüte bei sich, in die sie hineingriffen, worauf sie den Arm ausschwangen wie die Säer auf den Äckern Kataloniens.

In der Küche spülte ich die Tasse und überlegte, was ich kochen wollte. Den Sonnenuntergang würde ich heute vom Balkon aus sehen, den Himmel, zu Beginn orangefarben nur dort, weit vorn, wo die Sonne ihn versengte, dann nach und nach orangefarben und rötlich über der Stadt und zu mir hin. Über meinem Kopf der rötliche, bald bräunliche und endlich dunkle Himmel, die Sterne, die ich kauend betrachtete. Möglich, daß die Suppe nicht das angemessene Gericht war, ich hatte Lust auf Reis und Gemüse, warf alles im Topf zusammen, streute Kräuter hinein, goß

Wasser nach. Ich aß die Suppe mit Weißbrot, das hier unentbehrlich war, auch jedes Nudelgericht begleitete. Eine Gewohnheit, die ich mir zur Probe zu eigen gemacht hatte und schließlich annahm.

In Berlin hatte ich als Kind dunkles Brot gegessen, ab und zu kaufte Mutter ein Baguette. Vater, der die französische Lebensart, oder was er dafür hielt, in der Vorstellung guthieß, hatte nichts dagegen, wenn er auch stets nur einen Bissen vom Baguette nahm und genauso beim Wein die Produkte aus Württemberg, Baden, der Pfalz bevorzugte. Weißwein, wo man doch hier, am westlichen Ende Europas, am Mittelmeer, fast nur Rotwein trank; wenn, dann lieblichen oder harzigen Weißwein. Wie beim Abendmahl bildeten hier Rotwein und Weißbrot eine Einheit, die Weißwein ausschloß.

Wessen Sakramente konnten schon Riesling und Roggenbrot sein, dachte ich manchmal.

Ich räumte den Tisch ab und spülte das Geschirr. Sollte ich mich, in Vorbereitung auf den möglichen Besuch bei den drei Männern, schlafen legen? Sollte ich besser wach bleiben und ein weiteres Glas Rotwein trinken? Ich dachte hin und her, ergebnislos, falls man nicht die Tatsache, daß ich wach blieb, als Ergebnis verstehen wollte.

Ich holte das braune Päckchen vom Flur ins Wohnzimmer, setzte mich damit auf die Couch. Wieder behandelte ich es sehr vorsichtig, auch wenn ich wußte, daß dem Inhalt so leicht kein Schaden zugefügt werden konnte.

In Packpapier eingewickelt, mit einer grau-roten Kordel verschnürt, erschien es mir einen Moment lang wertvoll. Ich dachte trotzdem nicht daran, es zu öffnen.

Ich legte das Päckchen auf den Wohnzimmertisch, stand

auf. Der Wein, dachte ich, aber meine Unruhe mußte vom Tag herrühren, den ich, nur scheinbar geplant, alles in allem gedankenlos verbracht hatte – oder in einem einzigen Gedanken, an das Päckchen und die drei jungen Männer, den jungen Mann mit dem Auto, der sich in Luft aufgelöst hatte. Zur Ablenkung überlegte ich, ob die roten Dianetten, die ich beim Triumphbogen aufgestöbert hatte, nicht doch ein guter Kauf gewesen wären. Ich bereute, daß sie jetzt im düsteren Laden auf dem Regal abgestellt waren, wo ich sie doch anprobiert und für gut befunden hatte. Um sie nochmals von weitem zu betrachten, hatte ich sie zurückgelegt. Ich vergaß sie dort.

Ich ging ins Schlafzimmer und schloß das Fenster, zog die Gardinen. Müde, stieg ich ins Bett.

Ob ich lächelte, als ich mitten in der Nacht von den Geräuschen und Gerüchen aus der Küche der drei jungen Männer geweckt worden war, weiß ich nicht. Schnell stand ich auf und wusch mir im Bad Gesicht und Achseln. Ich vergewisserte mich mit einem Blick ins Wohnzimmer, daß das Päckchen noch da war. Ich sollte nicht das rote Kleid anziehen, Hose und Bluse würden es auch tun. Ich bürstete mein Haar.

So, wie zufällig noch wach, klemmte ich das braune Päckchen, das geduldig auf mich gewartet zu haben schien, unter den Arm. Ich trank in der Küche ein Glas Wasser, machte dann Licht im Treppenhaus und stieg die Stufen hinunter.

Vor ihrer Tür horchte ich. Stimmen waren zu vernehmen, undeutlich. Noch mußten die drei in der Küche zugange sein, bald würden sie sich hinsetzen und essen. Ich drückte auf die Klingel.

Ich wartete, dann klingelte ich nochmals. Ich nahm das Päckchen in beide Hände. Jemand näherte sich im Innern der Tür.

Die Augen, in die ich blickte, gehörten der jungen schwarzhaarigen Frau mit dem schmalen Gesicht. Sie war nicht erstaunt, mich zu sehen, genausowenig wäre es ihr eingefallen, mich hereinzubitten. Sie bedankte sich für das Päckchen, lächelte, schloß die Tür.

Auf den Stufen wartete ich noch ein wenig. Möglich, dachte ich, daß die drei mich nachträglich einladen wollten, daß sie sich bei der jungen Frau mit den Dianetten nach der Überbringerin erkundigten.

Ich ging hinauf, schlüpfte wieder ins Nachthemd. Bald schlief ich ein.

10

Ich hätte die Botanikerin nach dem Weg fragen können, ich ließ es bleiben. An der Platja de Sant Sebastià, den Strand vor mir, überlegte ich, welche Regung es war, der ich etwas beunruhigt nachgegeben, und welche die ruhigen Worte waren, die ich an sie gerichtet hatte.

Ich war nicht über Nacht jemand anders geworden, sie, hatte ich den Eindruck, war die Frau geblieben, die ich kannte, überlegt, wenn auch auf ihre überlegte Weise getrieben – wovon?

Ich blickte übers Meer. Jetzt, am späten Nachmittag, spiegelte sich das Sonnenlicht darin, ein Gleißen auf der tausendfach gebrochenen Oberfläche, die tausendäugig zu mir herübersah, zu mir und zu jedem, der hinsah. Tausend Lider, dachte ich, sie hoben und senkten sich in wahllosem Rhythmus als Wellen über die Wellen, die eben noch und dann gleich widerschienen, bevor sie andere bedeckten: Wenn ich mich unbekannt beobachtet fühlte, dann oft nur vom Meer, das weder dumpf noch klug war, weder Gedanken noch Hintergedanken, keine Ansichten und keine Ansichten über sich hatte, sich selbst genügte oder nicht einmal das. Je weiter sich die Sonne entfernte, desto schöner ihr Abglanz auf dem Meer.

Ich ahnte – es war keine genauere Empfindung, kein klarerer Gedanke –, daß die Botanikerin und ich uns in der Voreiligkeit, die uns beiden gleichermaßen eignete, trafen, in der gedanklichen Vorwegnahme eines möglichen Schlimmeren: Voreilig und ungeduldig waren wir nicht nur voreinander, sondern – in minütlicher Erwartung einer gegenseitigen, vielleicht grundlosen Abkehr –, besonders vor uns selbst, hatte ich in Berlin gedacht, jetzt dachte ich es wieder. Über die Jahre waren wir so zu Eigenbrötlern geworden.

Wem in diesem oder jenem Augenblick die Voreiligkeit galt, sich selbst, dem anderen oder, ungerichtet genug, der Welt, wußte ich damals nicht immer zu sagen. Ich vermutete, daß auch sie nicht wußte, woher genau diese Voreiligkeit – und, ebenso, wohin damit.

Ich blickte einer spanischen Fregatte nach, die, Seemeilen entfernt, in südlicher Richtung fuhr.

Ein meterbreiter Betonklotz, der mir wie ein Findling erschien, lag, mit weißer Kalkfarbe angestrichen und schwarz numeriert, im Sand, im gleichen weiten Abstand zum Klotz links und rechts davon. Er trug die Nummer 236, eine schöne Zahl, dachte ich. Ich lehnte mich an den Beton, setzte mich dann auf die Kante. Was tat die Botanikerin in Barcelona?

Protestantisch, aus Berlin, an das harte kontinentale Klima gewöhnt, das galt mehr noch für ihre Eltern, aber welche Gültigkeit hatte das für sie? Ich sah mich um. War ich befugt, sie das zu fragen? War das nicht die Frage, die ich mir selbst und die sie, mit dem gleichen Recht, mir stellen konnte?

In Berlin schien sie mir getrieben, und ich kannte sie,

wie ich dachte, gut genug, um ihr diese abgemilderte, in der Distanz verkleinerte Getriebenheit auch hier anzumerken. Ich sollte aber weiterhin Voreiligkeit sagen, denn daß sie eine bestimmte Idee verfolgte, etwa einer fixen Idee anhing, einer Obsession verfallen wäre, dachte ich nicht.

Ich stand vom Betonklotz auf und schüttelte den Sand von Hemd und Hose. Wind war aufgekommen, es würde bald dunkel sein. Ich sollte jetzt den Strand verlassen, wie alle anderen hier, dachte ich, wie den Strand in Alexandria und in Izmir, in Algier und Thessaloniki, in Marseille, Haifa, Iskenderun und Limassol, fort von den Menschen, die mir dort, wohl nicht zufällig, aber ohne verläßliche Ankündigung begegnet waren – weg von der Botanikerin?

Wie vielen Orten hatte ich den Rücken gekehrt, um nun hier, an diesem Punkt, in dieser Stadt zu sein, in der mich wenig hielt?

Ich erreichte den betonierten Vorplatz. Jetzt erst merkte ich, daß ich sehr müde war, ich wollte gleich ins Hotel. Für morgen hatten wir uns nicht verabredet, ich würde sie anrufen. Ich war glücklich, wieder allein zu sein. Gab mir das als Heranwachsender noch zu denken, beruhigte es mich in diesem Augenblick auf eine tiefe, endgültig scheinende Weise.

Von der Platja de Sant Sebastià kam ich zur nahen Metro-Station Barceloneta. Ich stellte mich dann doch in den Verkehr, der sich vor der Kreuzung staute. Als ich ins Taxi stieg, überlegte ich, ob ich tatsächlich essen wollte; war es dafür nicht zu früh? In mich hineinzublicken, gelang mir nicht. Ich fühlte mich nur soweit, als daß ich das tun konnte, was ich immer tat, wenn mir danach war: Ich ersetzte eine Mahlzeit mit dem Besuch in einer Patisserie.

Der Taxifahrer, ein junger Katalane, sollte mich hinbringen. Er kannte eine gute Pastisseria, die angeblich einem Freund seines Schwagers gehörte und zu den besten in der Stadt zählte. Meistens entsprachen solche Aussagen der Wahrheit, an den Gestaden des Mittelmeers hatte man bei dem Backhandwerk nicht das Bedürfnis, mit Qualität oder eingebildeter Qualität anzugeben – nach traditionellen Rezepten hergestellt, glich es seit Jahrzehnten und Jahrhunderten fast unverändert sich selbst.

In kurzen Sätzen beschrieb der Fahrer die beliebten Obsttörtchen, ich hatte davon gehört, aber noch keines gekostet. Also Zucker, sagte ich, Wasser, Butter, Eier, Salz, gehackte und geröstete Nüsse, Honig; Blätterteig, nur wenige mit Mürbeteig, wie man das etwa bei Törtchen erwarten würde. Ja, wenig Mürbeteig, sagte er und bog einhändig in die Via Laietana ein.

Vielleicht hatte mich bereits das Gespräch satt gemacht, vielleicht war ich doch nicht hungrig: Mich überkam der Wunsch, auszusteigen.

Den Fahrer fragte ich noch, ob man mich dort in die Backstube gelassen hätte. Der Katalane zuckte mit den Achseln, rief mir den Namen der Pastisseria nach, den ich aber gleich wieder vergaß.

Auf dem asphaltierten Gehsteig, unter Palmen, erreichte ich einen Platz, ich setzte mich auf die vorderste Bank. Ich atmete Abgase ein, hustete, schaute mich um; Bäume, in Reihe gepflanzt, da und dort. Die hohen weißen Straßenlampen, angerostet wie jene dünnen in Algier, verhinderten, daß ich zu dem noch nicht ganz erblindeten Himmel sehen konnte.

Ich hatte ins Hotel zurückkehren, dann aber eine Patisserie aufsuchen wollen: Weshalb, fragte ich mich, tat ich etwas immer nur so lange, bis ich es als absichtsvoll erkannte?

Wieder fühlte ich, auf der Bank, im abendlichen Barcelona, von Autos scheinbar umkreist, daß ich allein sein mußte, nicht verdammt dazu, mehr in einer Art unbekannten, aber eigenen Auftrags, als gäbe es etwas zu erschließen – eine Bestätigung um der Bestätigung willen, Einsicht der Einsicht wegen, Sammlung der Sammlung halber.

Städte bereiteten mir längst keine Angst mehr, ich fürchtete ihre Kälte nicht, jene selbst am heißen Abend, ihre Dunkelheit im hellsten Sonnenschein, das Wasser, an dem sie lagen und das sie beherrschte, ohne daß sie etwas dagegen tun, wegkonnten. Ich konnte weg. Ich ließ die Städte hinter mir, bloß um sie vor mir zu wähnen, kehrte zurück, um sie zu verlassen, verließ sie, um wiederzukommen, verändert oder unverändert, als derselbe oder als ein anderer, in dieselbe oder in die veränderte Stadt, an der ich meine eigene Veränderung ablesen konnte.

Stets aber wußte ich, daß ich, einerlei womit, noch nicht fertig war. Ich handelte, als ob ich kein Ende erreichen könnte, selbst wenn ich, in Algier, in Barcelona, gar nicht als erstes danach handeln, mich für einen Moment unterwegs ausruhen mochte.

Die Städte sahen mich einmal so, einmal so, ähnlich, wie ich sie sah – als leere Fläche, als schwarzer Vasenhintergrund? Wer wäre dann wessen Hintergrund, ich derjenige der Stadt oder die Stadt, die Städte, meiner?

Der Abstand, nicht regelmäßig wie zwischen den Betonklötzen am Strand, aber regelmäßig und zuverlässig genug, zwischen mir und den Städten, zwischen mir in der Stadt und mir in der anderen, ähnlichen oder gänzlich verschiedenen Stadt: In diesem wiederkehrenden Abstand wurde ich mir deutlicher. Doch worin bestand die Veränderung in mir, fragte ich mich, welcher Abstand zu mir selbst ließe sich endlich in das verkehren, was er doch oft gewesen war und immer wieder werden sollte, in die einzige Nähe, die ich aushielt.

Ich winkte ein Taxi heran, sagte dem Fahrer, daß es im Carrer de Montcada einen Vasenladen gab, dort wollte ich hin. Im stockenden Verkehr betrachtete ich die Sandsteinfluchten, die Palmenreihen, drehte das Fenster herunter, knöpfte das Hemd bis zur Brust auf.

Das also war der Vasenladen, eine Galerie, in der jetzt noch Licht war. Ich näherte mich der Glastür. Ich hatte, wie ich dachte, vielleicht kein Recht, hier zu sein, es wirkte vor mir selbst, als ob ich der Botanikerin nachspürte, wie hätte das erst auf sie gewirkt.

Die Slowenin trat aus dem Hinterzimmer, dem Büro, in den Ausstellungsraum, sie war jünger, als ich sie mir vorgestellt hatte, jünger als die Botanikerin, sie hatte kurzes schwarzes Haar, einen Bubikopf, die Stirnfranse war mit einer Haarnadel, auf der eine kleine künstliche Rose glänzte, über dem linken Auge zurechtgesteckt. Sie rauchte.

Sie nahm die leeren Weingläser vom Tisch, über den sie mit einem Lappen wischte, rückte mit der Hüfte die Stühle zurecht. Gleich würde sie wieder im Büro verschwinden, oder im Magazin, in dem vielleicht die Botanikerin saß und sich Vasen anschaute.

Wenn die Botanikerin sich jetzt nicht im Magazin aufhielt, sondern zu Hause, in der Buchhandlung, von mir aus bei Freunden, die ich, vor die Wahl gestellt, eher nicht kennenlernen wollte, könnte ich den Laden betreten – und falls sie da war, ohnehin. Ich wollte mir anschauen, was sie mir geschildert hatte.

Von weitem erkannte ich Europa auf dem Stier, sie ritt ihn im Damensitz, mühelos im Gleichgewicht, die eine Hand flach auf dem Nacken des stumpfhörnigen Bullen, die andere auf dessen Hüftknochen, das Kinn erhoben. Die Rotfiguren-Vase drehte sich im Glaskasten, hinten war sie schwarz.

Ich sah zu den beiden anderen Glaskästen; die Slowenin hatte die Vasen aber, spät am Abend, schon nach hinten gebracht. Sie hob nun, die Zigarette im Mund, weiß behandschuht, auch die Vase mit Europa heraus und entfernte sich schlurfend – im selben Tempo, schien mir, wie die Vase vorhin im Glaskasten drehte.

Die Slowenin reckte den Kopf in die Höhe, stieß den Rauch der Zigarette aus, ihre Waden spannten und entspannten sich bei jedem kurzen Schritt, sie mußte die Stöckelschuhe seit dem Morgen tragen. Ich bemerkte ihren freien Rücken im Abendkleid.

Ob die Tür bereits verschlossen war, ließ sich nicht erkennen, ich faßte sie nicht an. Die Slowenin, längst auf mich aufmerksam geworden, hätte sich dann bloß genötigt gefühlt, nochmals zu öffnen.

Daß sie sich nicht – nichts lag mir ferner – bedroht fühlte, kam mir etwas seltsam vor, immerhin stand ein fremder Mann vor dem Laden, wie zögernd, oder zu etwas entschlossen, das sie nicht ahnen konnte und das nur schon deswegen eine sichtbare Regung bei ihr hätte hervorrufen müssen, ein Blick oder die Geste zu einem Blick, die mir bedeuten sollte, daß ich gesehen wurde.

Sie kam aus dem Hinterzimmer und blickte, bis sie die Tür erreicht hatte, in meine Augen. Sie stieß die Tür auf, bat mich darum, übermorgen wiederzukommen; auf die Öffnungszeiten achte sie zwar nicht genau, sie müsse jetzt aber weg, zum Flughafen, bald schon beginne der Einstieg in die Maschine.

Die Slowenin hatte blaue Augen und Sommersprossen, ihr Teint war hell. Sie redete wie jemand, der den ganzen Tag reden mußte, eilig. Auf meine Antwort wartend, auf das Danke, Guten Flug, das ich sagte, schnalzte sie kaum hörbar mit der Zunge, als wäre es ihr gleichgültig. Aus der Nähe zeigte sich, daß die kleine Rose auf ihrer Haarnadel aus Glas gefertigt war. Sie verabschiedete sich, schloß die Tür.

Am Ende der Straße sah ich zurück. Die Slowenin trat aus dem Laden, drehte den Schlüssel im Schloß, zog das Schutzgitter herunter, drückte es mit der Fußspitze in die marmorne Schwelle. Sie wartete auf dem Gehsteig, die Arme vor der Brust verschränkt. Über die Schultern hatte sie ein grobmaschiges Wolljäckchen gelegt.

In das Taxi stieg sie vorn ein. Ich dachte nicht, daß sie mich nochmals bemerkt hatte.

Ich winkte ein Taxi heran. Mich in einem Taxi wiederzufinden, gefiel mir, ich lächelte; ich hoffte, ich wußte, daß es nicht dieses alexandrinische, alles und jeden einschließende, bündlerische Lächeln war, sondern der nächtlichen Fahrt verdankt, es wimmelte von Menschen in den Straßen, ich blickte hin, auf die beleuchteten, mit Palmen bestandenen Plätze.

Der Taxifahrer wollte das Lächeln auf sich beziehen, als ob es nur ihn und mich, in der ganzen Meeresstadt nur diesen Fahrer und den Fahrgast gab, den Reisenden, von mir aus Meinen Diplomaten.

Ich machte mich nicht lustig über ihn, auch wenn ich ihm ein kastilisches Vamos entgegengeschleudert hatte, als er mich nach dem Fahrziel fragte, ein Fahren wir, das er zwar verstand, nach fünf Minuten aber beargwöhnte. Ich ließ ihn einmal um die Plaça de Catalunya fahren, dann nochmals. Nicht die Ausfallstraßen, sagte ich. Zum Meer, schlug er vor. Warum nicht?

Dieser Zustand, nach dem ich – wie ich nun wieder wußte – suchte und nochmals suchte, da oder dort, hatte nichts Tröstliches, kam ohne Trost und jedes andere, noch so beförderliche Gefühl aus. Vor mir erklären konnte, mochte ich diesen Zustand nicht; ein Vergleich käme seiner Beschreibung vielleicht nahe, dachte ich: Hatte ich als Heranwachsender noch unter der Tatsache gelitten, daß dieser Zustand im Rückzug und unter ausnahmsloser Unterlassung sich zu jenem Glück fügte, das er mir bedeutete, erfreute ich mich längst ohne Gewissensbisse dieses glänzenden Rückzugs, der sich in all den Jahren gerade einmal um die Welt erweitert hatte.

Als Junge, auf dem Bett liegend und mit innerem Blick an die Decke starrend, kannte ich diese Gewissensbisse noch nicht, doch inzwischen, so eigentümlich wie allgemein, zur Genüge.

War es in der dunklen Kabine, in der ich fuhr – und auf deren Scheiben die Spiegelungen der Lichter und Menschen fortlaufend ineinander verschmolzen –, nicht wie vor meinem inneren Auge in jenem Kinderzimmer in den Bergen? War ich, in Bewegung, unterwegs, nicht erneut dorthin gelangt, wo ich vor langer Zeit wegwollte, ohne wiederkehren zu müssen? War ich nicht immer schon, dachte ich, in jener absoluten Bewegung, die Stillstand hieß?

Ich war nach Barcelona gekommen, soviel stimmte, doch was hatte die Botanikerin am Mittelmeer zu tun? Wer war wem wohin gefolgt?

Ich drehte das Gesicht in den Wind. In den Abgasschwaden, im Diesel, unterschied ich den salzigen Geruch des Meers, ich hielt mich daran. Erst wieder in der Schiffskabine, im Bett, würde ich den Wind – an der Reling war ich ihm stundenlang ausgesetzt – am ganzen Körper spüren, als Zittern und Ziehen in der Haut, das sich dem Rütteln der Kabine überlagerte.

Die bunten Beleuchtungen in den Straßen Barcelonas, wenn auch nicht annähernd so zahlreich, erinnerten mich an jene in Izmir, Algier und Alexandria, an das kindliche Spiel mit blauen, roten, gelben, grünen Lampen und Lämpchen, blinkend, flackernd, im Fond der Autos, in Hauseingängen, auf Plätzen, als Lichterketten über Straßen gespannt; auch in dieser Stadt ein Trost dem, der sich vor der Dunkelheit fürchtete: Verharmlost, nicht erhellt, aber lächerlich gemacht, indem man ihr mit Lächerlichkeit und nicht etwa rührend, was auch eine Weise wäre, begegnete, zeigte mir die Nacht ihr Kindergesicht.

In der Art der Kinderzimmer auch die Schiffe vor der Küste, im Hafen und vor der Promenade die Leine für den Flaggenschmuck über und über mit Glühbirnen bestückt, vom Heck über den Schornstein und die hohe Stenge zum Bug, über die Toppen nicht geflaggt, sondern beleuchtet, als wäre jede Nacht Jungfernfahrt; im schnellen An und Aus der Lichterkette die Reflexe auf dem schwarzen Wasser.

Wie kann es anders gelingen, die Nacht zu verhöhnen, als mit einem Hohn, der selbst ein Hohn war?

Ich neigte mich vor und fragte, wo ich jetzt noch ein spanisches Wörterbuch bekommen konnte. Der Fahrer grinste, als habe er endlich alles verstanden.

Vor einem Spätverkauf ließ er mich aussteigen. Ich bezahlte, ging die paar Schritte vor, blickte in den Laden. Ein Wörterbuch, egal welches, würde ich hier nicht finden.

11

Bevor ich in die Cafeteria kam, hatte ich zwei Japaner durch den mediterranen Teil des Gartens geführt. Luiza, deren Mann vor ein paar Tagen beim Segeln leicht verunfallt war, hatte mich darum gebeten. Wohl aus Höflichkeit hatten die Botaniker aus Fernost während der Führung keine Fragen gestellt, wollten aber nachher alles wissen, selbst die Cafeteria erschien ihnen bemerkenswert. Ich blieb, vom Rundgang erschöpft, ein wenig für mich sitzen.

Laß uns dann gleich Liebe machen, hörte ich vom Nachbartisch. Ich war nicht bestürzt, blickte nicht einmal hin, wollte nicht wissen, wer es wem gesagt, wer wie darauf geantwortet hatte, früh genug würde ich sehen, wer die beiden waren: Sie standen, aus dem Stühlerücken zu schließen, auf, mußten sich, da von ihnen nichts mehr zu hören war, im Augenblick küssen, gingen jetzt an mir vorbei. Sie war vierzig, er etwas älter.

Ich nahm noch ein Wasser, wo doch auf meinem Schreibtisch eine angebrochene große Flasche stand. Die Kassiererin lächelte, sie mußte mich in der Cafeteria oder im Garten schon gesehen haben. Wieder blickte ich auf die Obsttörtchen in der Vitrine. Der Mann von der Patisserie lieferte jeden Morgen eine Auswahl an köstlichen Torten und Kuchen.

Ich war versucht, ein Törtchen zu essen, ließ mir aber lieber ein paar davon einpacken. Die Kassiererin beriet mich, dieses, das und das kleinere, sagte sie.

Als ich mit dem Karton zurückkehrte, saßen neben meinem Tisch zwei alte Männer. Ich grüßte, worauf sich die beiden an die Krempe ihres Strohhuts faßten, den Stock fest in der anderen Hand. Die Kassiererin brachte ihnen Orangensaft, sie griffen gleich danach. Beim kleinsten und immer noch kleineren Schluck erzeugten sie, kindlich absichtlich, schmatzende, gurgelnde Geräusche. Nicht anders als kindlich wirkten auch die Poloshirts, die sie aufgeknöpft trugen, der eine ein rosafarbenes, der andere ein hellblaues.

Der eine sagte, mehr vor sich hin, einer Nation ohne Marine fehle es an Größe. Nach einer Weile antwortete der andere, er habe die Fregatten mit dem Fernglas beobachtet, in ihrem Anblick sei er selbst nochmals gerostet; nur wenn die beiden Alten lachten, schauten sie einander an. Ich hatte sie noch nie hier sitzen sehen, sie redeten Unsinn, ich versuchte wegzuhören. Hinter ihren Köpfen lief ein Standventilator, an dessen Schutzgitter ein armlanges rotes Band leise und stetig im Luftstrom knatterte. So hörte sich der Ventilator wie ein Filmprojektor an. Ich setzte mich im Stuhl auf, als würde jeden Moment die Vorführung beginnen – welche?

Vor mir die abschüssige Straße vom Jardí in die Stadt, ein wolkenloser Himmel im dunstigen, wenn auch schon späteren Vormittag. Ich überlegte, weshalb mir jener Mann bekannt vorkam, der mich an der Kasse aus dem Foto in der Brieftasche einer Besucherin angeblickt hatte. Die Frau aß jetzt, dort vorn am Tischchen, Salat mit Meeresfrüchten, trank Weißwein. Ich fragte mich, ob ich diese Frau sein wollte, ob ich vielleicht längst so wie sie war, die nicht mehr junge Katalanin.

Neulich las ich von einer Frau in Schweden, die mit sechzig ein gesundes Kind zur Welt gebracht hatte – wie alt war diese Katalanin? Sie aß langsam, kaute jeden Bissen dreißig-, wenigstens zwanzigmal, ich war versucht zu zählen, zählend mitzukauen, wäre das nicht albern – so albern wie meine vormittäglichen Gedanken, die mich doch nur auf mich selbst zurückwarfen, sich wie Efeu, den ich schon als Kind nicht leiden konnte, um mich legten. Ich fürchtete, ich gehörte zu den beiden Alten, die sich bereits aus der Welt genommen hatten, denen alles, was geschah, nur mehr zustieß.

Ich stand auf und trug das Tablett zurück, die Kassiererin nahm es mir in der Durchreiche ab. Auf einen Zettel schrieb ich Luiza eine kurze Nachricht, legte ihn ihr auf den Schreibtisch. Der Bus war pünktlich. Ich setzte mich ganz nach hinten.

Ich wartete nun zur Mittagszeit auf jenen Moment, da die Hitze eintrat, der Vormittag in den Mittag mündete. Manchmal konnte ich diesen Moment fühlen, seltener, sehr selten, daß er gleich bevorstand – jetzt: Ich hatte die Vorahnung, daß es sehr heiß werden würde, dann wurde es auch sehr heiß.

Ich öffnete das Fenster. Außer mir saß nur der Fahrer im Bus, er schaute in den Rückspiegel, schloß mit einem Knopfdruck die pneumatischen Türen. Er legte den Gang ein, gab Gas. Der Fahrtwind kühlte mein Gesicht.

Als der Bus hielt, stiegen Leute ein, jugendliche Frauen,

Studentinnen, sie fuhren drei Stationen weit, drückten auf den Halteknopf, damit der Fahrer sie bei nächster Möglichkeit aussteigen ließ. Sie verschwanden in einer Gasse. Andere und wieder andere bestiegen den Bus, der Halteknopf wurde oft gedrückt. Bald würde auch ich aussteigen.

Ich betrachtete die Fahrgäste und hatte keinen Zweifel, daß jemand auf den Knopf drücken würde, wenn meine Haltestelle an der Reihe war. Man könnte sich darauf verlassen, überlegte ich, bestimmt hatte dieser Geschäftsmann, jene Rentnerin dasselbe Ziel – weshalb sich selbst kümmern? Gleich würde einer auf den Knopf drücken, es war nicht mehr weit hin.

Ich lehnte mich zurück. Die Haltestelle kam näher und näher, die rote Lampe aber, Zeichen des Haltewunsches, ging nicht an. Ich wollte schon selber auf den Knopf drükken, doch war ich eben sicher, daß es jemand für mich tun würde, nun, da der Fahrer einen Gang hätte herunterschalten müssen, da, bei der Tankstelle, spätestens jetzt, vor dem großen Café, jetzt, oder jetzt. Ich drückte auf den Knopf.

Ich habe Tage erlebt, an denen mir die Fahrt mit dem Bus den Mut nahm. Von einer Sekunde auf die nächste verlor ich die Lust, am Jardí anzukommen, mich später mit diesem oder jener Bekannten zu treffen, den Abend in Gesellschaft zu verbringen: Ich blickte zu viel umher. Hände, Hälse, Nacken prägten sich mir ein, ohne daß ich es darauf angelegt hatte. Manchmal träumte ich in der Nacht von eigentümlichen Gesten, die eine junge Frau beim Sprechen vollführt hatte, von der Kopfbewegung des Jungen, der, nachdem er zufällig in die geöffnete Handtasche der fremden älteren Frau neben sich geschaut hatte, wieder aus dem Fenster in die nahe Schwärze des Metrotunnels starrte; schnell drehte er den Kopf, als wollte er damit die vertane Zeit wettmachen.

Vergeblich mühte ich mich, nicht so umherzublicken. So stieg ich denn oft in ein Taxi, auch wenn mich der Fahrer anschließend, in Abwesenheit, begleiten sollte, seine Art, den Gang einzulegen, jenes bezeichnende Parfüm, der Blick, den er einer Passantin nachgeworfen hatte.

Was die Fahrgäste und Parkbesucher, die Gäste im Café und, da und dort, die Kinder ineinander sahen, beschäftigte mich stets unverhältnismäßig lange; mehr noch die Frage, wer wen wie anblickte.

Eine Obsession, besser, eine fixe Idee, daß ich den Blikken folgte, dem erwiderten und dem geheimen Blick, dem berechnenden, dem streifenden. Ich hielt die Handtasche im Schoß, den Kopf etwas im Nacken, als wäre mir zwar jeder Blick möglich, keiner aber zwingend.

Am Mittelmeer fiel mir jener Kult des Blicks auf, der zum Kult des bösen Blicks geworden oder es wohl schon immer gewesen war: Die Menschen blickten einander an und sahen dabei bloß sich selbst. Ihr Blick war beladen, er trug, wie die Radiowelle das einfältige Lied, schnell oder hinterrücks und unangekündigt die Eifersucht, den Haß, das falsche Begehren dessen mit sich, der ihn losschickte, zuwarf, zum anderen hin, der sich nur selbstverleugnend, vorbeugend, dagegen wehren konnte – es sei denn mit einem künstlichen, einem runden, platten, einem tellergroßen, manchmal auch nur stecknadelkopfgroßen Auge aus Glas, meist hellblau wie der Himmel, ringsum weiß, darin, in der Mitte, ein schwarzer Punkt.

Kein Winkel, an dem dieses Auge nicht Platz gehabt hätte, über Türen, in Schlafzimmern, in Restaurants, in

Bussen und Taxis am Rückspiegel, überall dort, wo Menschen etwas verwahrten oder vorzeigten, worum sie beneidet werden konnten.

Auch auf Schiffen begegnete mir jenes flache, runde Auge. Handdick, war es Hand und Abwehrgeste in einem, eine Art bannendes oder Verbotsschild, das, mitten auf dem Meer, so recht keinem Zweck dienen konnte – aber war man nicht gerade auf der Reise jedermanns Blick ausgesetzt? Verfingen sich im Sog der Bewegung, mitgerissen und verwirbelt, nicht um so mehr Blicke im Anblick dessen, der unterwegs war, fremd, anders, oder an anderem Ort, im Kretischen oder im Thrakischen Archipel, im Kanal von Otranto, im Marmara-Meer?

In Berlin kam mir ein solches Glasauge nur beim libanesischen Imbiß oder beim türkischen Bäcker unter: Die Stadt hatte aber auch ihre eigenen künstlichen Augen, keine Stelle im Zentrum, an der ich nicht von einem Kameraauge fixiert worden wäre. Sie drehten sich selbsttätig den Passanten nach. Auf die Größe einer Pupille gebracht, steckten sie an der Krawatte des Schalterangestellten, blickten durch den Sitzungsraum der Versicherungsanstalt, durch Wartezimmer, Behördenflure; dort auch auf Menschen, die eine Nummer gezogen hatten und darauf warteten, in der Sache ihres Aufenthalts vorsprechen oder noch einmal vorsprechen zu dürfen.

Ich aber war freiwillig hier. Ich stieg aus.

Ich freute mich, daß der Reisende zurückgekehrt war.

12

Vor ein paar Tagen – oder war es schon Wochen her? – in der Nacht von Bord des französischen Passagierschiffs gegangen, wie immer bloß mit Handgepäck, hatte der Reisende bemerkt, daß er erwartet wurde. Der Mann im braunen Anzug, das weiße Hemd bis zur Brust aufgeknöpft, folgte ihm von der Gangway an, holte ihn bald ein.

Der Reisende überlegte, ob er seinen Besuch angekündigt hatte. Im Fond des alten Citroën erschien ihm das unwahrscheinlich, auch, daß jemand, von Bern oder Berlin aus, der Botschaft in Algier eine Notiz übermittelt haben könnte. Er reiste nicht mit den Diplomatenpapieren.

Der humorlos wirkende Mann, der sich nicht davon abbringen ließ, ihn zum Hotel zu fahren, war nicht aus Neigung schweigsam. Er überhörte die Bemerkung des Reisenden, die Kathedrale auf der Hügelkuppe über dem Hafen sei schon von weitem zu sehen, genauso, daß die Caserne d'Orléans noch ein wenig eher zu sehen war. Ein dritter, wiederum im vornherein verschwendeter Versuch: Dazwischen die Kasbah, die Altstadt, nicht wahr?

Der Reisende lehnte sich, müde von der Überfahrt, wieder zurück, er hätte den Fahrer, oder was der Algerier war, nicht auf französisch ansprechen sollen, dachte er. Auf die arabischen Wörter hin, die er nun von sich gab – sie mußten aus seinem Mund linkisch oder schlicht lächerlich klingen, auch mehr levantinisch denn maghrebinisch –, schaute der Fahrer immerhin zurück, nickte lächelnd, schaute wieder auf die Straße, die zwar breit und auch hell erleuchtet, auf der dennoch kaum ein Auto unterwegs war. Wenigstens wußte der Reisende nun, daß der Fahrer den Humor nicht gänzlich verloren hatte: Sein Arabisch genügte gerade einmal, um nach dem Fahrpreis zu fragen.

Er hatte sich zurechtgelegt, daß er sich in den Händen des Geheimdienstes befand, falls der Mann für die Fahrt kein Geld annehmen würde. Er verließ sich einen Moment lang auf diesen Trick, den er vor dem Hotel anzuwenden gedachte, auf die törichte Fangfrage nach dem Fahrpreis, von der sich der Fahrer allerdings nicht würde beeindrukken lassen, wie ihm dann doch klarwurde, hinausschauend auf die menschenleere Promenade und, geblendet von den hohen Straßenlampen, auf das schwarz daliegende Meer. Überholt wurden sie nur von den alten gelben Taxis französischer Herkunft. Ein leichtes, die Fahrt als Dienstleistung des Hotels auszugeben.

Der Vorplatz war mit Dattelpalmen eingefaßt. Der Fahrer öffnete den Kofferraum und hob die Tasche heraus, schätzte dabei ihr Gewicht. Er begleitete den Reisenden stumm zur Rezeption.

Der Reisende zeigte seinen Paß vor, wo er doch vorhin das Hafengelände durch einen Seitenausgang verlassen konnte, an Paßkontrolle und Zollbehörde vorbei. Der ältere Rezeptionist nahm den Paß an sich.

Noch im ersten Schrecken darüber, sich in eindeutig häßlicher Gesellschaft wiedergefunden zu haben, beschloß der Reisende, behelligt und behindert genug, den Fahrer einzuspannen. Er erkundigte sich bei ihm nach dem Badestrand; morgen wollte er den Fahrer, bitte wieder mit dem Paß, im Hotel sehen. Der ältere Rezeptionist zögerte mit der Schlüsselübergabe, bis der Fahrer genickt und dann – zum erstenmal blickte er dem Reisenden ins Gesicht – auf arabisch In Ordnung gesagt hatte, 'ala watschib. Dann verschwand der Fahrer.

Wäre es für den Reisenden nicht völlig belanglos gewesen, hätte er sich kundig gemacht, mit einem – zweifellos abgehörten – Telefonat nach Bern. Bestimmt gab es hier einen mehrfach gegliederten Geheimdienst. Der Fahrer hätte auch im Polizeidienst stehen können, im Auftrag eines Polizeichefs, eines sonstigen Vorgesetzten, der bloß seinem Neffen, Schwager, Bruder eine Anstellung verschaffen wollte und ihn zur allseitigen Entlastung mit Phantasieaufträgen bei Laune hielt. Vielleicht war der Mann von der Zollbehörde, vielleicht – ganz anders und wenig wahrscheinlich – von einer fundamentalistischen Gruppierung. Für den Reisenden hätte das wenig geändert. Dennoch war er sicher, daß der Fahrer für den Geheimdienst arbeitete, denn im Hotel hatte er zwei ältere Damen gegrüßt, die gemeinsam reisten und hinter denen ein anderer Fahrer herging.

Der Reisende begab sich auf sein Zimmer, er legte sich hin. Schnell schlief er ein.

Das Telefon auf dem Nachttischchen klingelte, draußen war es hell geworden. Der Rezeptionist sagte, daß es nur noch eine Stunde lang Frühstück gäbe.

Obwohl er nicht hungrig war, ging der Reisende bald in den großen Saal, in dem sich kaum jemand aufhielt. Er blickte sich, müde, nicht um. Als er sich setzte, kam auch schon der Fahrer zu ihm an den Tisch.

Der Reisende sah kurz hoch, fragte nach seinem Paß. Schnell griff der Fahrer in die Innentasche des braunen Jacketts und zog den Paß heraus. Das mißfiel dem Reisenden, nur er selbst hatte das Recht, seinen Paß in der inneren Brusttasche zu verwahren, dachte er.

Er nahm den Paß entgegen, blätterte ihn durch und fand den Stempel mit dem Einreisedatum. Er steckte den Paß in die innere Brusttasche, sagte dann, daß er keine Begleitung mehr brauche. Der Fahrer lächelte; der Reisende lächelte zurück. Nun denn, dachte er, wenn der Kerl schon einmal da war, konnte der ihn später auch zum Strand fahren.

Da war diese bleierne Müdigkeit, die sich nicht abschütteln ließ, im Gegenteil, jede Schiffsreise und jeder Aufenthalt in einer Stadt an diesem Meer trug dazu bei, den Reisenden immer weiter zu ermüden. Er versuchte, seine Müdigkeit zu vergessen, wie er auch die Orte, die er besucht hatte, vergaß – wo war er bisher gewesen? Er strich Butter auf die Toastscheibe. Was hieß bisher? Seit er ein Junge war, als er heranwuchs, später als Diplomat, oder erst danach? Was hieß wo? Waren ihm die Städte am Mittelmeer, allein durch die Tatsache, daß sie am Mittelmeer, am selben Meer lagen, nicht wie eine einzige große Stadt erschienen, bloß gegliedert in eigentümliche Teile, vom Wasser getrennt und zugleich zusammengehalten? War es diese Müdigkeit, die ihn nicht länger sehen ließ? Was gab es zu sehen?

Die grün-weiße Flagge an der Rezeption, darin der rote Halbmond, er schaute hin, aber er sah sie vom Tisch aus nicht deutlich. Er fragte sich, schwindlig, wie ihm nun war, ob der Mann, der noch immer da stand, ihm etwas in den

Mokka geschüttet haben konnte. Er sah ein, daß das Unsinn war, forderte ihn auf, sich zu setzen. Der Mann setzte sich sofort.

In diesem Augenblick, in dieser Verdächtigung, die ihm geeignet schien, sich selbst für die Furcht vor dem Ungewissen, dem Unvorhersehbaren, der Willkür zu hassen, statt ihr zu trotzen, für die Angst davor, bewacht und nicht mehr er selbst zu sein, wollte er sich jene eine und einzige große Stadt am Mittelmeer nicht vormachen.

Er wartete, bis der Fahrer von der Zeitung aufblickte, dann erhob er sich. Nebeneinander gingen sie zur Rezeption. Der Fahrer füllte umständlich die Formulare aus, buchte eine weitere Nacht für den Reisenden, als ob nicht alles schon längst mit dem Rezeptionisten abgesprochen gewesen wäre.

Sie verließen das Hotel. Die Hitze schien ihm auf Dauer unerträglich. In welch erbärmlichem Zustand das Auto war, sah er erst jetzt, im grellen Tageslicht. Er zog das Jakkett aus, legte es zusammen mit dem Handtuch auf den Rücksitz. Ohne zu fragen, nahm er vorn Platz; die Tür sprang nach drei Versuchen ins Schloß. Der Mann fuhr los.

Bevor sie an der Kathedrale vorbeikamen, auf dem Boulevard Anatol France am Fuß des Hügels, auf dem sie gebaut war, hatte er die Wartenden bemerkt, die Männer in Bluejeans und hellem Hemd, neben ihnen und beieinander die Frauen in langen, dunklen Röcken und Blusen, das Kopftuch hell, ganz so wie die Wartenden in Alexandria und Tunis, in Dürres und Beirut. Die weißen Busse fügten sich, hydraulisch stöhnend, wie er dachte, durch die eigenen Abgasschwaden in den Verkehr ein, der stadtauswärts, auf dem Boulevard Amiral Pierre, schwach blieb.

Terrassenartig angelegt, verlief etwas höher die Avenue de la Marine in gleicher Richtung, darüber reihte sich ein weißer Repräsentationsbau an den anderen, Wohnhäuser aus der Belle Époque, mit gußeisernen Balkonen in großer Zahl, die Fensterläden grün, um so in jenem grün-weißen Kontrast der Landesfarben zu wirken und an vorderster Front, am Wasser, in das allgegenwärtige, blendende Weiß eines vermeintlich modern gedachten Boulevards aufzugehen, in die lückenlose Zahnreihe des makellosen Lächelns, zur Begrüßung der Seereisenden; selbst die Straßenlampen hatten einen weißen Anstrich.

So viel Weiß war dem Reisenden nur von den kykladischen und dodekanesischen Inseln bekannt, dort stand es gegen das tiefe Blau des Meers, das Azur des Himmels. An den Uferbefestigungen sah er Angler mit langen Teleskopruten, die Hände in den Taschen. Die Sonne blendete ihn, er nahm die Brille ab und rieb sich die Augen. Fast gleichzeitig setzte dann auch der Fahrer seine Sonnengläser auf, die er, als Agent, Laufbursche, was immer er war, am liebsten schon am allerfrühesten Morgen tragen würde, wenn es ihm nicht zu auffällig vorkäme – auffällig? Leute wie ihn erkannten selbst Fremde als offiziös, die Einheimischen, die unter ihnen und den Leuten dahinter litten, sie ob ihrer Willkür fürchteten, ihnen aus dem Weg gingen oder eben bei Gelegenheit einen Schein zusteckten, kannten sie ohnehin; sie ließen dem Auto, nun auch auf der Avenue Malakoff, die Vorfahrt.

Der Reisende fragte sich, woran man dem Citroën ansah, daß er von einem Aufpasser gelenkt wurde, am Nummernschild, an der Fahrweise?

Erst als sie die Stadt hinter sich gelassen hatten, fiel ihm auf – als ob er es gerade entdeckt hätte –, daß er in einem schwarzen Auto fuhr. Die Autos, die ihm entgegenkamen, waren mit Ausnahme der gelben Taxis weiß lackiert. Sollte er sich, derart ausgestellt, sicherer fühlen als in einem der offenbar von Hand angestrichenen privaten Autos?

Sosehr er im Meer baden wollte, so abscheulich kam ihm die Begleitung vor, dieser schweigsame, weder helle noch sonstwie, sei es auch auf eigentümliche Weise, an der Welt interessierte Mann. Noch mehr aber trug der Reisende daran, daß man auch in ihm einen Aufpasser sehen konnte, er wollte sofort aussteigen – doch wer würde ihn hier mitnehmen? Geriete er nicht ohnehin wieder in die Fänge dieser Leute? Er unterdrückte das Bedürfnis, sich zurück zum Hotel und dann zum Hafen fahren zu lassen. Bloß weg hier, dachte er zwar, aber, müde, nicht entschieden genug.

Er war nicht erstaunt darüber, daß sie an einer unübersichtlichen Stelle, in der Kurve vor einem stillgelegten Werk – es mußte eine Raffinerie sein, waren das vorhin nicht Zuckerrohrfelder? –, von der Straße abfuhren und auf dem randlos asphaltierten Streifen vor einer Pforte hielten. Der Fahrer wechselte ein paar Sätze mit dem jugendlichen Posten, der Zeitung las. Sie lachten, dann lehnte sich der Fahrer zurück, damit der Jugendliche kurz ins Auto, auch in den leeren Fond, schauen konnte. Von der Pforte ging links und rechts ein mannshoher Maschendrahtzaun aus.

Das Auto erreichte den Strand. Der Fahrer parkte neben einem anderen schwarzen Auto, sie stiegen aus. Dort vorn, sagte er und deutete mit ausgestrecktem Arm auf eine Palme, die, wie der Reisende als erstes dachte, unmöglich hier gedeihen konnte. In Stadtnähe ausgegraben und dann in den Sand eingesetzt, wirkte die Dattelpalme, deren Stamm gesäubert worden war und aussehen sollte wie eine Kokospalme, so falsch wie die Dattelpalmen weiter vorn und weiter hinten, dort, bei jenen schwarzen, längst nicht mehr fahrtüchtigen Autos.

Er nahm das Handtuch und ging zur Palme vor. Er blickte sich um, bemerkte weit, etwa einen Kilometer entfernt ein paar Männer, die, wie er vermutete, auf den nächsten Einsatz warteten.

Der Fahrer zog beim Auto das ungefüge braune Jackett aus, warf es über die Schulter, blickte zum Reisenden, bevor er sich umdrehte und mit kleinen Schritten, so, als hätte er nichts als Zeit, auf der Reifenspur zurückging, zur Pforte, wo ihn wohl ein Kartenspiel und ein Glas Tee erwarteten.

Das Meer mußte an dieser Stelle tief sein, dachte er, als er sich unter die Palme setzte und das Hemd aufknöpfte, die Wellen brachen sich meterhoch. Wenn er die Augen schloß, fühlte er nur den steten Wind. Er blickte lange aufs Meer hinaus. Wieder wunderte er sich, daß es so leise sein konnte. Es prasselte vor sich hin.

Er stand auf, stieg aus der hellbraunen Baumwollhose, rollte sie sorgfältig zusammen, klemmte sie unter den Arm, dann wickelte er das große weiße Handtuch, das er als schön empfand und das dem Hotel gehörte, von der Tüte ab, in der seine Badehose steckte. Nackt, schaute er sich nicht um und schlüpfte ohne Hast in die dunkelblaue Badehose. Er strich die Tüte glatt, legte sie unter die Hose auf den Sand. Er freute sich aufs Bad.

Außer den Männern in der Entfernung war niemand zu sehen, ihm schien, als ob es hier auch keine Kameras gab. Nicht, weil er keine erblickte, er fühlte sich unbeobachtet. Er nahm die Brille ab, steckte sie in den rechten Schuh.

Er lief, über den brennend heißen Sand, zum Wasser hin, blieb kurz stehen. Wie er es immer tat, watete er mit großen Schritten voran, das Wasser reichte ihm bald bis unters Knie, er machte einen Kopfsprung, tauchte. Er öffnete die Augen. Das Meer war klar genug für zwanzig Meter Sicht, er blickte sich um. Ohne Brille konnte er das nur im Wasser.

Er holte Luft und tauchte wieder kurz unter. Er kraulte quer zu den Wellen, die ihn herumwarfen, ihn hierhin und dorthin zogen oder sogen. Er entkam ihnen, immer nur für Momente, in der Tiefe. Aufgetaucht, schaute er in die stechende Sonne. In Haar, Mund und Augen blieb feiner Sand zurück.

Als er sich ans Ufer schwemmen ließ, kniff er so lange die Augen zusammen, bis er, einmal nur und undeutlich, die Pforte und das Häuschen, in dem die beiden sitzen mußten, erkennen konnte, klein, ganz klein. Der jugendliche Posten hatte eine breite Narbe über der rechten Wange, wie ihm aufgefallen war, die Wunde mußte aus der Kindheit herrühren – von einem Ritual? Ein Unfall, vermutete er, der die arabischen Rituale nur aus den Erzählungen seiner Eltern, also nicht einmal aus zweiter Hand kannte: die möglichst knalligen Farben, die aufwendig hergestellte, stoffreiche Kleidung, die bei Hochzeiten mit schnellem Zungenrollen erzeugten Glückslaute der verheirateten Frauen, bei Jahrestagen die Rufe, die unterdrückten Schreie bei Beschneidungen.

Das Meer hatte ihn herumgestoßen, er betastete seinen Kopf, eine Beule ließ sich, zu seinem Erstaunen, nicht finden. Er legte sich aufs Handtuch. Die Palme war zwar nicht sehr hoch, sie spendete um so mehr Schatten, wie er noch dachte, bevor er einnickte.

Er sah sich im Traum bald in einem Gefängnis und verlangte Auskunft über sein angebliches Vergehen, sie wurde ihm verweigert. Auf ein Schiff verfrachtet, legte er entmutigend lange Strecken in einer tiefgelegenen, fensterlosen Kabine zurück, ausgestreckt auf einer Pritsche. Er befand sich direkt über dem Maschinenraum, der Lärm war unerträglich. Vor der Tür rauchte und schwitzte der Wärter, die Zigarette hielt er mit zwei Streichhölzern fest, damit sie ihm nicht an den Fingern kleben blieb. Die Hitze ließ dem Reisenden nur übrig, sich ihr zu ergeben.

Er erwachte. Nun wußte er, daß er sich die Müdigkeit nicht bloß eingebildet hatte. Er erhob sich, setzte die Brille auf. Noch immer war er allein.

Er lockerte die Schnürsenkel, damit er in die Schuhe kam, ging durch den Sand, gelangte zum Wasser. Er zog die Schuhe aus und legte sie ein paar Schritte vom weitesten Auslauf der Wellen entfernt hin. Die Brille steckte er in den rechten Schuh, dann watete er voran.

Wieder faßte er sich in die warmen Haare, er fürchtete einen Sonnenstich. Schnell tauchte er in eine Welle ein, die so hoch war wie er selbst. Er fühlte die Kühlung und daß er allmählich wieder zur Besinnung kam.

Schon als Kind hatte er aussichtslos, immer wieder von neuem versucht, nach dem Spiel mit Ball oder Ruderboot sich nicht zu jenem süßen Schlaf am Strand hinreißen zu lassen – der Junge war danach stets zerschlagen.

Der Reisende freute sich über die starke Dünung, er wartete eine sehr hohe Welle ab und legte sich, Arme und Beine ausgestreckt, vor ihren Kamm, glitt ans Ufer zurück. Das tat er ein paarmal, wandte sich dann von den Wellen ab und ließ sich, im seichten Wasser, Gesicht zum Strand, herumschubsen. Er fiel auf die Knie, stand wieder auf, fiel erneut hin, als ob ihn jemand mit ganzer Kraft in den Rükken gestoßen hätte. Nun hatte er den Schlaf zwar überwunden, aber das Baden war anstrengend, er wußte nicht, was ihn mehr ärgerte.

Als er hinauswollte, fiel er unfreiwillig hin, machte ein paar Schritte hierhin und dorthin, suchte gleich nach den Schuhen, die er nicht auf Anhieb finden konnte.

So lief er nochmals vor und zurück, kniff die Augen zusammen, blickte über den nassen Sand, dann über den trockenen, bis zur Palme hin, an der er seine Suche neu ausrichtete. Daß es eine Suche werden würde, war ihm damit klargeworden. Er verfluchte den Einfall, mit den Schuhen über den heißen Sand zu gehen.

Er wußte, daß das Meer die Dinge wieder ausspuckte, es behielt sie nicht immer ein, riß sie nicht mit sich in die Tiefe. Er zweifelte nicht, daß es nur eine Frage der Zeit war, bis die Schuhe auftauchen, im nassen Sand hin und her rollen, steckenbleiben würden. Da lag doch einer, dort vorn. Er ging hin und hob den linken Schuh auf, betastete das nasse Leder. Bis er auch den anderen Schuh gefunden hatte, war fast eine Viertelstunde verstrichen – von der Brille keine Spur.

Er verfluchte den Einfall, die Brille in den Schuh zu legen. Sein heißer Kopf schmerzte fürchterlich.

Nachdem er eine Zeitlang auf allen vieren im seichten Wasser nach der Brille gesucht, jedes Ausrollen der Wellen neue Hoffnung in ihm hatte keimen und gleich wieder ersticken, wieder keimen und doch nur wieder ersticken lassen, rannte er, obwohl er lieber den schweren Kopf hätte hängen lassen, so schnell er konnte, zur Palme zurück.

Zwei Stunden mochten vergangen sein – in denen er möglichst nicht an die Brille gedacht hatte und auch wieder eingenickt war –, als er mit neuem Mut zum Wasser vorging. Er hielt nach der Brille nicht Ausschau, sondern schwamm ein wenig in den hohen Wellen, wie unbekümmert, gab vor, nichts zu vermissen, ganz so, wie es war, bevor er die Brille verloren hatte. Er wollte, daß die Brille zu ihm kam.

Er sah bald ein, daß das Unsinn war, genauso, weiter nach der Brille zu suchen. Er trocknete die Haare, machte sich zur Pforte auf. Der Algerier kam ihm auf halbem Weg entgegen. Sie fuhren zum Hotel zurück.

Die Sache mit der Brille ließ ihm keine Ruhe. Da er ohne Brille schlecht sah, konnte sie ihm auch keine Ruhe lassen. Er nahm den Verlust, so töricht er sich dabei vorkam, persönlich. In seinem Ärger verübelte er dem Meer, daß es die Brille verschluckt hatte.

Er betrat das Hotelzimmer, beschloß, nicht weiter über die verlorene Brille nachzudenken – erst morgen früh, nach Ebbe und Flut, wollte er wieder dorthin fahren, wo er sie wußte.

Zum Frühstück empfing ihn das Grinsen des Fahrers, auch der Rezeptionist grinste, in alles eingeweiht. Der Reisende trank einen Mokka, dann noch einen, bestrich die Toastscheibe mit Honig, aß sie langsam. Vergebens verlangte er nach Orangenmarmelade, einem Stück Marmorkuchen oder Zitronenkuchen. Er blickte zum Fahrer, dem das Lachen erst verging, als er zum Strand zurückkehren sollte.

Er blieb beim Auto, während der Reisende, das Handtuch um den Kopf gewickelt, über den Sand ging und dabei etwas in der Sonne blitzen sah: seine Brille, um Stunden früher dort, wohin das Meer zur Mittagszeit gelangen würde. Er hob sie auf, sie war unbeschädigt, wenn auch das Metall bereits oxidierte, an einem Bügel und am Steg. Als wäre nichts geschehen, setzte er die Brille auf. Fahren wir, sagte er dem Mann.

Im Hotel legte er sich in den Kleidern hin. Die Brille, das da und dort oxidierte Gestell, konnte in seinem Gesicht nichts anrichten, dachte er. Die Legierung aber lehnte sich, vom Meerwasser angegriffen, buchstäblich an seine Schläfe an, das Zink reagierte mit der Haut. Schon bald mußte er an der Linie kratzen, die der Bügel hinterlassen hatte, die Wunde war rot, wurde gelblich, sie warf sich auf, eiterte.

Er erinnerte sich an die Metallknaufe im Cecil Hotel in Alexandria, die die Haut in seiner Handfläche reizten – er kannte das alles schon, es sollte ihn nicht erschrecken. Dennoch war er aufgeschreckt, vielleicht wegen der Sucherei vorhin am Strand. Von Zeit zu Zeit wischte er mit dem Taschentuch über die Wunde.

Als er nach unten ging, um eine Flasche Wasser zu holen – er ließ sich nichts mehr bringen, die ausgestreckte Hand des Pagen ertrug er nicht – , sah ihn der Fahrer und geriet außer sich, nahm ihm die Brille vom Kopf, rief den älteren Rezeptionisten heran, der, um die Dringlichkeit zu bestätigen, so tat, als ob er aufgeregt wäre. Er zog den Reisenden an der Schulter: Zum Arzt!

Die Schranke am Hôpital Militaire Maillot blieb vor dem schwarzen Auto geschlossen, was den Reisenden verblüffte, ohne daß es ihn auch nur ein bißchen beunruhigt hätte. Sie wendeten und fanden sich bald darauf in der Avenue Malakoff wieder, diesmal stadteinwärts. Schwitzend versuchte der Fahrer, seine Verzweiflung zu verbergen. Da er im Dienst nur das Hôpital Militaire Maillot zu kennen schien, war er nun ganz auf sich gestellt. Wie ein Kind ergab er sich seinen Ängsten, jener Furcht vor dem Ungewissen, vor dem Unvorhersehbaren, den Vorgesetzten, denen er Bericht zu erstatten hatte.

Er fuhr den Reisenden, der kein Mitleid empfand, an den Rand der Kasbah, hier stiegen sie aus.

In unmittelbarer Nähe mußte ein Markt sein, der Reisende sah die Frauen in den dunklen Gewändern, sie trugen zum Bersten gefüllte Plastiktüten nach Hause, im Spiel rannten Kinder um sie her.

Einige Herumstehende, Untätige, blickten den Fahrer und ihn, der ihm folgte, kurz an – die meisten schauten weg.

Der Fahrer stieg eilig die Gassen hoch, lief über kleine Plätze, oft vergewisserte er sich, daß der Reisende mithalten konnte. Durch ein geduckt wirkendes Häuschen erreichten sie einen grünen, über und über mit Schlingpflanzen, weißblättrigem Efeu, mit Orangenbäumen bestandenen Hinterhof, anschließend, neben einigen wie zusammengescheuchten, ein Haus, in dem der Arzt wohnte, ein gelassener älterer Mann, weiß gekleidet im kahlen Hinterzimmer.

Er redete den Reisenden auf französisch an, sprach auch ein wenig Deutsch, sagte das Wort Entzündung. Er tupfte die Wunde mit dem Wattestab und bestrich sie dann mit einer Salbe, legte zum Schluß ein viel zu großes Pflaster drauf. Für einen Tag und eine Nacht, sagte der Arzt. Der Reisende nickte, setzte die Brille auf, da sah er Dalila.

Sie saß auf einem Rundhocker und mußte ihn schon die

ganze Zeit beobachtet haben. Der Arzt stellte sie ihm vor. Dalila sei gerade aus Marseille zurückgekehrt, wo sie öfter bei einem älteren Faltbootfabrikanten, einem überaus freundlichen Franzosen, wohnen würde. Der Arzt, dem auch das Interesse des Reisenden an der jungen Frau im indigofarbenen, weit ausgeschnittenen Kleid nicht entgangen war, sagte das in einem Ton, der Spott verriet – nicht gegen Dalila, um so mehr gegen den Franzosen. Dalila lächelte, als lächelte sie über sich selbst; sie lachte, als der Arzt etwas auf arabisch hinzufügte, ein kehliges Lachen, es wirkte auf den Reisenden, der nicht verstand, zunächst anstößig, schon nach dem ersten Mal hätte er es aber im größten Gelächter wiedererkannt. Er hing sein Ohr daran, hoffte, das Lachen würde gleich wieder erklingen. Als es endlich erklang, versuchte er herauszubekommen, weshalb er es so schön fand. Sonor und dabei hell, war es wieder viel zu schnell vorbei.

Der Fahrer lehnte sich neben das kleine Fenster an die Wand, stumm blickte er in den Garten hinaus. Er lachte nicht mit, im Gegenteil, die letzte Bemerkung des Arztes konnte nur spitz gemeint sein, gegen den Fahrer persönlich, der dem Arzt vermutlich bereits als Kind bekannt war. Ein Junge aus der Kasbah, den er nicht davon hatte abbringen können, für die ihm verhaßte Nomenklatur zu arbeiten. Der Arzt mochte das als persönliche Niederlage empfunden haben.

Daß der Fahrer wieder einmal mit einer Bitte bei ihm ankam, war ihm Gelegenheit genug, ihn vor Dalila zu verhöhnen. Zu weit wollte er offensichtlich nicht gehen. Nicht, daß er gefürchtet hätte, willkürlicherweise mit mehrtägiger Haft bestraft zu werden, mehr noch schien der Arzt Mitgefühl oder Verantwortung für den Fahrer zu empfinden.

Das Desinfektionsmittel brannte in der Wunde, der Reisende zuckte. Ein paarmal blickte der Arzt zu Dalila. Sein Lachen bekam etwas Wehmütiges, Wehleidiges, ging in einen Singsang über, in den die junge Frau kurz einstimmte, dann verschwand der Arzt gemeinsam mit dem Fahrer im Vorzimmer. Sie besprachen dort etwas, während der Reisende Dalila fragte, ob er mit ihr Französisch reden dürfe. Sie stand auf und sagte, falls er den Fahrer loswerden wolle, sei jetzt der Moment dazu.

Er begriff, aber er wußte nicht, ob er seinetwegen oder doch eher ihretwillen laufen sollte – wohin? Am liebsten wäre er sitzen geblieben und hätte, müde, Dalila beim Lachen zugehört. Er schloß kurz die Augen. War sie eine Agentin? War das ein Trick, den er erst später durchschauen würde, in einer dunklen Zelle, Meter nur über dem Wasserspiegel, am Hafen, vor ihm zwei rauchende Aufpasser?

Dalila nahm seine Hand und ging los. Im Vorzimmer waren weder der Arzt noch der Fahrer zu sehen, nur dessen braunes Jackett über der Stuhllehne. Einen Augenblick lang war er sicher, daß alle unter einer Decke steckten – wollte man ihn prüfen? Er lief hinter Dalila her. Sie ließ seine Hand nicht los, hielt sie, so fest sie konnte, in ihrer schlanken, unberingten Hand.

Auf dieser Flucht war Dalila nicht unbesorgt, wenn sie sich auch erleichtert fühlte, nicht wieder allein durch die Kasbah gehen zu müssen, ohne Schleier und im Sommerkleid, die Lippen mit dunklem Rot nachgezogen, lüsternen oder blindwütigen Aufdringlichkeiten ausgesetzt.

Möglich, daß Dalila auch bloß die Verlockungen liebte, die die Situation ihr bot, denkbar, daß es ihr gar nicht mehr so schwerfiel, als die Europäerin, die sie in Marseille sein wollte, an den Leuten in der Kasbah sich vorbeizuschieben, und daß sie es eher genoß, eine Zumutung für sie zu sein. Sie wandte sich dem Reisenden lächelnd zu, wann immer sie seinen Widerstand spürte, er seine Schritte verlangsamte, sich mit dem Taschentuch den Schweiß von der Stirn wischte, endlich stehenbleiben wollte.

In dieser großen Hitze war es ihre Entschiedenheit, der er sich beugte, noch nicht ihre Schönheit, ihr Duft nach Zimt, das Klacken ihrer Absätze auf dem Asphalt, auf das die Herumstehenden, aus ihrer Trägheit gerissen, mit kurzen Rufen antworteten. Sie schienen ihn zu beneiden, um die junge Frau, die sie zugleich lachend verfluchten.

Dalila lächelte und zog ihn am Arm, zerrte ihn schließlich in eines der niedrigen weißen Häuser. Sie holte, nachdem sie seinen Kopf gestreichelt hatte, einen Krug mit Zitronenwasser aus dem Kühlschrank, füllte es in zwei hohe Gläser, reichte ihm eines und setzte sich auf sein Knie. Hier war es ruhig.

Sie tranken aus, worauf Dalila ihm lächelnd das Hemd aufknöpfte, es ihm vom nassen Leib zog, ihn mit einem gelben Handtuch trocknete und sich anschließend – sie stieß den einen, dann den anderen Träger des Kleids von der Schulter – von ihm trocknen ließ. Er küßte sie. Ihr Mund war voller Speichel.

Vom Schweiß befreit, wuschen sie sich an dem Trog im kleinen, grünen Hof, der sich auch gegen Dalilas Zimmer öffnete, in dem, umgeben von bunten Tüchern, Rundornamenten, einem schmalen Bett, Bildern arabischer Mystikerinnen und französischer Dichterinnen, ein Schreibtisch stand. Ihre arabischen Bücher füllten mehrere Regale.

Er warf einen Blick über den Schreibtisch, der mit fotokopierten und markierten Buchseiten übersät war; er hätte die arabische Schrift nur mit Geduld lesen können. Wieder wünschte er sich, ein gutes Wörterbuch zu besitzen. Wie schön die Schrift ist, dachte er. Dalila faßte ihn an der Hüfte, sie küßten sich wieder. Die Hände des Geliebten rutschten an Dalilas Schulter, an ihrem Hals, ihrer Brust ab, tasteten nach Halt.

Sei unbesorgt, sagte Dalila, als sie später im gemeinsamen Schweiß lagen, auf dem schmalen Bett ausgestreckt, über dem das Konterfei ihrer Mutter hing: Der Fahrer wird uns hier nicht finden. Er setzte sich auf, strich sich mit dem Daumen über die tropfnassen Augenbrauen; und wenn schon, sagte er, sie lachten. Er hörte ihr lautes, kehliges Lachen an seiner Schulter und drückte das Pflaster an der Schläfe fest, legte sich dann wieder zu ihr.

Dalila konnte sich nicht entscheiden. Sie war sich über ihre Schönheit und ihre Bedürfnisse im klaren und zu einfachen, den einfachsten Lösungen bereit. Trotzdem oder gerade deswegen wußte sie, daß es auf eine mit Mut getroffene, eine feste Entscheidung hinauslief, bei ihr nun für einen Ort, hier oder Marseille, und für einen rechten Mann – eine Vorstellung, der sie gern anhing.

Da war dieser französische Faltbootfabrikant, in den sie sich vor zwei Jahren verliebt und der seither alles – nach hiesigen Gegebenheiten fast alles – in Bewegung gesetzt hatte, um sie in Marseille, in seinem Haus am Meer zu halten. Doch war da auch der kleine Bruder des Arztes, ein Ingenieur, der im Alltag den Anschein wahrte, ein kritischer

Befürworter der Regierung und zugleich den fundamentalistischen Zellen kein Gegner zu sein, während er in der Nacht Verbindung zu den politischen Häftlingen hielt, sich um die Familien der Verschleppten kümmerte. Er versorgte Dalila mit den Büchern, die in Algerien auf dem unendlich langen Index standen; die Autoren schrieben im Exil, meist von Frankreich aus, über den Maghreb, ihre Familien hatten darunter zu leiden, vor allem die Brüder und Väter, die Onkel und Vettern, die in Polizeigewahrsam für Tage verlorengingen und dann nicht sagen wollten, was ihnen dabei widerfahren war. Der Ingenieur begehrte Dalila. Sie würde für ihn durchs Feuer gehen, lieben aber konnte sie ihn nicht.

Sie hatte bald im Reisenden die einfache Lösung gesehen; Dalila wollte nach Marseille fahren, um ihn zu treffen. Sie würde dort auf ihn warten, doch er sagte ihr, daß man nicht warten dürfe, auf niemanden und unter keinen Umständen. Sie verstand nicht. Zum Abschied schenkte sie ihm eine Kassette von Amal Mäher – er freute sich über die Raubkopie, sie hatte sich also, seit er in Alexandria war, schnell verbreitet. Er sagte nur, daß er die Sängerin kannte. Er vermutete, daß Dalila darauf beharrt hätte, in jener Zeugenschaft ein Zeichen für ihre Verbindung zu sehen. Er küßte sie und ging.

Am Rand der Kasbah bestieg er ein Taxi, das ihn – in irrwitzigen Umwegen, wieder und wieder durch die Kasbah – zum Hotel fuhr. Er bezahlte die Hälfte des geforderten Betrags, den er dummerweise nicht verabredet hatte. Auf dem Gehsteig warf er die Tür zu. Er überraschte sich dabei, seinen Fahrer, den Aufpasser, für diese Strecke vermißt zu haben.

Der Rezeptionist begrüßte ihn und deutete mit dem Bleistift zum Ende des Foyers. Der Fahrer saß dort im Sessel, trank Milch aus einem beschlagenen kleinen Glaskrug, hob die Hand zum Gruß, lächelte. Dalila, sagte er nur und schüttelte den Kopf.

Im Zimmer lag alles durcheinander. Der Reisende packte die Ledertasche und setzte sich, zurück im Foyer, neben den Fahrer, der ihm später einen frischen Krug mit Milch auf einem Tischchen heranschob.

Als der Reisende vom breiten Sessel aufstand, war es Abend geworden, er hatte auf dem Sessel geschlafen. Er kehrte aufs Zimmer zurück und duschte kalt.

Der Fahrer brachte ihn anschließend durch die menschenleeren, grell beleuchteten Straßen zum Hafen und verabschiedete ihn bei der Gangway mit einer vagen Bewegung des Kinns.

13

Die finnischen und österreichischen Posten kannten damals den Diplomaten schon bald. Sie grüßten von weitem, tippten, wenn er sich in das Café an der Ecke setzte, mit dem Zeigefinger an den Rand des hellblauen Helms, auf dem, weiß und fett, die Buchstaben UN gegen die Sonne und dann im Schatten, im düsteren Innern des Wachturms leuchteten.

Durch die Straße, mitten auf der Seitenstraße, verlief die Grenze in der geteilten Stadt, diesseits flog die griechische Flagge im Inselwind, jenseits die türkische, beide viel zu groß, als gälte es unter irgendeiner Flagge, hier und jetzt einen Sieg zu erringen.

Die Beharrlichkeit seiner Mutter, was die zyprischen Grundstücke anbelangte, war ihm stets wie ein Steckenpferd vorgekommen. Als solches hatte er es abgetan, bis zu dem Tag, als er in Nikosia seinen Dienst antrat und in der Botschaft den Umschlag aus der kleinen Kantonshauptstadt vorfand, dessen Inhalt – Besitzurkunden, Vollmachten, Kartenausschnitte, Namen und Adressen – ihn dann doch wochenlang beschäftigen sollte.

Er wollte heute das Grundbuchamt aufsuchen und sich auch einen Anwalt nehmen, einen Kollegen aus der Liste, die er im Umschlag gefunden hatte, zuvor aber stieg er ins Auto und fuhr eine Stunde lang in südöstlicher Richtung.

Die hügelige Landschaft wurde kahl und felsig, endlich schroff, da kam er dort an, wo er die Grundstücke vermutete – Bauern hatten ihn in zerquetschtem Griechisch, wogegen ihm sein Kindchengriechisch wie die klarste Diktion erschien, immer wieder in die Wüste geschickt.

Das bergige Hinterland wirkte auf ihn seit Generationen verlassen. Auf der Straße, die vor seinem Auto endete, mehr noch sich in die Vielzahl von Trampelpfaden teilte, aus der sie schon von weither bestand, war nur bis zur nächsten Kuppe, Kurve oder Senke zu sehen; die Äcker unbestellt, die Hänge mit Geröll und da und dort mit Unrat bedeckt, die wenigen Olivenbäume ohne Blätter. Er ließ das Auto stehen, zog sein Hemd aus, befeuchtete es mit dem wenigen Wasser, das noch in der Flasche war, verknotete es über dem Kopf. Wenn schon, dann mochte er jetzt den steilsten Pfad nehmen.

Nach wenigen Minuten erreichte er einen Grat, von dem aus er das Meer sah. Ungerührt lag es vor ihm, es hatte ihn genausowenig erwartet wie er, es zu sehen, dachte er. Er blickte sehr weit hinaus, zum Horizont hin, wo das Meer unverändert blau war, von der Küste unter ihm an ein dünner, schimmernder, zerbrechlicher, zerbrochener blauer Belag, ein Küchenboden aus der Sicht des spielenden Kindes, blaues Linoleum, von Küste zu Küste mehr gespannt denn gelegt, von hier, ganz kurz, zwei Armlängen entfernt, nach Tripolis, Beirut, Tel Aviv gezogen, gedehnt, ausgestreckt, nordwärts nach Antalya hin, südwärts Alexandria zu.

Er blickte zur Seite. Das Grün der Orangenbäume hatte er, als es seine Augenwinkel reizte, für eine beschattete Mulde gehalten, nicht für die Plantage, die er nun, verwundert, betrachtete: die an der Schnur gezogenen Reihen, meerseits des Grats, auf den Abhängen schräg vor ihm, Hektar um Hektar. Je länger er hinsah, desto mehr zeigte sich ihm von der Plantage, sie ging dort hinten weiter, verschwand teilweise in den Spalten, nahm, unter ihm, ihre Fortsetzung fast bis zur Küste hin.

Er schaute über die Schulter zum Auto, dort stand es. Wenn die Scheiben in der Hitze platzten, würde er es sich selbst zuzuschreiben haben. Auf dem abschüssigen Pfad setzte er Fuß vor Fuß. Am besten wäre er auf dem Rücken eines Maultiers vorangekommen, dachte er und versuchte zu gehen, fiel bald in Laufschritt, rannte dann, stürzte hinunter, kam bei den Orangenbäumen an, am ersten und zweiten, dritten und vierten, stampfte die Kraft, die ihn antrieb, mit jedem Schritt in den Boden, wurde langsamer, hielt an, auf einen Schlag.

Wenn das die Grundstücke seiner Familie waren, dann durfte er hier als Befugter auftreten. Die Orangenbäume, von kleinerem Wuchs, als er gedacht hatte, spendeten nur dem Schatten, der sich darunterlegte. Er ging durch die Reihen, berührte Stämme und Zweige, blickte aufs Meer hinunter. Daß das hier seiner Familie, ihm gehörte, war ihm von Herzen gleichgültig.

Seine Vorstellungskraft hätte zwar genügt, um sich vor sich selbst als Eigentümer oder – das schien ihm passender – Hausherr aufzuführen, aber mit der Geste zum Baum hin wollte er nichts in Besitz nehmen, nur das ungewöhnlich Schöne annehmen, das ihn üppig umgab.

Er bemerkte einen schwarzen, armdicken Schlauch, der zwischen den Stämmen in Serpentinen über den Hang lief, kilometerlang, die Löcher darin wiesen nach oben. Bald würde Wasser herausschießen, auf überkommene Weise in den Mittelmeerländern schon jetzt, am frühen Nachmittag, wenn die Sonne hoch stand: Das Wasser staute sich am Stamm, auf der festgebackenen Erde, sikkerte nur langsam hinein. Der Baum konnte es dann in Äste und Zweige pumpen, während er noch Kraft aus der Sonne bezog.

Er setzte sich unter den großen Orangenbaum in der Nähe, verknotete das Hemd auf dem Kopf neu. Sein Großvater hatte die Plantage nicht selbst bewirtschaftet, hatte sich wohl sein Leben anders vorgestellt, er, der in Athen studiert, Paris gekannt hatte, sich an den neuen Ort französische Möbel liefern ließ und vor allem lesen wollte; er las und las, als ob es nichts anderes gäbe. Bevor er nach Alexandria übersiedelte, hatte er vom kleinen Erlös gezehrt, der aus dem Verkauf eines Teils der Grundstücke herrührte. Jener Teil ging an die Nachbarn, ungebildete, grobschlächtige, habsüchtige, gemeingefährliche Menschen, sagte seine Tochter, die Mutter des Reisenden, immer dann, wenn sie die Sache mit den Grundstücken innerlich zu einem Ende bringen, endlich vergessen wollte, soweit ihr das möglich war.

Dieses Vergessen war dem Reisenden möglich. Er hatte den Inhalt des Umschlags gelesen, ohne daß es ihn mehr als für seine Mutter berührt hätte.

Die Nachbarn bewirtschafteten seit Jahrzehnten auch die fremden Grundstücke und forderten deren Übertragung. Sie wähnten sich außerdem bereits im Besitz eines weiteren Teils; als Studentin war die alles andere als bevollmächtigte kleine Schwester seiner Mutter nach Zypern gelockt und hier mehr oder weniger gezwungen worden, eine Unterschrift zu leisten. Zurück in Amsterdam, wo sie sich an der Universität eingeschrieben hatte, verwandte sie den lächerlich kleinen Betrag bloß auf die dümmsten Anschaffungen.

Die Nachbarn, der Bergklan, hielten sich zugute, die Grundstücke vor den Türken gerettet zu haben, 1974, bei der Invasion von der Nordküste her. Kaum zu bestreiten, daß die Nachbarn Freischärler gewesen waren. Seine Mutter vermutete, daß sie sich noch immer so verstanden. Unbändige, in blutige Familienfehden und ebenso in unaufhörliche Scharmützel mit den Türken verstrickt, drohten sie auch ihr, der Fremden aus dem doch reichen Ausland, den Tod an, als sie vor ein paar Jahren einen Sommeraufenthalt auf der Insel mit einem Nachmittag auf dem Grundbuchamt in Nikosia verband, in Lefkosia, wie man dort sagte.

Der Klan hatte noch am selben Abend davon erfahren, der Anruf im Hotel nur so lange gedauert, wie man für eine Drohung braucht. Die Söhne des Klans hatten sich schon bei anderer Gelegenheit damit gebrüstet, Leute umgebracht, erstochen, erschossen zu haben; von ihrem Vater wußte man das sicher, ohne daß er je dafür angeklagt worden wäre.

Der Reisende stand auf und klopfte sich den Staub von der Hose. Er wußte, daß der Anwalt, jeder Anwalt auf der Liste, bestechlich war. Seine Mutter hatte immer wieder bezahlt, nur um die Anwälte und die Beamten zur Pflicht zu bewegen – erfolglos, der Klan bezahlte mehr, wollte verhindern, daß sich die Anzahl der Erben vervielfachte. Auf dem Grundbuchamt nannte man die Gelder, die man einstrich, Gebühren, stellte wie zur eigenen Entlastung Belege im Doppel darüber aus, die man auch noch abstempelte und in Ordnern ablegte.

Ohne Aussicht, die Grundstücke jemals wiederzubekommen, mußte er für sich eine Entscheidung treffen – er hatte sich längst entschieden. Er brauchte diese Felder nicht.

Gleichwohl schien es ihm bizarr, sie unter Drohungen aus der Hand zu geben. Er traf sich ein paarmal mit den Anwälten, ließ die Sache dann aber doch auf sich beruhen. Die Anrufe des Klans nahm er nicht mehr ernst. Nur mit seiner Einwilligung konnten die Grundstücke die Hand wechseln. Seine Entführung wäre bald gescheitert, weil nur der Klan dafür in Frage kam.

Sie luden ihn immer wieder ein. Er verbat sich Anrufe in die Botschaft. Möglich, ganz sicher sogar, daß sie sich dann mit der Lage genauso abgefunden hatten wie er selbst.

Als er von der Orangenplantage auf den Grat zurückstieg, sah er, oben angekommen, nun nicht mehr das Meer, sondern zur anderen Seite hin die wilde, im Sommer eher wüste, schüttere zyprische Hochebene, darunter, an den Abhängen, die Pinienwälder, durch die er heraufgefahren war und die ihren harzigen Geruch verströmten. Er glaubte, diesen Geruch auch jetzt, auf dem Grat, wahrzunehmen, in der staubigen Luft, die in seinen Lungen zu kleben schien. Er schloß kurz die Augen, hustete.

Er blickte über Olivenbäume, da und dort sah er trockene Johannisbrotbäume, zum Troodos-Massiv hin Zedern, Zypressen, Zwergeichen, Pinien; entfernt nur, wenn auch aus der Gebirgskette ragend, einen Olymp, nicht den thessalischen, nicht den echten. Als ob er den Berg nicht erwartet hätte, erinnerte er sich an die Beteuerung seiner Eltern, daß man dort vorn Ski fahren konnte wie in den Bergen rings um die kleine Kantonshauptstadt, selbst im Sommer, was dem Jungen nicht einging, obwohl er sich das wieder und wieder ausmalte, zwischen seinen Geschwistern im Fond des gemieteten Vans, auf die Nadelbäume schauend, die an ihm ohne Unterbrechung vorbeiflogen, als wären sie die vertrauten Tannen und Fichten im heimischen Wald. Später, statt unter Apfel- und Birnbäumen im Schatten der tiefen Oliven- und der Johannisbrotbäume, Orangensaft trinkend und Kuchen essend, Kadaifi oder Baklava, hatte er nur an den Schnee dort in der Entfernung gedacht.

Obwohl er schon als Junge nicht zum falschen Olymp hatte blicken mögen, kniff er nun die Augen zusammen, halb, um durch die Brille noch besser sehen zu können, halb der hochstehenden Sonne wegen. Bald wurde ihm dabei etwas schwindlig.

In seinem Rücken das Meer, flächig, wie es war, vor sich die Hochebene, großflächig, entschied er sich diesmal für den festen Grund und gegen den Hain und das Meer, wenn auch nur deswegen, weil sein Auto mit dem Nummernschild des Diplomatischen Corps weiter unten stand, am Ende jenes von Reifen verbreiterten Trampelpfads.

Er selbst zeichnete sich gegen den Berg ab, wenn man denn von den Orangenbäumen herüberblickte, und gegen den Himmel dem, der von der Ebene aus schaute, ihn vom Auto aus beobachtete, wie die drei Gestalten dort.

Das eingeschlagene Seitenfenster bemerkte der Reisende gleich. Der junge Mann wickelte den Pullover von der Faust, rollte ihn und band ihn um den Bauch, setzte sich wieder auf das Motorrad, eine rote Geländemaschine, die von seinem mutmaßlichen Bruder gelenkt wurde. Sie behielten den Helm an.

Der Alte auf dem Esel, der Vater der beiden, lächelte abwesend, sein Haar war strähnig, Gesicht und Unterarme von Narben übersät. Er duzte den Reisenden, weil ihm keine andere Form der Anrede geläufig war. Die Orangenbäume gehörten seinen Söhnen, sagte er, der Reisende solle verschwinden. Das klang rührend, wenn nicht dieser dumpfe Ernst gewesen wäre, in der Art der trockenen Pinien, unwirklich geformt und mit allen Ästen und Zweigen hierhin und dorthin ins Nichts weisend. Der Reisende fürchtete sich nicht, eher belustigten ihn die drei, trostlos, wie sie ihm erschienen. Sie hätten einer grotesken Wandmalerei aus einer der zahllosen byzantinischen Kirchen, Kapellen oder Grotten auf der Insel entstammen können, aus der Hand eines noch sehr jungen Zöglings, der von Piraten gehört und sie mit entwendeten Farben dort aufgemalt hatte.

Der abwesende Blick des Vaters eignete auch den beiden Söhnen. Vermutlich ahmten sie den Vater nach, und der Vater hatte seinen Vater nachgeahmt. So oder so war ihnen nicht sehr oft untergekommen, daß man ihnen in die Augen sah. Sie blickten weg, redeten, wenn sie redeten, am Reisenden vorbei, deuteten, wenn sie auf etwas hindeuteten, nur vage mit ausgestrecktem Arm, etwa auf den Grat und über den Grat hinaus.

Hätte der Reisende nicht auf jede Regung, die Wut verriet, verzichtet – in einer Ahnung, aus Fatalismus oder schlicht, weil er so schnell wie möglich wegwollte –, wäre er früher oder später von ihnen in die Enge getrieben worden.

Er schaute sich den Schaden, die eingeschlagene Scheibe, an, blickte dem jungen Mann anschließend in die Augen, nicht mitleidig, nicht zornig, sondern gerade einmal so wie dem Fahrgast, der einem im halbleeren Bus zum zweiten Mal auf den Fuß getreten ist.

Als der Alte, das Oberhaupt des Klans, zu lachen begann, lachten auch die anderen. Dann drehte er mit dem Esel und ritt davon.

Der mit dem Pullover warnte den Reisenden davor, hier nochmals aufzukreuzen, das gelte auch für alle anderen in seiner Familie. Durch den Helm klang seine Stimme gedämpft. Der andere ließ den Motor der Geländemaschine an, gab Gas, fuhr in kleinem Bogen um den Alten, war verschwunden.

Der Reisende fuhr in die Hauptstadt zurück. Im Café in der Lidras-Straße, nahe des Wachturms, schrieb er Wochen später seinem Anwalt, daß er ihn jetzt nicht mehr brauche. Die Sache, fügte er hinzu, sei für ihn erledigt. Er vertraute darauf, daß der Inhalt seines Schreibens bis zum Klan vordringen würde.

In der Hitze klebte das Briefpapier an seinem Handballen. Nach der Mittagsruhe würden die Stammgäste, die sich für eine Stunde hingelegt hatten, das Café wieder füllen. Die älteren Männer ließen ihn in Ruhe, sah man von den gelegentlichen Bemerkungen ab, die sie mit lauter Stimme an ihn richteten, um ihn aus nichts anderem denn aus Freude darüber hochzunehmen, daß er hier, in dieser Stadt weilte. Die Bemerkungen betrafen öfter den Reichtum in der Schweiz, er ließ es ihnen durchgehen.

Ein alter Handwerker drängte sich am Reisenden, der den Brief an den Anwalt gerade in den Umschlag steckte, vorbei, setzte sich in die Mitte des leeren Lokals, bei der verspiegelten Säule, mehr noch vor sie hin. Er tat fortan nichts anderes, als in den großen Spiegel zu schauen und sich dabei, mit privatem Genuß, zu gefallen.

So entgegenkommend die Männer im Café und die Menschen hier waren – in ihrer Art, zusammenzukommen, wo immer sie aufeinanderstießen –, so schnell empörte den Reisenden jede Geste tatsächlicher Nähe, die damit, zufällig, entstehen konnte. Er fühlte sich wieder und wieder belästigt, etwa ins Vertrauen gezogen, in eine stumme Übereinkunft, sei es auch über die Leere in einem Lokal, einer Amtsstube, die gemeinsam bezwungen werden mußte, wo er doch stets nur seine Ruhe haben wollte.

In der Art, wie Kinder aufeinander zugehen, wenn sie unter sich sind, sprachen ihn in Nikosia Fremde an, setzten sich schweigend neben ihn – daß jemand für sich sein wollte, war nicht vorgesehen. Das galt als Eigenbrötelei, als Sünde, als Abwendung von der großen Familie, zu der man doch beim Abendmahl in der Kirche stets von neuem zusammengeführt wurde.

Der alte Handwerker richtete sich nun im Holzstuhl auf, um aus einer geringfügig veränderten Position sein Halbprofil zu mustern. Er streckte den Arm aus, stützte sich auf dem Tisch ab, knöpfte das Hemd bis zur Brust auf, richtete den Kragen, schaute sich dann im Spiegel um.

Draußen drehte sich die Gegend langsam von der Sonne weg. In den Straßen wirbelte feiner Staub auf und ließ es immer wieder für Momente dämmerig werden; darin nahte die Nacht.

14

Sie konnte nicht sehen, was dort vorn los war, es mußte sich auf der Kreuzung ein Unfall ereignet haben, die Ampeln ausgeschaltet, ein Polizist regelte den Verkehr über die andere Straßenseite. Seit zehn Minuten saß sie im Taxi fest, mit dem sie den Reisenden zum Hotel gebracht hatte. Er war nicht davon zu überzeugen, von ihrer Wohnung aus auf die nächtliche Stadt zu schauen, obwohl sie ihm das Lichtermeer mehrmals beschrieben, vom Nachthimmel geschwärmt hatte. Nach dem Essen und dem anschließenden Drink im nahen Kellergewölbe mochte er allein in sein Hotel fahren.

Sie bestand darauf, daß sie das Taxi teilten. Bevor er ausstieg, küßte er ihre Hand, die er davor ein wenig gehalten hatte. Sie wollte sich mit ihm für morgen verabreden, und vermutlich, ganz sicher sogar, wollte auch er sie wiedersehen, aber es blieb beim Süße Träume. Das kannte sie aus Berlin.

Er hatte eine Abneigung dagegen, Treffen zu vereinbaren, am besten war es, man kreuzte bei ihm auf und nahm ihn zu einer Ausstellung, zum Theater gleich mit. Getrost konnte man, konnte sie, einen Tisch im Restaurant bestellen, er würde dann freudig mitkommen, brauchte nicht erst dazu bewegt zu werden. Er begleitete sie, wohin sie wollte, falls er nicht in der Botschaft, mit Geschäftsleuten, Politikern oder Künstlern den Abend verbringen mußte, zum Wohle der Schweiz, wie er ironisch oder ernsthaft, immer aber entschuldigend sagte.

Sie blickte nach vorn. Auch der Taxifahrer wußte nicht, wann es weitergehen würde, nun, da die Straße von Blaulicht erfüllt war. Sie bezahlte und stieg aus, weit war es bis zur Wohnung nicht mehr.

Auf der anderen Straßenseite drehte sie sich nochmals zur Kreuzung um, möglich, daß der letzte Drink sie erhitzt hatte, sie vermißte die Klimaanlage von vorhin, fächelte sich mit der Hand Luft zu.

Wenn sie nicht so schnell ginge und sich ab und zu in den lauen Wind, in den Luftzug dort an der Ecke stellte, würde sie sich gleich besser fühlen. Die Botanikerin stützte sich am gußeisernen Zaun ab, machte ein paar Schritte im Park, setzte sich auf die Bank – alle Anzeichen dafür, daß sie sich im Miró-Park befand, versuchte sie zu übersehen; es fiel ihr nicht schwer, für eine Weile schloß sie die Augen. Nicht, daß sie müde gewesen wäre, sie spürte die Wirkung des Cocktails, den sie nach dem Wein nicht mehr hätte zu sich nehmen sollen, so schön die Begleitung auch war, Mein Diplomat, der morgen wieder anrufen und vielleicht vorschlagen würde, daß man sich sah.

Wären nicht immer wieder Leute vorbeigegangen, hätte sie einen Schuh ausgezogen und später auch den anderen. Kurzentschlossen zog sie die Schuhe aus, stellte die Füße auf den Bodenplatten ab, die sich, Mitternacht mußte schon vorüber sein, warm anfühlten, wärmer als die offenen Schuhe. Sie blickte vor sich hin, streckte die Beine aus.

Wie gern hätte sie Geschwister gehabt, dachte sie, er aber verlor nie ein Wort über seine. Seine Schwestern und Brüder lebten als Ärzte oder Zahnärzte und Ökonomen, sie hatte nicht alle kennengelernt. Einmal war sie mit ihm gemeinsam dem Zweitältesten seiner Brüder begegnet, den sie lange nicht mehr gesehen hatte. Sie erwähnte in einer Wendung des Gesprächs, daß der Bruder keine Schwimmbäder mochte, wenn sie sich recht erinnerte. Das erstaunte den Bruder sehr und ließ ihn denken, sie würde sich von ihm noch die sonderbarsten Einzelheiten merken.

Sie schloß die Augen, atmete die feuchte Nachtluft. Von ihrer Wohnung aus konnte man sie hier nicht sehen. Sie stellte fest, daß ihr die würzigen Gerüche der katalanischen Vegetation nunmehr vertraut waren. Das kam ihr abrupt vor, sie hatte doch eben erst die Stelle im Jardí angenommen. War es wirklich schon zwei Jahre her?

Wenn sie so etwas wie eine Schwester gehabt hatte, dann war es Marie, ihre Cousine, mit der sie als Kind die meiste Zeit verbrachte. Auch Marie hatte keine Geschwister, so waren sie es sich denn füreinander.

An der Ostsee, im Sommer, hatte Marie Gefallen am Spiel mit dem großen, aufblasbaren Wasserball gefunden, den die Botanikerin, das Kind, im örtlichen Laden als Beilage zu einer Familienpackung Sonnencreme bekommen hatte. Der Ball war rot und gelb gestreift, trug eine breite Aufschrift, an die sie sich schnell gewöhnt hatte. Das Aufpumpen mit dem viel zu kleinen Fußbalg beanspruchte eine Viertelstunde, darin teilte sie sich mit Marie. Sie hielten einander fest und traten gemeinsam auf den Balg, das Meer wartete.

Im seichten Wasser oder im Sand nahmen sie den Ball

zwischen sich, konnten sich dann gerade noch die Hände reichen. Der Ball drohte wegen seiner Größe in jeder Sekunde vom Wind weit fortgetragen zu werden. Sie legten ihn zwischen den Strandkörben ab, wenn sie ihn nicht dabeihaben wollten, allerdings hingen sie buchstäblich an ihm, wollten morgens beim Packen fürs Meer unter keinen Umständen auf den Ball verzichten.

Der Tag war zwar heiß, aber der Himmel hatte sich bedeckt, nur selten kam die Sonne hinter den Wolken hervor. Den Mädchen machte das wenig aus, sie hatten ihren Zeitvertreib. Am Nachmittag erhielten sie dann doch die Erlaubnis zum Baden. Die Botanikerin war kurz in der Dünung abgetaucht; nur bis zum Po, sagte ihre Mutter.

Marie hingegen war eine ausgezeichnete Schwimmerin, sie vollführte allerhand Kunststücke im Wasser, Handstand, zweifache Rolle, die ihr am meisten Vergnügen bereitete und die sie ihrer Cousine nicht beibringen durfte.

Sie warfen einander den Ball zu, der stets seinen Weg zu einem der Mädchen fand, stets oder meist, es machte keinen Unterschied, er wurde an den Strand gespült – bis der Wind drehte und den großen, bunten Ball erfaßte, ihn zum offenen Meer hin abtrieb.

Noch schien es Marie möglich, den Ball einzuholen, sie kraulte, so schnell sie konnte, doch der Ball war nicht stehengeblieben, wo sie ihn abzufangen hoffte. Er entfernte sich weiter, nahm keine Rücksicht auf Marie, die gegen die Wellen ankämpfte und immer wieder kurz anhielt, nur, um noch eifriger dem Ball nachzusetzen.

Längst hatten die Erwachsenen in den Strandkörben gemerkt, daß sich das Mädchen in Gefahr begeben hatte. Sie riefen Marie zurück, doch sie wollte den Ball nicht aufgeben. Sie holte mit den Armen weit aus, formte mit den Händen kleine Schaufeln, schlug gewandt mit den Füßen, so, wie sie es im Zehlendorfer Schwimmverein beigebracht bekommen hatte. Der Eindruck, als ob sie nicht vom Fleck kommen würde, entmutigte sie nicht, im Gegenteil, sie legte nochmals zu.

Die Botanikerin stand am Ufer, sie hatte ihren Vater noch nie so aufgeregt gesehen. Gemeinsam mit Maries Vater rannte er ins Wasser, schwamm hinaus.

Als die Mütter zum Bademeister liefen, war sie allein. Sie sah Marie, draußen im Meer. Sie hätte alles getan, damit ihre Cousine zurückfand.

Der junge Bademeister telefonierte gerade, schnell hängte er den Hörer ein, sprang zum Wasser, schwamm los.

Marie hielt sich jetzt am Ball fest, der eingedellt wirkte, sie mußte kurz das Ventil geöffnet haben. Sie begann zurückzuschwimmen, mit einer Hand, mit der anderen zog sie den Ball neben sich her.

Schnell hatte der Bademeister die Väter eingeholt. Bei Marie angekommen, sah er sie lächeln. Sie übergab ihm den Ball am Ventil, dann machten sie sich auf den Rückweg, auf dem sie schließlich, wieder im seichten Wasser, auf die Väter stießen.

Die Mutter erwartete Marie mit einem großen blauen Handtuch. Marie lächelte noch immer, sie winkte der Botanikerin zu, die, zwar noch weiß im Gesicht, auch wieder lächeln konnte. Für sie war Marie in diesem Augenblick jemand anders geworden, eine Heldin. In der Angst erst hatte sie verstanden, wie gern sie Marie mochte, wie eine Schwester, eine Lieblingsschwester. Sie lief zu ihr hin und berührte ihren Arm. Maries Arm war das zwar, doch Marie war jemand anders geworden, etwas anrüchig, eine Abenteurerin, die Beute unter den Arm geklemmt. Hier, dein Ball, sagte sie und reichte ihn der Botanikerin.

Mitten am Nachmittag hatten sich beide Familien ins Hotel zurückgezogen. Man hatte darauf verzichtet, den Arzt zu rufen; Marie mußte sich dafür eine Weile hinlegen. Die Botanikerin streckte sich neben ihr aus. Kurz vor dem Abendessen wurden sie von ihren Müttern geweckt. Marie betrat den Speisesaal, schläfrig. Erst vom Beifall der Gäste wurde sie richtig wach.

Die Botanikerin war eingenickt, nun blickte sie auf, eine Katze lag bei ihren Füßen. Sie streichelte das helle Fell. Wenn sie jetzt aufstünde, würde ihr die Katze folgen wollen, ausgemergelt, wie das sehr junge Tier war.

Die vorübergingen, Studenten, schauten sie nicht an. Einmal schien sich ein älteres Paar bei ihr nach dem Weg erkundigen zu wollen, ließ es aber im letzten Augenblick bleiben.

Zur Wohnung zurückzukehren, danach war ihr nicht, bestimmt hätte sie dann noch ein wenig auf dem Balkon gesessen, über die Stadt geschaut. Hier aber war sie selbst noch in der Stadt. Sie blickte der Katze nach, die bald hinter einem Mauervorsprung verschwunden war.

Wann sie begonnen hatte, die Anliegen anderer, Nöte, Wünsche, die nicht ihre Wünsche waren, fremde Hoffnungen zu verstehen, wußte sie genau. Sie hatte lange nur das begreifen können, was ihr selbst widerfahren war – eher bruchstückhaft, mehr selbstbestätigend denn wie oder was auch immer erkennend, und sei es das Wiederkehrende selbst. In die Lage, nachzufühlen, hatte sie sich, wie sie dachte, selbst versetzt: Sie wurde für Dinge beneidet, für die sie nichts konnte, derer sie sich nicht einmal bewußt war.

So, durch den Neid anderer auf sich selbst zurückgeworfen, begann sie für sich mit einer Aufstellung, die über die Jahre länger und länger wurde und doch nur um dieselben Dinge kreiste, dieselbe Handvoll Momente, die sie im nachhinein als Wendepunkte begriff.

Daß sie selbst jemanden beneidet hätte, wie sie beneidet wurde, war ihr fremd; so fremd, wie an andere zu denken, wenn es um sie selbst ging. Bei Lichte betrachtet, hatte es keinen Sinn zu beneiden, dachte sie – sie fragte sich, ob diese Überzeugung nicht bloß dadurch zustande kommen konnte, daß sie eine Egoistin war.

Jene Aufstellung ging ihr, wie früher, als sie noch in Zehlendorf wohnte, durch den Kopf, sie hatte sie vergessen, aber das dachte sie jedesmal. Sie wandte sich dem warmen Luftzug zu. Wäre es ihr nicht längst zur Litanei geworden, sich die Wendepunkte ihres Lebens aufzusagen, hätte sie vielleicht noch das eine oder andere erleben können, sagte sie sich. Die Aufstellung schien ihr nicht willentlich erweiterbar, unvollständig und genausowenig zu vervollständigen, mangelhaft und einer Egoistin angemessen. Mit welchem Ziel sollte sie die Nöte, Wünsche, die Hoffnungen anderer in die eigene Aufstellung einpassen, damit es eigene Nöte, eigene Wünsche würden? War ihr nicht gerade das immer nur lächerlich vorgekommen?

Sie ärgerte sich darüber, daß sie auf diese Fragen bis zum heutigen Tag nichts zu erwidern wußte. So waren es denn die Fragen selbst, die ihr zu Antworten wurden.

Sie wußte, daß sie in der Versuchung, ihr Leben vor sich zu widerrufen, nichts weiter tat, als es geringzuschätzen.

Sie lachte insgeheim über ihr Leben. Wenn sie vor sich keine Egoistin gewesen wäre, dann hätte sie auch über das Leben anderer gelacht, etwa über das des Reisenden. Er wollte mit seinen Reisen vor allem eines: vergessen, und wohl auch sie vergessen. Vergessen aber wollte sie zuallerletzt.

Früher, dachte sie auf der Parkbank, hatte sie alles gehabt; und wenn sie einmal etwas vermißt hatte, fand das seinen Ausdruck nicht im Konkreten, im greifbaren Mangel, im Verlust, sondern in dem Gedanken, daß sie etwas vermißte. Sie hatte in ihrem Gedankenspiel gelebt, unverletzlich, ein Verlust bedeutete ihr nichts, sie hatte doch alles. Erst später merkte sie – und sie merkte das im Moment, da sie beneidet wurde –, daß das Gefühl, im Grunde alles zu haben und nichts wirklich zu vermissen, ein törichter Irrtum war. Sie erlag ihm noch so gern, er wirkte auf jene Geringschätzung hin, die nicht zwischen eigenem und fremdem Leben unterschied. Das wiederum beargwöhnte die Botanikerin, sie hatte doch ein eigenes Leben.

Sich ständig selbst beobachtend, beobachtete sie auch die anderen. Sie sah, daß ihre Freundinnen diesen Rückzug in sich selbst nicht zu kennen schienen, sich darüber nicht im klaren waren oder ihn verheimlichten, auch vor sich selbst. Die Welt sich selbst überlassen zu können, wann immer ihnen danach war, das mußte ihnen völlig unbekannt gewesen sein oder doch sehr ferngelegen haben, sie bezogen zumindest keine Kraft daraus. Sie verglichen sich mit den anderen, bis sie vor sich selbst nicht mehr zu bestehen vermochten.

Vielleicht konnte gerade sie vor sich selbst bestehen, dachte sie, ohne daß es ihr mehr bedeutet hätte als die bloße

Feststellung. Sie schätzte nicht etwa ihre früheren Freundinnen gering, sondern deren Leben, auch ihr eigenes, das in die Einzelheiten verfallen war, in die Wendepunkte, die sie auch jetzt hätte benennen können, ohne Ansporn, als Aufstellung, eine Litanei.

In dieser Litanei, die sie stets nur sich selbst vortrug, verachtete und verspottete sie ihr Leben, alles darin kam ihr nichtig vor. Kaum etwa deswegen, weil es vergänglich war, nichtig mehr noch als solches, also im Bedürfnis nach Schutz, der ohnehin stets wechselte, nach einem Vater, der anwesend war, im Bedürfnis nach Erdung, sei sie körperlich und geschlechtlich, im Bedürfnis nach Geltung, nichtig in der Konsequenz all dessen, in der Suche nach Schutz, in der ewigen Vatersuche, der Suche nach dem eigenen Körper und dessen, was man damit tun oder lassen konnte, der Suche nach Geltung, nichtig in der Art und Weise der Suche, den Entschlüssen, Vorsätzen, den Entscheidungen und Inszenierungen dieser Entscheidungen, den Zurücksetzungen, die stets auf dem Fuß folgten, nichtig im Beharren auf die Nichtigkeiten.

Trotzdem, dachte die Botanikerin, lebte sie nun in Barcelona, arbeitete als Wissenschaftlerin im Jardí, weit weg von Berlin, wo sie, wie er sagen würde, das Gewöhnliche doch vom Außergewöhnlichen unterscheiden konnte; und trotzdem, schien es ihr, fühlte sie sich in dieser Stadt am Mittelmeer so, wie sie sich in Berlin nicht fühlen konnte, hatte sie hier Bedürfnisse nach Gemeinsamkeit, die dort, wo sie herkam, in ihr zu verkümmern drohten – das lag an ihr, an wem sonst, dachte sie.

Sie ahnte, daß es mit der Geringschätzung des Lebens bei ihr nicht allzu weit her war. Sie suchte in Wahrheit das – und sie haßte sich dafür –, was alle suchten, Zuneigung, Schutz. Sie verabscheute ihre Gewöhnlichkeit.

Sie schlüpfte in die Schuhe, stand auf. Als sie über die Straße ging, stellte sie fest, daß sie nicht angetrunken war, jede Bewegung entsprach ihrer Nüchternheit, die sie gleich auf die Probe stellte: Sie ging schaukelnd, und es kam ihr, zum Beweis, schaukelnd vor.

Ein Hund bog um die Ecke, sie nahm ihm den Vortritt. Wie tief muß man dazu sinken, dachte sie.

Im Ausfallschritt stieß sie sich den Knöchel an der Mauer, sie umfaßte ihn mit der Hand. Der Strumpf war zerrissen. Sie ging weiter, blieb bald wieder stehen, um mit dem Daumen gegen den Knöchel zu drücken, etwa da, knapp unter der Wölbung, auch dort, bei der Rundung zur Ferse hin. Der Schmerz ließ nach.

Schon als Kind hatte sie sich auf diese Weise selbst geheilt. Abwesend oder lesend, drückte sie an die eine Stelle am Knie, das sich stumpf anfühlte, oder genau da am Oberarm, wo es im Muskel wiederkehrend zog. Daß sie das tat, war ihr stets natürlich gewesen, sie dachte nicht darüber nach. So, überlegte sie, müßte es auch mit ihrem Leben sein.

Sie blickte nochmals zur Kreuzung vor, wo, der Verkehr hatte stark nachgelassen, die Palmen standen. Sie wirkten nun höher als tagsüber, den Fuß im Grundwasser und das Haupt nahe der Sonne, wie sie einmal gelesen hatte. Ihr, die für derartige Vergleiche oder Gleichnisse nicht viel übrig hatte, war das nie so schlüssig vorgekommen wie in diesem Augenblick, da sie selbst bloß dachte, wie schön sie waren. Die Palme wuchs von außen nach innen, ihr bestes Holz befand sich im Kern, sie warf jedes Jahr die alten Wedel und Zweige ab. Am besten gedieh sie im Sand, in der Nähe des Meers und in großer Hitze.

Die Botanikerin konnte nicht umhin, in allem, was sie bemerkte und was ihr begegnete, etwas auf sie Deutendes zu sehen, eine wenn auch kleine und flüchtige Bestätigung dessen, was sie sich oft genug als ihr Leben nacherzählt hatte, meist ein weitschweifiger Vorwurf, Vorhaltungen dieser und jener Art, immer aber unentrinnbar, eine absurde Schuldzuweisung.

Weshalb erzählten ihr die Palmen jetzt, nach dem Abend mit dem Reisenden, von sich? Wohin sie auch blickte, sie sah nur sich selbst und fühlte die Entscheidung, die sie treffen mußte. War er ihr nicht längst zum Nächstbesten geworden?

Als der Reisende von den Dattelpalmen in Algier erzählte, jenen mit dem gesäuberten Stamm am Strand des Geheimdienstes, hatte sie nur gedacht, welche Geringschätzung den Palmen damit widerfahren war. In den arabischen Staaten wurden sie doch verehrt, vor allem deswegen, weil sie sich selbst verjüngten.

Sie kam zum Hauseingang, zog die Glastür hinter sich ins Schloß, ging zum Briefkasten.

Sie erinnerte sich an einen kleinen weißen Umschlag, versehen mit einer Briefmarke der Schweizer Post und der Schrift, die ihr damaliger Verlobter als die englische Schrift seiner Mutter bezeichnete. Auf dem Sofa in seiner Berliner Wohnung hatte er den Brieföffner aus Alabaster unter die Klappe gesteckt und den Umschlag aufgerissen. Er entnahm ihm eine Karte zur Karwoche und ein paar trockene Lorbeerblätter, die man in der griechisch-orthodoxen Kirche in Zürich am Palmsonntag weihte und verteilte, statt der Palmzweige, die beim Einzug Christi in Jerusalem zur Hand waren. Er hatte erzählt, daß er als Kind die Blätter in einem Umschlag aufbewahren mußte. Einmal im Jahr wurde der zerfallene Inhalt gegen frische Lorbeerblätter getauscht.

Sie griff in den Briefkasten, zog Umschläge und Wurfsendungen heraus, sie wollte alles erst beim Frühstück durchsehen. Ihr Blick fiel auf einen anderen Briefkasten, er war beschriftet mit Caldéron/Ignácio/Morales. Wenn sie sich eingestehen konnte, daß sie sich entschieden hatte, dann wollte sie die drei Spanier, die Katalanen nun vergessen. Sie wußte, daß ihr das leichtfallen würde, sie hatte kaum je etwas bereut, was diese Dinge betraf, hatte nie gezögert und etwa im nachhinein überlegt, was sie an jemandem verpaßt, wen sie da verschmäht hatte.

Sie stieg in den rot angestrichenen Fahrstuhl und drückte auf den Knopf mit der Ziffer 9.

Wenn der Reisende hier bleiben würde, dachte sie, hätte man schnell einen Spitznamen für ihn. Einen, der sich auf die Palme bezog, abhängig nur davon, wer ihm den Spitznamen verlieh.

Die Vorliebe der Spanier, der Katalanen, für sehr kurze und möglichst bezeichnende Namen war ihr schon früh aufgefallen. Selbst die Leute im Jardí wurden ihr mit Vor- und Spitznamen vorgestellt.

Lange hatte es nicht gedauert, bis man auch für sie fündig geworden war. Daß sie aus Deutschland kam, erleichterte die Wahl, man nannte sie Rubia, die Blonde. Sie mochte zwar nicht, wie der Name klang, doch das hiesige R, das rollende, betonte R, das sie so gern hörte und selbst nicht beherrschte, sich nicht getraute, es auf die hiesige Weise auszusprechen, entschädigte sie. Ein Kollege wurde Bleistift gerufen, ein anderer ging als Primel durch.

Äußerlich wäre der Reisende mit seinen dunklen Haaren und den braunen Augen nicht von einem Katalanen zu unterscheiden gewesen, falls denn alle Katalanen gleich aussähen, von einem Italiener, einem Griechen, einem Südfranzosen, falls es denn Unterschiede gab, die man hätte genau benennen können. Dennoch mochte sie gerade die hiesigen Gesichter, die sie in Berlin vermißte. Sie schienen ihr von weither zu kommen, genauso von weiter, viel weiter zurück in der Zeit, ohne das genauer sagen zu können. Sie standen in einem anderen Verhältnis vor allem zur Sonne, als die Gesichter in Berlin, dachte sie, ohne darin weiter, zu einem Schluß zu kommen, angetrunken, wie sie vielleicht doch war.

In Berlin fehlten ihr, dessen war sie sicher, die vielen Spitznamen, die sie mit den Gesichtern, die sie kannte, in Verbindung brachte. Luiza und ihr Mann wären bemüht gewesen, dachte sie, einen Spitznamen für ihre Begleitung von heute abend vorzuschlagen und immer wieder zu verwenden, es galt als Gnade, jemandem einen Namen verpaßt zu haben. Wie wär's mit Der Reisende, dachte sie.

Sie betrat die Wohnung, machte das Licht gleich wieder aus. Auf dem Balkon lehnte sie gegen die Brüstung und schaute über die Stadt. Damit sie etwas begreifen konnte, mußten stets zwei unterschiedliche Erfahrungen oder Erlebnisse zusammenkommen, überlegte sie, so war es bisher gewesen. Als sie etwa Tanzen lernte, wurde ihr auch klar, was es mit dem Basketball auf sich hatte, sie verstand auf einen Schlag das Spiel als körperlich, den Körper im Spiel als so frei wie die Bewegung, um die es darin ging, um die zwanglose und doch sinnhafte Bewegung, während sie davor das Spiel immer nur am Gegner ausgerichtet hatte, am Ballgewinn, am Mitspieler, am Korb, an den Schiedsrichtern, am Sieg; nicht aber an ihrem Körper, der sie vorbehaltlos sein durfte, wenn sie spielte.

Was ihr das Tanzen für den Basketball, waren ihr die Rotfiguren-Vasen für die Stadt, in der sie lebte, wollte sie annehmen. Sie begriff Barcelona als Kulisse, als flächigen Hintergrund für sich, für sich ganz allein, auf ihm konnte sie sich abzeichnen. Doch was war noch nötig, damit sie sich nun auch von ihren eigenen Umrissen lösen konnte und tatsächlich jemand wurde? Was genau mußte sie noch erleben, um sich selbst verstehen zu können?

Sie blickte nach unten, es brannte kein Licht in der Küche. Die drei Katalanen kochten heute nicht.

Sie erinnerte sich an einen Onkel, der, als sie klein war, wie in Eselsbrücken zu ihr sprach. Sie durfte seiner Meinung nach dies nicht vergessen und jenes auf gar keinen Fall, wichtig war das eine und sehr wichtig das andere, er war bemüht, sie zu erziehen. Der Onkel flocht die merkwürdigsten Vergleiche in seine Monologe ein, sie lachte manchmal, weil sie ihn als umständlich und auch albern empfand. Viel eher würde sie sich an die Eselsbrücken erinnern als an das, wofür sie verwendet wurden, dachte sie, doch sie vergaß beides nicht, das eine erinnerte sie an das andere.

Sie legte sich hin. Draußen war es noch still, bald würden die Vögel zu singen beginnen. Sie drehte sich auf den Bauch. Als sie Stimmen an ihrem Bett zu hören glaubte, wußte sie, daß sie eingeschlafen war.

Die Stimmen wurden lauter und verhandelten etwas, das

sie betraf. Das ärgerte sie, sie wollte gar nicht wissen, worum es den beiden jungen, rücksichtslosen Frauen ging. Sie wachte auf, doch da war niemand.

An Schutzengel hatte sie nie geglaubt. Wenn das wirklich Wesen dieser Art waren, dachte sie, dann mußte es schlecht um sie bestellt sein, besorgt, wie die beiden taten.

15

Der Reisende kannte Genua. Obwohl die vielspurige Autobahn dort vorn auf Pfeilern über die Strandpromenade führte, war er gern in den Lokalen davor gesessen, nicht weit vom Hafen entfernt. Später erst wollte er sich nach Barcelona einschiffen.

Die Autos rasten über den Asphalt, während er seine Notizen korrigierte. Unter seinen Hemden in der Reisetasche lag, in Backpapier eingeschlagen, das Rezeptbuch.

Immer wieder blickte er von seinen Übersetzungen auf. Urlauber aus Saudi-Arabien und Kuwait hätte er hier nicht erwartet. Sie trugen den Thaub und das Tuch um den Kopf, entstiegen weiter vorn, beim Aquarium, einem Reisebus. Kurz standen sie zusammen, entschlossen sich, nach mehreren Blicken zur Autobahn über ihren Köpfen, wieder in den Bus einzusteigen. Bald fuhren sie zum Hafen vor.

Dem Schweizer Jungen in Nicosia hatte er einen saudischen Diplomaten vorgestellt, die beiden redeten über Wüstensand, der Junge radebrechte Englisch, streute mundartliche Wörter ein. Tage darauf überreichte ihm der Kurier des Saudis Thaub und Tuch, mit eingestickten Initialen.

Seine Mutter fotografierte den Jungen im Saal der Botschaft. Er wirkte alles andere als lächerlich oder auch nur verkleidet, weil er sich selbst nicht verkleidet vorkam. Der Junge trug Thaub und Tuch mit der einem Kind nur möglichen Würde.

An jenem Tag war der Junge dem Reisenden mehrmals über den Weg gelaufen, in den geschenkten Kleidern, wenn er auch das Tuch nach einer Weile abgelegt hatte. Nicht, daß er dazu gezwungen worden wäre, er sah sich nur nicht in einem Sandsturm.

Von jenen Fotos fand der Reisende später eins auf seinem Schreibtisch: der Junge mit Thaub und Tuch, lächelnd, nicht verlegen, ganz so, als ob er immer schon auf diese Weise gekleidet gewesen wäre und das Foto aus einer Reihe gleichartiger Fotos stammte.

Schnell genug erinnerte ihn das Foto nun an die vielen von sich. Das Kind, das der Reisende gewesen war, an dieser oder jener Hand eines Erwachsenen, in den kaum naturgetreuen Farben der frühen siebziger Jahre: mit seinem Vater im Park der kleinen Kantonshauptstadt, sie fütterten am Sonntagmorgen Tauben, im Hintergrund die vertrauten Berge, die sich scheinbar nicht veränderten; etwas unscharf auf der Piazza San Marco, nach dem Platzregen, mit Geschwistern und Mutter, sie trug schon wieder Sommerhut und dunkle Brille; das Kind, sein Vater und ein Ticketabreißer im klirrend kalten Brüssel, warm eingepackt vor dem Atomium-Bauwerk, das nur bei Kindern Eindruck zu schinden vermag; am Syntagma- oder Platz der Verfassung in Athen, bei den Evzonen mit den plissierten weißen Rökken, der nunmehr wirkungslosen Leibgarde des abgesetzten Königs, in der tiefstehenden Sonne der Junge, mit zusammengekniffenen Augen; in hellbrauner, blauer, grauer kurzer Hose, mit blauem, weißem, rotem kurzärmeligem

Leibchen, in Kairo, allein, mit ratlosem Blick auf dem überfüllten Gehsteig, in Ljubljana auf einer asphaltumkreisten Wiese voller Unkraut, in einem Café in Barcelona, frühmorgens vor einem Omelett mit Tomate und Käse, müde, in die Kamera schauend.

Oft war er auch bloß Hintergrund, für die Verwandten, die aus aller Welt in die kleine Kantonshauptstadt kamen, Tanten und Onkel mit ihren Kindern. Auf den Fotos, die sie, zurückgekehrt nach Melbourne oder New York, New Delhi und Johannesburg, Athen, Vancouver, Rom zusandten, sah sich der Junge einmal mit den amerikanischen Vettern väterlicherseits, dann mit den indischen mütterlicherseits, jenen ruhigen Söhnen eines Drei-Sterne-Generals der dortigen Streitkräfte, der, in Oxford ausgebildet, noch in Alexandria eine Tante des Reisenden geheiratet hatte und sich zu Hause in einer Limousine, auf dessen Nummernschild drei goldene Sterne leuchteten, herumfahren ließ, nicht erst, seit er im Punjab mit dem Jeep über jene Tellermine gefahren war und dabei den linken Unterschenkel eingebüßt hatte.

Der Heranwachsende entdeckte sich, angeschnitten, neben den griechischen Cousinen in ihren geblümten Sommerkleidern, darüber der bedeckte nachmittägliche Ostschweizer Himmel.

Diese Besuche, meist mitten im Schuljahr, brachten den Jungen mehr auf, als daß sie ihn gefreut hätten. Er wollte nicht, daß die Tanten kochten, Geschirr spülten, seine Kleider bügelten; er mochte es nicht, wenn seine Mutter müde war, sie, die sich nie beklagte, nie eine Hilfestellung und dem Besuch keinen Wunsch abschlug.

Er gewöhnte sich an ihre Selbstlosigkeit, die er abwegig nannte. Ändern konnte er seine Mutter ohnehin nicht.

Daß ihr selbst immer wieder und von wechselnder Seite Hilfe zuteil geworden wäre, konnte man nicht sagen. Sie gab, wenn sie half, nicht bloß weiter, was auch sie von jemand anders bekommen, erfahren hatte, eine Wohltat, eine Gefälligkeit. Eher war sie es, die als erste und stets aufs neue gab und half, ohne nach dem Nutzen für sich selbst zu fragen.

So war auch ihre Mutter Fremden gegenüber gewesen, die Großmutter des Reisenden, deren Nähe er als Kind suchte und die bald verstarb. Seine Mutter konnte nicht anders: In ihrer englischen Handschrift, wie der Junge das für sich nannte, verfaßte sie Empfehlungen in deutscher, italienischer, griechischer, französischer Sprache, für diesen Personalchef, für jenen Abteilungsleiter. Die Menschen, meist nicht einheimisch, kamen zu ihr, sie half unverzüglich.

Große Geschenke nahm sie nicht an, umgekehrt schenkte sie viel zuviel, Küchengeräte, Kindersparhefte, eine Monatswarmmiete. Bei Geschenken ließ sie sich nie lumpen.

Ihre Schrift erschien dem Jungen deshalb englisch, weil er – mit Ausnahme seines Vaters – niemanden sonst kannte, der so schrieb, wie es seiner Vorstellung nach die strengen, zugeknöpften Lehrerinnen in den englischen Schulen der dreißiger Jahre gelehrt hatten, mit jenem schnellen Auf und Ab, das sie viel zu laut vorgaben und das aus der Kinderhand lange, schmale, zu schmale und zu lange Buchstaben hervorbrachte. Erst später erinnerte ihn die Schrift an die Zierschrift, die sich auf den Kartons der Patisserien fand und die man tatsächlich die Englische nannte.

Was für ein Zufall, dachte der Reisende und sah die englische Schulmeisterin vor sich, wie sie im Königreich den Stock schwang, in den britischen Kolonien, in den zugewandten souveränen Staaten und autonomen Gebieten, in den verbleibenden Protektoraten und den Territorien unter dem Mandat der Vereinten Nationen, auf und ab, wieder und wieder: auf, ab.

Die englische Unterweisung zeigte sich noch im Griechischen. Seine Mutter schrieb es mit allen Akzenten, dadurch schulmäßig abgerissen, die Hand bewegte sie dabei schnell im Gelenk, oft auch rückwärts, als würde sie schraffieren. Sie legte Wert auf Rechtschreibung. Die Geschwister des Reisenden lernten von ihr in kurzer Zeit, fehlerfrei Griechisch zu schreiben, er aber hatte sich, zu Beginn aus einer Laune heraus, dann aus bloßer Selbstbehauptung geweigert, bis sie eines Tages alle Versuche abbrach und seine Wange streichelte. Sie hatte ihm damit nichts durchgehen lassen, wie bei seinen anderen Geschwistern war sie jederzeit über seine schulischen Leistungen im Bilde. Nur die besten Zensuren genügten ihr, sie saß oft bis in die Nacht hinein bei den Kindern, bis sie sicher war, daß sie wieder die besten Zensuren bekommen würden.

Zwecklos, ihr Hausaufgaben und Arbeiten verheimlichen zu wollen: Sie hatte es nicht in einer Regung, im Verdruß, aufgegeben, ihm Griechisch beizubringen, sie sah es bloß als wichtiger, nützlicher an, daß er hier wurde, was sie selbst nirgendwo mehr werden konnte: heimisch.

Wie als Zeichen, wörtlich genommen als Unterzeichnung dessen, daß sie in der kleinen Kantonshauptstadt, in den Bergen, wo sie zum erstenmal Schnee gesehen hatte und sofort wieder abreisen wollte, nicht heimisch werden würde, setzte sie im Krankenhaus, kurz vor der Niederkunft, ihren Namen unter das Formular, das man ihr entgegengestreckt hatte. Die Hebammen und Krankenschwestern wunderten sich nicht so sehr über die Wäsche, die schönen Baumwolldecken und Seidentücher, die sie mitgebracht hatte, in größtes Erstaunen versetzte die Frauen gerade nur die Unterschrift seiner Mutter, die kein Deutsch, schon gar kein Schweizerdeutsch sprach und deshalb gleich für eine Analphabetin gehalten worden war. Seine Mutter gab aus Höflichkeit falsch an, drei Wochen lang geübt zu haben. Das erklärte für die Hebammen alles. Man lobte sie für ihre Beharrlichkeit.

Wenn es eine Sportart gab, der sie in Alexandria, als junge Frau, mit Vorliebe nachgegangen war, dann das Tennisspiel, zu dem sie von den Franzosen und Briten eingeladen wurde. Sie war schnell und flink. Ihr Sohn, der Heranwachsende, versuchte sich selbst darin, merkte aber gleich, daß ihm Tennis nicht lag, er spielte lieber Eishockey. In der kleinen Kantonshauptstadt, seiner Geburtsstadt, erblickte er an einem heißen Nachmittag auf einem der eingezäunten Sandplätze, den Schläger in der Hand, zum erstenmal eine Tennisballmaschine – er konnte nicht umhin, gerade nur das Sinnbildliche darin zu sehen. Die Maschine bestand im wesentlichen aus zwei dicken eisernen Scheiben, die sich im Abstand kleiner als der Tennisball gegeneinander drehten.

Der Ball fiel aus einem darüber angebrachten Behälter zwischen die Scheiben und wurde sogleich von der Maschine ausgespuckt, auf ihn zu, der so seine Schläge hätte üben können, doch er hielt inne. Die Flugbahn des Balls, aus der Maschine geschleudert, ähnelte seiner eigenen, in der er demnächst die kleine Kantonshauptstadt verlassen würde, dachte er, eine Beschleunigung in hohem Bogen aus dem Tal heraus; spiegelbildlich zur Bewegung seiner Mutter, die mit großem, gerade einmal von der Welt mitgetragenen Schwung in die Sicherheit verheißende Verengung in den Bergen geworfen worden war, ganz so, wie der Ball nun von hoch herab sich auf seine Vorhand senkte.

Seine Mutter schien bei Geschenken kein Maß zu kennen, keine Grenze bei Einladungen zum Essen, die immer aus mehreren Gängen mit zwei, drei Varianten bestanden, gefüllte Wein- oder Lauchblätter mit Béchamelsauce, Blumenkohlauflauf, Römertopf, Pasticcio mit Erbsen und Schinken, Suppen zu Beginn und darauf Zwischengerichte, Salate, Käse über Käse und Obst zum vorläufigen Schluß. Dann, worauf sich alle freuten, die Patisserie, um die sich sein Vater kümmerte.

Sein Vater buk und knetete, schmolz ein, rührte den ganzen Tag lang, ließ die Kinder Nüsse knacken, Zuckerglasur kochen und über den Möhrenkuchen gießen. Er bereitete Türkischen Honig zu, Loukoum, wie man in Alexandria und Algier die kleinen, in gesiebtem und wieder gesiebtem Puderzucker gewälzten Gelatinewürfel nannte, deren Name in Griechenland Loukoumia lautete und die nichts mit den Loukoumades zu tun hatten, jenen bizarr geformten, mit Honig übergossenen Gebilden aus Teig: mit dem Eßlöffel aus der Form geschöpft und in die Friteuse geworfen, goldbraun wieder herausgefischt und auf den bereitstehenden, mit saugfähigem Papier belegten Teller verteilt, dann auf einen anderen Teller getürmt und mit Honig übergossen, wahlweise in den bereitstehenden Schalen mit Akazien- und feinstem Bienenhonig aus Thessalien getränkt, schließlich auf dem Tablett ausgelegt und mit Zimt bestäubt.

Seine Mutter dachte oder fühlte stets in größeren Mengen als der Rest der Familie, sie war nicht zufrieden, wenn die Gäste das Haus verließen, ohne pappsatt zu sein, in der Hand Tüten mit der restlichen Patisserie. Sie schwelgte gern im Überfluß, der immer ein solcher und eine Fülle im kleinen war; sie gab und gab und fühlte sich darin. Sie liebte das Ornament, hatte das Haus auch eher vollgestellt denn eingerichtet, mit diesem günstigen Kauf und mit jener kleinen Errungenschaft, dem neuen finnischen Schirmständer, der neuen portugiesischen Standvase, dem neuen italienischen Krug, und welches Neue, Moderne es ihr sonst noch angetan hatte – zusammengewürfelt mit einem Appetit, der als kindlich zu bezeichnen wäre, würde sich dies dem Heranwachsenden nicht verbieten, wie er wieder dachte, und hätte er nicht für sich schon ausgemacht, daß seine Mutter gerade einmal modern war, im ständigen Anhäufen, unentwegten Ausschmücken und mit ihrer täglich erneuerten Technikgläubigkeit, dem Glauben an das Machbare und Gute, das Vernünftige im Menschen.

Seine Mutter steckte noch immer in der Moderne, sie begriff zwar in der Art eines Chaplin das Leben im Diktat der Zeit, verkürzte sie aber, eigenwillig genug, gerade einmal auf den Überfluß, die neuen Produkte, die neue, neu angestrebte Gerechtigkeit und den Universalismus, wie es ihre Art war, auf das Hilfreiche, Förderliche, das die Frage, wofür und für wen es hilfreich und förderlich war, gewollt nicht einschloß.

Das mochte der ägyptischen Erfahrung geschuldet sein,

die seine Mutter früh mit einem Außenseitergefühl ausgestattet hatte. Aufgewachsen mit arabischen Kindermädchen und Bediensteten, mit denen sie nur zu Hause, nie öffentlich und schon gar nicht von gleich zu gleich verkehren durfte, in einer griechischen Familie im Alexandria der dreißiger und vierziger Jahre, zu einer Zeit, da noch in den Vereinigten Staaten die Trennung der Menschen nach ihrer Hautfarbe alltäglich war; in einem eher mittelalterlichen denn modernen Staat, der unter englischer Kontrolle stand und sich anschickte, davon loszukommen.

Jeder Kauf war für seine Mutter die vorläufig gedachte Verwirklichung eines persönlichen, wirtschaftlichen, politischen Anrechts, das sich so im kleinen schon einmal Geltung verschaffen konnte. Der Überfluß sollte dieses Recht gleichzeitig behaupten und hervorrufen, es in der Wirkung simulieren, bis die Simulation sich verselbständigte, zu einem tatsächlichen Universalismus, zu einem mit der Ambition einer ganzen Bevölkerung ansetzenden, nun, Rechtsstaat und zu Wohlstand.

Während seine Mutter noch modern dachte, wobei sie eher eine barocke oder ostmediterrane, ihre eigene Spielart des Jugendstils verfolgte – und jeder Funktionslogik etwa des Bauhausstils Unverständnis entgegenbrachte, gewissermaßen die Kühle, die dieser für sie übrig hatte – und auf der Anhäufung als Lebensprinzip beharrte, war ihm die Aussparung wesentlich, die karge Ordnung, die freie Zeit, das Alleinsein.

Sie machte sofort Licht, wenn es am Abend dämmerte, schließlich gab es elektrischen Strom. Er machte kein Licht, schließlich hatte das Tageslicht im Zimmer seine eigene Wirkung. Sie überreichte nur Geschenke, die noch verpackt waren und einen konkreten Gegenwert besaßen. Er schenkte Zeit.

Der Reisende bestellte einen weiteren Espresso. Der Strom der Autos beim Genueser Hafen schien niemals zu versiegen. Der Lärm verursachte ihm nun leise Kopfschmerzen. Er fragte nach einer Süßspeise. Vanillecreme, sagte der Kellner.

Ein weiterer Tisch war belegt, von einer älteren Frau und einem Mann, offensichtlich ihr Sohn. Sie sahen einander sehr ähnlich, um Nase, Mund und Kinn, in der gleichen gebückten Haltung, selbst in der Angewohnheit, ständig im Kaffee zu rühren. Dänen, wie der Reisende hörte.

Daß der Sohn gänzlich nach der Mutter geschlagen war, erschien dem Reisenden eigentümlich, als hätte sie ihn nur deshalb geboren, um damit selbst nochmals geboren zu werden und anschließend alles wieder auf die genau gleiche Weise zu tun – mit welchem Ziel?

Er kostete die Vanillecreme. Sie schmeckte so, als ob an der Milch gespart worden wäre. Wenigstens hatte man sie nicht mit Wasser angerührt.

Vanillecreme hatte der Reisende zuletzt wohl als Junge gegessen, dachte er. Er erinnerte sich, wie gut die Vanillecreme zu Hause schmeckte. Sie war, mit echter Vanille, Milch, Eiern vom Hof und viel Zucker, besser zubereitet als die gelbliche Masse, die er hier vorgesetzt bekam.

Vanillecreme gab es damals auch im Krankenhaus der kleinen Kantonshauptstadt.

Der Junge nahm sie vom Tablett, das ihm die Krankenschwester hinhielt. Er steckte den Löffel in die Masse, aber der Löffel blieb nicht aufrecht, sank auf den Schalenrand, verursachte einen Klang, der im sehr hohen, hellen Zimmer widerhallte, ohne daß die anderen Jungen und die Krankenschwester davon Notiz genommen hätten.

Klassenweise begegnete man einander im Kantonsspital, kaum jemand in der Schule, der von der Mandelentzündung verschont geblieben wäre. Der Junge hatte sich vor der Operation nicht gefürchtet, er wollte auch keiner derer sein, die ihrer Mutter nachweinten, noch bevor sie das Zimmer verlassen hatte. Er blickte sich um, die Jungen schrien und hielten ihre Mütter fest. Sie hatten Angst, dachte der Junge – Angst wovor?

Die wohl erste Trennung von der Mutter hatte den Dikken im Bett gegenüber auf eine Weise berührt, die der Junge, der der Reisende gewesen war, nicht verstehen konnte. Lange noch blickte der Dicke grimmig vor sich hin, sein Gesicht hatte auf einen Schlag die Züge eines jungen Mannes bekommen.

Der Junge konnte den Dicken nicht aus den Augen lassen. Er bemerkte jede Veränderung in dessen Gesicht, dann die Selbstgespräche. Der Junge war sicher, daß der Dicke zornig geworden war und nur deshalb grobe, häßliche Züge bekommen hatte, böse Züge, schien es ihm, aber die Nachtschwester machte das Licht aus.

Der Reisende blickte zu den beiden am Nachbartisch. Sie hatten einen weiteren Kaffee bestellt und schnell getrunken. Schweigend saßen sie da.

Weshalb der Reisende jetzt an jene Autofahrt dachte, da er zum erstenmal ein Buch nicht schon nach ein paar Seiten weggelegt, sondern darin weitergelesen hatte, bis die Hälfte geschafft war, dann noch weiter, wußte er sich nicht zu sagen. Er las die Geschichte einer außergewöhnlichen dänischen Familie, ein dickeres Buch mit grünem Einband, auf dem das Haus, in dem die Familie lebte, abgebildet war, eine Bleistift- oder Tuschezeichnung, das Haus aufgeschnitten wie ein Puppenhaus, die Menschen in der Küche, im Bad, im Schlafzimmer, die Katze im Keller, der große Schornstein sichtbar.

Als der Junge die letzte Seite gelesen, das Buch zugeschlagen und es seiner Schwester, der es gehörte und die im Fond des Autos neben ihm saß, zurückgegeben hatte, fuhren sie gerade in Skopje ein. Ein heißer Nachmittag, der Abend war nah, auf der Ausfallstraße, zwischen Plattenbauten, schien dem Jungen die tiefstehende Sonne in den Nacken. Er schloß die Augen.

Der Reisende bezahlte, packte seine Notizen ein und stand auf. So viel von Hand geschrieben hatte er schon lange nicht mehr. Er streckte den Arm aus, der vom Schreiben verspannt war.

Der Taxifahrer bezog das auf sich und hielt an.

Als ob der Reisende es so gewollt hätte, stieg er für die kurze Strecke zum Hafen ein.

16

Der Leuchtturm von Genua hatte den Reisenden in die Nacht begleitet. Wiederkehrend erschien das gebündelte gelbliche Licht vom Felsen über der Stadt zu ihm herüber. Die Umrisse der Küste konnte er, an der Reling im Heck lehnend, in der fortschreitenden Dämmerung bald nicht mehr unterscheiden. Nach einer halben Stunde war auch jenes blinkende, dünne Licht für ihn erloschen.

Er stieg ins Zwischendeck hinunter, blickte ins Wasser, ließ sich davon besänftigen. Schwarz, ging das Wasser nahtlos ins Dunkel der Nacht über.

Der Reisende vermied es, sich die Tiefe zu vergegenwärtigen. War der Meeresgrund, nun, da es dunkel geworden war, heraufgekommen, so hoch wie möglich, hoch wie der Himmel? War der Meeresgrund im Gegenteil um so tiefer, unendlich tief in diesem Schwarz, das auch ihn umgab?

Er wollte nicht wissen, wieviele Seemeilen tief er fallen würde, wenn er fiele. Das war ihm eine sonderbare Vorstellung, worüber er sich noch beim hundertsten Mal keine Klarheit verschaffen konnte, weder beim hundertsten Seetag noch bei der hundertsten Fahrt: daß das Meer kein Abgrund war, kein Loch ohne Boden, eher, groß genug, jene Welt für sich, deren Leben sich ihm an der Reling als Stille zeigte, als Leere in seinen Ohren, die zwar für Veränderungen in der Luft taugten, etwa für das Schmatzen, das eine Segeljolle am Sonntag morgen in kleiner Fahrt an ihrem Rumpf erzeugte, nicht aber für die Geräusche in der See, die für ihn zu hohen Schreie der Säugetiere, die krachend lauten Bewegungen im Meeresboden.

Er konnte nicht umhin, im Dunkel zu denken, daß er hier, gleichviel, daß sich dreihundert, dreißig oder auch nur zehn Menschen an Bord befanden, völlig allein war. Mit dem Schiff durchs nächtliche Meer zu fahren, kam ihm als das Gegenteil all dessen vor, das er in Begleitung erlebte. Wenn er in den Bergen allein war, dann wenigstens auf festem Grund.

Der Reisende drehte sich um, stieg die schmale Treppe hinunter, ging anschließend durch die leeren, funzelig beleuchteten Flure – in der Art der Hotels mit einem dicken, roten Läufer belegt –, erreichte seine Außenkabine.

Er legte sich aufs Bett, drehte die Leselampe an. Er las in einer französischen Zeitung, eher schnell und bloß einzelne Absätze. Sie erregten seine Aufmerksamkeit nur soweit, als daß er, müde, gerade einmal dem Zeilenfall folgen konnte.

Ausgestreckt auf dem stark nach Kernseife riechenden Laken, spürte er das Schlagen der Dieselmotoren, nahm die Hitze hin.

Die Zeitung brauchte er nicht mehr auf die gewohnte Weise zu lesen, mit Marker und Schreibblock. Privat unterwegs, konnte er auf den Bericht, den er dann in die Hauptstadt schicken würde, verzichten. Dennoch verfiel er einen Moment lang in das, was er für sich das diplomatische Lesen nannte: Es fragte danach, ob das Gelesene für die Schweiz von Belang war.

Der Reisende legte die Zeitung auf die Ablage bei der Tür, machte sich bettfertig.

So schnell er einschlief, so schnell stellten sich auch die Träume ein. Wenn es etwas gab, das ihn bei einer Schiffsreise ärgerte, dann die Sucherei am Hafen, nach dem Reeder, der Pier, einem Zahlmeister, der, in Tunis, in Limassol, in Almeria, gleichgültig wo, sich nicht entblödete, ihn warten zu lassen, hierhin und dorthin zu schicken, ihm mehrere Formulare in die Hand zu drücken und dergleichen, bis er für einen geringfügigen Dollarbetrag die Passage ausstellte.

Vor Frachtern, auf denen es wenige Kabinen gab, wurde er manchmal mit dem Kapitän bekannt gemacht, der ihm absagte und so lange die Umstände dazu erläuterte, bis der Reisende sich anschickte, dem Ersten Offizier und dem Zahlmeister nochmals Geld zu geben. Am Hafen lief alles aufs Geldverdienen hinaus.

In Port Said hatte er zwei Nächte in einer Absteige bei den Docks verbracht. Er hatte, was er zu Beginn bloß vermutete, seine Kabine an den Meistbietenden verloren. Auf die Idee gekommen, selbst am meisten zu bieten, gab man ihm schließlich eine andere. Er verfluchte seine Unwissenheit, die ihn, der darauf wartete, daß ein Schiff, sei es auch ein Frachter, an- oder ablege, zwei Tage lang in Port Said festgehalten hatte.

Er vermied es, in Frachtern zu reisen, er mochte die Gesellschaft dort nicht. Als Jugendlicher hätte er sie gemocht, vielleicht war sie in Wahrheit nur in den Büchern erträglich, die er als Junge las.

Am östlichen Rand des Nildeltas, am Suezkanal, dort, wo sich sein Vater vor einigen Jahrzehnten an jenen Motorradrennen beteiligt hatte, gab es Grün, das Meer und die

Wüste. Wenn der Reisende ein Knattern vernahm, dann stammte das nicht von einer britischen Maschine aus Militärbeständen, sondern von einem Kutter im Kanal, von den leerlaufenden Dieselmotoren der Kräne, hier auf den Docks.

Er beobachtete einen Asiaten, einen Chinesen, wie er vermutete, der mit einem Saudi in Thaub und Tuch die teilabgewrackten Schiffe entlangging. Der Reisende hatte die beiden von weitem kommen sehen, sie blieben vor jedem Stückgutfrachter stehen und redeten. Außer ihnen hielt sich niemand auf dem Areal auf, jetzt, am späten Nachmittag, die hiesige Mittagsruhe fast schon vorüber.

Er näherte sich ihnen, vielleicht wußten sie von einem Schiff, das noch heute nacht ablegen würde, doch auf halbem Weg stiegen die beiden über eine hölzerne Gangway an Bord eines Frachters.

Bei der Gangway angekommen, bemerkte er im Deckshaus, weit oben, den Chinesen, der sich vom Saudi den menschenleeren Frachter zeigen ließ. Ein Klingen begleitete sie; der Chinese verursachte es selbst, indem er mit einem Metallstab gegen die Rohre und Wände schlug, gegen die Böden und überhaupt gegen alles, was ihm aus Eisen zu sein schien.

Ein Stabmagnet, dachte der Reisende, er hatte an den Stränden der chinesischen Küste zum Abwracken herangefahrene Frachter gesehen, die wie ans Ufer geschleppte Wale wirkten und von Hundertschaften graugekleideter Arbeiter auseinandergeschweißt, -gesägt, -gebrochen und anschließend weggeschafft wurden. Der Staat verschacherte das Alteisen zum Tonnenpreis nach Japan, dasselbe taten die Inder, Pakistani, Indonesier.

Die beiden Männer schritten die Rohrleitungen ab, er folgte ihnen unten, blieb dann stehen. Den Bug und den vorderen Mast etwas zum Wasser hingewandt, ließ sich der alte Frachter vom Dock aus nicht mehr überblicken, dem Reisenden erschien er unendlich. Er überließ die beiden dem Schiff.

Ohne Umwege kehrte er zum Hotel zurück, das Klingen der Eisenteile im Ohr. Er wusch sich, zog ein frisches Hemd an. Wieder am Hafen, fragte er am Abend nach einer Kabine, gleichgültig wohin.

Der Reisende wachte auf, er fand sich in seiner Kabine wieder. Er vergegenwärtigte sich, daß er auf der Passage nach Barcelona war.

Anders als sehr hell und sonnig hatte er diesen Morgen nicht erwartet. Im Speisesaal, der, wie das Schiff an sich, bessere Tage gesehen hatte, ließ er sich einen Tisch zuweisen, schaute übers Meer.

Die Gischt erschien ihm heute früh nur mehr als Speichel, des Meers oder eher des Schiffes. Der Speichel ging da und dort in die Lichtreflexe über, in östlicher Richtung zum Horizont hin.

Daß er in einem griechischen Schiff fuhr, hatte den Vorteil, Mokka bekommen zu können, dachte er, nachdem er in die Speisekarte geschaut und sich für das Kontinentale Frühstück entschieden hatte. Der Kellner brachte, weil die Bestellung auf griechisch ausgesprochen worden war, einen doppelten zum Preis eines einfachen Mokkas, dazu ein großes Glas Leitungswasser.

Der Speisesaal war leer, die anderen Kellner deckten die Tische bereits für das Mittagessen. Erst jetzt bemerkte er die Vitrine mit der Patisserie.

Er stand auf und ging hin. Die Éclairs schwitzten, die Butter perlte sich auf dem Schokoladenüberzug. Der Kadaifi schien genießbar, den Baklava da würde er sich aber nicht mehr auftragen lassen.

Neben ihm deutete ein Junge mit dem Finger auf jenes Vanilletörtchen, das etwas zu groß geraten und mit Schlagsahne verziert war. Seine Mutter nickte, legte ihm die Hand auf den Rücken, blickte in die Küche, wo jemand laut redete. Der Chef hatte eine Beanstandung, wollte sich nicht beruhigen, die drei Köche schauten ihn an. Worum es ging, verstand der Reisende nicht genau, er hatte sich abgewandt, lange bevor der Kellner die Küchentür schloß.

Als er sich wieder an den Tisch setzte, hörte er Schreie. Er sah zur Küche, bemerkte dabei den Jungen vor der Vitrine, der sich weh getan hatte.

Ein Bienenstich, dachte der Reisende, er hatte vorhin zwei, drei Bienen in der Vitrine gesehen und noch überlegt, daß es doch möglich sein müßte, sie auf offener See von den Süßspeisen fernzuhalten.

Der Chef, ein hochgewachsener Mann mit tätowiertem Hals, trat aus der Küche, sah sich den Unterarm des Jungen an, verschwand in der Küche und kehrte sofort zurück, ein Filetiermesser in der Hand.

Der Junge schrie ein zweites Mal auf. Er wollte seinen Arm behalten, Bienenstich hin oder her, rannte kreuz und quer durch den Speisesaal. Der Chef folgte ihm. Ein Kellner hielt den Jungen schließlich zurück, sprach ihm gut zu. Kaum daß der Chef den Unterarm gepackt hatte, ließ sich der Junge mit tränenüberströmtem Gesicht auf den Boden fallen. Sofort zog die Mutter den Jungen hoch und wies den Chef zurecht, der den Arm des Jungen nicht loslassen und nun den Stachel herausstreichen wollte, so, sagte er, und strich also mit dem Rücken des Messers über den Unterarm des Kellners, der lächelte. Die Mutter sah den Jungen an. Er mußte selbst entscheiden.

Dem Jungen kamen die Erklärungen viel zu spät. Er beruhigte sich erst wieder, als seine Mutter es fertiggebracht hatte, den Stachel mit ihren langen Fingernägeln herauszudrücken.

Auf dem großen Tablett trug der Chef einen Krug Limonade und das Vanilletörtchen zum Tisch der beiden, auch das schwitzende Éclair, dessen Butter ranzig war.

Der Junge aß das Vanilletörtchen, während die Mutter seinen Unterarm mit der Salbe einstrich, die ein Kellner besorgt hatte. Die ovale Schwellung reichte jetzt vom Handgelenk bis zum Ellbogen.

Der Reisende stand nach dem Frühstück auf, zwinkerte dem Jungen zu, der ihm gleich den Unterarm vorzeigte, streichelte ihm übers Haar. Seine Mutter lächelte einen Moment länger, als sie anfänglich wollte. Im großen Spiegel bemerkte er, wie sie ihm nachsah.

Den zweiten Kaffee mochte er im Freien trinken. Er setzte sich in den Schatten des weißen Stoffdachs, auf den Deckstuhl, dessen Fußbank er einschob. Das Sonnensegel reichte vom Speisesaal bis zum Schwimmbecken, schützte ihn auch vor dem Wind.

Er blickte eine Weile zwischen die Rohre, die die Reling trugen, übers Meer.

Er nahm dem Kellner den Mokka ab, bedankte sich auf griechisch. Er trank aus, stellte die Tasse unter den Stuhl auf die Bohlen.

Der Wind, der mit dem Sonnensegel spielte, die Sonne,

die auf den Bohlen glänzte, das regelmäßige Schlagen des Motors wollten ihn betäuben. Schnell stand er auf.

Er vertrat sich die Beine auf den Fluren, im Bauch des Schiffs. Er kam an den kleinen Läden vorbei, blieb stehen und blickte auf die Bibelots und Souvenirs, auf das Spielzeug, Postkarten, touristische Bücher, auf bemalte Vasen, faustgroß oder noch kleiner, Kopien von Kopien.

Der Junge mit dem Bienenstich hatte sich bereits entschieden, er hielt ein Schiffsmodell in Händen, ein Motorschiff wie jenes, mit dem sie reisten. Die Decks weiß gestrichen, ein dunkelgrüner Rumpf: Der Junge zählte vor seinem Vater und seinem Großvater weitere Ähnlichkeiten auf, in heller Freude. Das Modell war so lange wie sein Arm, um den tiefen, dicken Schornstein klebte eine glänzende Folie; so wirkte der Schornstein, der in Wirklichkeit nur mehr ein Auspuff war, lackiert. Als der Junge den Reisenden unter der Tür sah, kam er auf ihn zu, streckte ihm für einen Augenblick das Schiff entgegen.

Der ältere Ladenbesitzer betrachtete den Jungen, lächelte, kam gleich auf sich zu sprechen. Von solchen Geschenken hätten sie früher nur träumen können. Der Krieg, die Zeit nach dem Krieg – sie hätten alles entbehrt, Freude konnten sie nur ihren Frauen bereiten. Er lachte, behielt aber den Jungen im Blick, trat allmählich hinter dem Tresen hervor, stellte sich neben den Reisenden.

Damals hatte niemand Geld, sagte er, wir mußten arbeiten wie die Maultiere, um zu überleben. Die Angst, von einem Tag auf den anderen kein Dach über dem Kopf und nichts mehr zu essen zu haben, sie hat uns zermürbt. Er sah dem Großvater in die Augen, der kurz nickte. Unsere Wünsche beschränkten sich auf das Machbare, zu träumen haben wir nicht mehr gewagt, nicht wahr? Man darf das nicht vergessen, auch wenn es uns heute gutgeht, stimmt doch, was ich sage? Der Besitzer duzte die Anwesenden, ohne sie zu kennen.

Du hast recht, sagten Vater und Großvater. Sei dankbar, sagte der Besitzer nun zum Jungen, in deinem Alter wußte ich nicht einmal, daß es Schiffsmodelle gab, sei deinem Vater dankbar, sag nochmals danke, sag danke. Danke, sagte der Junge, mehr zum Besitzer als zum Vater, dem das Ganze nicht mehr gefallen wollte. Das Schiff gehört dir allein, sagte er seinem Sohn, nimm es wieder vom Tresen. Der Besitzer machte eine Geste der Entschuldigung, schaute dann am Reisenden herunter. Was denkst du, Freund? Der Reisende entfernte sich.

Er setzte sich unter das Sonnensegel, auf einen Sessel, der schon zum Speisesaal gehörte, denn sein Deckstuhl war besetzt, ein älterer Herr las dort Zeitung. Die Kellner rückten Tische zurecht. In der Ferne lag eine Erhöhung, das Festland konnte es nicht sein, am ehesten eine selten kartographierte, kleine Insel.

Er schloß die Augen. Daß er auf solchen Schiffen stets die gleichen Teppiche vorfand, konnte er ohne weiteres sagen, hier den roten Läufer in den Fluren, den blauen Spannteppich im Speisesaal und in der Kabine. Wo etwas nicht nach den Farben dieser Reederei rot oder blau, genauer dunkelrot und dunkelblau war, mußte es, mit Ausnahme des Holzes, der dunkelbraunen Bohlen, weiß, zumindest zu Beginn ganz weiß gewesen sein. Er blickte auf die Meterware, den fingerdicken Teppich, der, auch naß vom Spritzwasser, nicht rutschig war.

Auf diesem Schiff war alles rot und blau, die Tischdekken, die Wände im Speisesaal und in den Fluren, das Tablett, auf dem die Zimmerfrau den Mokka brachte, sobald man in der Kabine zweimal auf die Klingel neben dem Lichtschalter drückte, rot und blau die Bilderrahmen, darin Reproduktionen von Gemälden der spanischen Meister; nur die Handläufe und Geländer verchromt oder weiß gestrichen, einige braun.

Das Alter des Schiffs ließ sich an den verblichenen Farben, den abgenutzten Türgriffen und Treppenkanten schätzen, sie gerieten hier schnell in Verfall. Das Innere wurde binnen zehn Jahren unansehnlich, abstoßend. Schon viel früher begann an Deck die Zeit des Übermalens, weiß über weiß, ohne daß die alte Farbe am Eisen abgeschmirgelt worden wäre. Ab und zu sah man einen Weißgekleideten, mit Farbeimer und Pinsel schien er herumzustreunen, da zu übertünchen, dort den Rost zu bemalen, den das Salz in Wasser und Luft nicht aufhörte zu befördern: Rost konnte ganze Flotten und Häfen einfärben, wie der Reisende in Port Said, Iskenderun, Oran gesehen hatte.

Er stand auf und machte ein paar Schritte, lehnte sich an die Reling, das Gesicht zum Deck.

Neben ihm begegnete der Mann mit dem Eimer seinem Kollegen, sie redeten Serbisch, um den Hals hing ihnen das russische Kreuz mit den drei Balken – einem kürzeren über dem Querbalken und einem noch kürzeren, schrägen darunter. Die Kellner trugen alle das Kleeblattkreuz.

Als er sich zum Meer wenden wollte, ging eine ältere Frau an ihm vorüber, sie öffnete ein altes Buch. Der Geruch daraus wehte ihm ins Gesicht.

Aus dem Umschlag des Buches zu schließen, einem illustrierten Reiseführer aus den dreißiger Jahren, sprach die

Frau Norwegisch. Er erinnerte sich an das kleine Museum in der Umgebung von Oslo, er hatte dort ein Wikingerschiff betrachtet, das gut erhalten war. Die Wikinger pflegten Könige in deren Schiff zu beerdigen. Die Ägypter begruben das Schiff neben dem Sarkophagen. Er fragte sich, was schöner war.

Aus dem Speisesaal trat die erwachsene Tochter der Norwegerin zu ihr hin, sie schauten gemeinsam ins Buch und dann übers Meer, möglich, daß sie eine bestimmte Insel suchten.

Die Tochter hatte vorstehende Zähne. Wenn sie den Mund öffnete, ragten die Schaufelzähne über die Unterlippe hinaus. Der Reisende glaubte, in ihr das Mädchen zu erkennen, das sie gewesen war, ein Kind, über Jahre hinweg unablässig den Daumen im Mund.

Er kehrte zu seinem Deckstuhl zurück. Auch der war nun belegt, von der Mutter des Jungen, der noch mit Vater und Großvater unterwegs sein mußte. Als sie den Reisenden sah, lächelte sie, legte das niederländische Magazin in den Schoß. Er ging zu ihr hin, da erschienen die drei. Wie geht's dem Arm, fragte er den Jungen, der sich, sein Schiff in Händen, nicht stören ließ. Er verabschiedete sich von der Gesellschaft.

Im Speisesaal waren einige Tische frei. Er setzte sich an den Fenstern hin und blickte aufs Meer hinaus.

Während sein Großvater Izmir mit dem Ruderboot verlassen hatte, um über Chios schließlich nach Alexandria zu gelangen, war der kleine Bruder des Großvaters, auch er knapp über zwanzig, im letzten kleinasiatischen Krieg von den Türken gefangengenommen und dann im Pulk gegen einen Pulk türkischer Gefangener ausgetauscht worden.

Die Brüder begegneten einander in Alexandria wieder. Ihre drei unverheirateten Schwestern blieben auf Chios und – wo sollten sie im östlichen Mittelmeerraum der frühen zwanziger Jahre auch hin – fanden Aufnahme in einem Kloster. Die älteste Schwester brachte es nach vierzig Jahren zur Äbtissin.

Wenn der Reisende an seine ihm unbekannte Großtante, die Äbtissin, dachte, an ihre Brüder und die Vertreibungen, fühlte er, daß es grober Unfug war, von Kulturen zu sprechen, da es doch nur eine einzige, gemeinsame Kultur gab. Diese eine Kultur wurde über die Jahrtausende einmal in dieser, einmal in jener und in wieder anderer Hand und Weltgegend aufgehoben, verwaltet, bereichert, zerstört, weggeschlossen, im altpersischen Weltreich des Kyros II., im bis zum indischen Subkontinent reichenden Gebiet Alexanders des Großen, unter Attila, dem Hunnenkönig, im Mongolischen Reich des Dschingis Kahn; wo und wann Weltreiche auch entstanden und wieder zerfallen sind, wurden Gedanken und Gegenstände kopiert und wieder kopiert, gewaltsam entrissen, so weitergereicht. Seine Heimat in den Alpen, die einst etwa den Kelten, den Römern, den Alemannen gehörte, bildete darin keine Ausnahme.

Der Reisende blickte über die ruhige See. Aus dem Lautsprecher über ihm erklang eine scheppernde Stimme. Sie kündigte Barcelona an.

17

Zum Jardí zu fahren bereitete mir heute große Mühe. Ich stieg im Eindruck des Traums, der mich gleichermaßen erschreckte und verwirrte, in den Bus und setzte mich ganz hinten beim Fenster hin. Die Sonne schien, ich klappte das Fenster auf, die morgendliche Luft schmeckte salzig. Ich atmete tief ein, wollte so viel Luft holen wie nur möglich.

Der Traum war kein offensichtlicher Alptraum, ich hatte keinen Tod geträumt, auch nicht meinen eigenen, nichts Schreckliches gesehen, war von keiner furchterregenden Vergangenheit eingeholt worden, machte mir weder neue Vorwürfe noch alte Sorgen.

Ich hatte gerade nur geträumt, daß ich vom Bett aufstand, mich auf dem Balkon reckte und streckte, in der Küche Kaffee kochte, das Radio andrehte, die beiden katalanischen Moderatoren hörte und ihnen doch nicht zuhörte, dabei frühstückte, mich anschließend duschte und anzog, das rote Kleid mit den weißen Punkten, in die offenen Schuhe stieg, die Handtasche nahm und die Tür hinter mir schloß.

In diesem Traum hatte ich mir alle Kleinigkeiten vorgespiegelt, die sich für gewöhnlich zu meinem Tagesanfang zusammenfügten. Der Tag konnte beginnen. Dann wachte ich tatsächlich auf.

Ich betrat den Balkon, die Sonne schien wirklich auf die Stadt herab, die Luft war von der Nacht wirklich noch etwas salzig, und tatsächlich atmete ich tief ein und streckte mich, hielt mich am Geländer fest, sah den Miró-Park, den ich doch gar nicht sehen wollte.

Im Schlaf hatte ich mich gefreut, die Morgentoilette schon erledigt zu haben, dann mußte ich sie gewissermaßen wiederholen.

Ich setzte mich an den Küchentisch. Die Enttäuschung darüber, daß ich mir alles und das Einfachste nur vorgemacht hatte, ließ mich vor mich hin starren.

Bevor ich vom Bett aufgestanden war, hatte ich noch eine Weile mit halb geöffneten Lidern dagelegen. Ich sah, im Traum, den neuen Tag vor mir, zugleich sah ich, schon ganz im neuen Tag, den Traum, der mich erschreckt hatte. Ich wußte, daß ich gleich aufstehen würde und daß erst dann mein Tag begänne, genauso wußte ich, daß ich mich längst angezogen hatte und bereit war, unten in den Bus zu steigen. Die beiden Gewißheiten entfernten sich weiter voneinander, je länger ich im Bett lag. Ich hätte weniger und weniger sagen können, ob ich noch im Bett lag oder bereits im Bus fuhr, ob ich schon wieder im Bett, nachdem ich im Bus gefahren, ob heute der Abend oder der Morgen desselben Tages war.

Der Tag war also gelaufen. Ich hatte ihn schon am Küchentisch abgeschrieben – insofern war es richtig zu denken, ich hätte den Tag im Schlaf und nicht tatsächlich verlebt.

Ich glaubte nun, im Bus, zu wissen, was als nächstes geschehen würde. Was immer heute geschah, ich nahm es hin, als ob ich es nicht hätte beeinflussen können und als ob jede Beeinflussung, jeder Versuch dazu ohnehin nur hervorrufen würde, was mir im vornherein hätte widerfahren sollen.

In den Tag und seine Umstände geschickt, matt, stieg ich aus dem Bus und in die Metro.

Im Jardí setzte ich mich gleich an den Schreibtisch. Die kleine Ausstellung, die ich betreute, wollte so recht keine Formen annehmen. Meine Aufregung darüber hielt sich aber in Grenzen, es war noch zwei Wochen hin, bis ich das Konzept vorlegen mußte. Eher zwang mich dieser Traum zu großer Unruhe, meinen Regungen und dem hohen Puls ergeben.

In dieser Verfassung nahm ich den Schreibblock zur Hand und notierte die ersten und am Nachmittag die vorläufig letzten Gedanken zu der Ausstellung. Ich fertigte mit Eifer das Konzept aus, bis ich es in einem eilig einberufenen Meeting vorzeigte. Die Kollegen waren aufmerksam, mehr konnte ich nicht erwarten. Ich sprach mit dem Direktor, die Leitung schien begeistert.

Ich staunte über meinen Mut, diese Arbeit an einem Tag abzuschließen und dann auch gleich dem Jardí zu unterbreiten. Daß ich eine Idee und deren Umsetzung vorbringen und deshalb auch etwas von mir zeigen mußte – Geschmack, Sachverstand –, hatte mir allerdings nie etwas ausgemacht. Was mich so lange an dem Konzept hatte zweifeln lassen, hing vielmehr mit der Geste zusammen, mit der man gemeinhin ausstellte. Sollte es auch bei mir gerade nur darum gehen: Ich zeige euch jetzt etwas, und zwar das, was ganz allein ich will, schaut her, was ich alles weiß, wie klug und fein ich bin, druckt es auf große Plakate und schlagt sie in der ganzen Stadt an?

Pflanzen unterschieden nicht zwischen einem botanischen Garten und einem Berghang, einer Küste, dem Wald, dachte ich. Sie wachsen da, wo sie wachsen können. So mußte jede botanische Ausstellung eine solche über den Menschen sein, der die Landschaft formte und nutzte.

Ich setzte mich in die Cafeteria. An dem kleinen Tisch in der Ecke saß eine Frau, die ich für eine Französin hielt, sie aß Tapas, als Vorspeise, sie hatte in der Durchreiche noch ein Steak mit Salat bestellt, ein Glas Rotwein, eine Flasche Wasser.

Vorhin noch war sie in Gesellschaft ihres Mannes gewesen, der sich, einen schmalen Fotoapparat in der Hand, wohl zu den Sehenswürdigkeiten des Jardí aufgemacht hatte. Nun blickte sie vor sich hin, müde vom Gehen und von der Hitze. Sie wartete auf das Steak, das ihr die Kassiererin, nachdem eine Hilfskraft die Tellerchen abgeräumt hatte, jeden Augenblick bringen würde.

Die Französin sah die Kassiererin aus der Küche kommen, sie verfolgte, wie die Kassiererin sich ihr näherte, den Teller auf der Hand. Der Blick der Französin hatte sich genau dann verengt, als ich hörte, wie die Küchentür ging, eine hölzerne Flügeltür in rostigen Scharnieren. Die Französin war nicht kurzsichtig, sie wollte nur gerade das Steak sehen, fixierte den Teller, hob den Kopf. Ich glaubte, ihre Nasenspitze bewegte sich in seinem Duft. Die Kassiererin legte den Teller auf den Tisch, zwischen ihre Arme.

Es roch nach verkohltem Fleisch, das Steak mußte verbrannt sein. Die Französin brachte es umgehend zur Durchreiche zurück. Dort entschuldigte man sich und wollte sofort ein neues braten. Die Französin bezahlte, was sie bisher verzehrt hatte, und ging.

Als damals das Wohnhaus, in der meine Mitschülerin wohnte, ausbrannte, lag ich im Bett, trank Tee, las englische Kinderabenteuer. In der Schule, Tage später, wußte ich noch von nichts, schmeckte allerdings im Klassenzimmer gleich den Brandgeruch. Die Mitschülerin war blasser als sonst, sie versuchte zu lachen, wenn die anderen lachten, schwieg, wenn die anderen schwiegen. Ich überlegte, ob sie mir ein Buch oder eine Musikkassette geliehen hatte, die ich ihr zur Überraschung hätte zurückgeben können.

In ihrer Nähe war der Brandgeruch wahrzunehmen, obwohl sie nur kurz durch die zerstörte Wohnung gegangen war. Hergang und Umstände des Brandes hatte sie jedem erzählt, der das im Schulhof hören wollte, sie beklagte sich jedesmal bitter.

Nach Schulschluß fragte ich, wohin sie wolle. Zu Verwandten, sagte sie, Schokolade kauend. Ich sah ihr im Hof nach. Sie blieb vor dem Zebrastreifen stehen, griff mit beiden Händen in die Hosentaschen, suchte wohl nach einem Bonbon oder einer Münze. Sie drehte die Taschen um, zum Vorschein kam, sinnbildlich genug, nur das weiße Futter.

18

Eine Art Wohnungssuche, mit vielen Objekten an verschiedenen Orten, über die Stadt verteilt, so dachte der Junge über die Aufenthalte mit seinen Eltern und Geschwistern in Athen.

Sie hatten kaum Verwandte da, dafür um so mehr Bekannte von früher, aus Alexandria, die sich sofort meldeten.

Die Familie konnte unmöglich zu allen nach Hause, auch nicht mit allen ins Café, was ohnehin unüblich war, so stattete man nur jenen, die darauf bestanden, einen kurzen, vorangekündigten Besuch ab.

Oft, zu oft nahm der Besuch einen entsetzlichen Verlauf.

Der Junge und seine Geschwister waren, unschuldig genug, unbeteiligt, wenn es auch um sie ging. Da waren etwa die beiden einheimischen Väter, die gegeneinander handgreiflich wurden, nachdem ihnen die Argumente ausgegangen waren – beliebige Geschichten, aus denen sie fadenscheinige Verpflichtungen für die Gäste aus dem reichen Ausland ableiteten, die Mitgift, die Schönheit ihrer Töchter. Sie setzten sich aber bald wieder hin, warteten auf das Urteil, das der Vater des Reisenden sprechen sollte.

Der zuckte nur mit den Schultern, eher schamhaft als

verärgert, überließ es seiner Frau, als erste aufzustehen, die Kinder zu rufen, sich von allen zu verabschieden.

Manchmal trug der Gastgeber erst nach Mokka, Gebäck und einem Weinbrand sein Anliegen vor, feierlich oder wie nebenher, stehend oder im Sessel, in Anwesenheit der Kinder oder allein mit dem Vater auf dem Balkon.

Dem Jungen war es recht, daß er in Ruhe gelassen, von seinen Eltern nicht verraten wurde, wenngleich er Gefallen an jenem nach Lilien duftenden Mädchen gefunden hatte, das genauso erschreckt dasaß wie er und wohl auch am liebsten aufgestanden und herausgerannt wäre.

Ein andermal saß er Zwillingen gegenüber, sie hatten langes, dunkles, glattes Haar und braune Augen, trugen das gleiche hellblaue Kleid mit breiten Trägern. Er mochte die Mädchen vom Moment an, da er ihnen in der Küche erstmals begegnet war. Sie schienen sich mit ihm abgeben zu wollen, sie faßten ihn ständig an, umarmten ihn. Die drei spielten in der Küche mit Fotoalben, während im Wohnzimmer die Erwachsenen über alte Zeiten redeten, sich zwischendurch stritten und wieder lachten.

Nach zwei Stunden, die dem Jungen wie ein einziger Augenblick vorgekommen waren, erschienen die Mütter unter der Küchentür. Er sah ein, daß er nun gehen mußte, er küßte die Mädchen auf die Wange, die Mütter lachten.

Beim Hinausgehen bummelte er, damit doch noch jemand auf die Idee käme, ihn mit den Mädchen, für immer und ewig, zusammenzubringen.

Der Junge folgte seinen Geschwistern über den kleinen Platz zum Auto. Enttäuscht beobachtete er einen Alten, der Tauben fütterte. Noch immer mußte Mittagsruhe sein, die Läden und Cafés geschlossen, kein Mensch zu sehen.

Die Gehsteige, fiel dem Jungen auf, waren in Athen aus Betonplatten zusammengesetzt und mit einem aufgemalten gelben Streifen zur Straße hin abgeschlossen. Dieser Streifen war abgenutzt, darunter leuchtete ein blanker Stein – Marmor. Es hätte aber schon pentelischer sein müssen, um so zu funkeln wie der Stein zu Hause, der Granitabschluß an den Gehsteigen der kleinen Kantonshauptstadt.

Er sah einem Streuner nach. Wenn der Vater des Reisenden einem Hund begegnete, versuchte er, dessen Aufmerksamkeit zu erregen. Er lockte ihn selbst mit leeren Händen, streichelte ihn, um ihn vorerst mit allerlei Namen zu versehen, ihm die liebsten Eigenschaften anzudichten, daß er also sehr aufmerksam sei oder im Grunde scheu, ein Fuchs, sagte er schließlich, ein alter Kerl, eine mißtrauische Mutter.

Er spielte mit dem Hund auf die Weise, wie er schon als Kind in Alexandria mit den Hunden gespielt hatte, mit den Streunern, die niemandem trauten.

Alles, was der Junge und auch, was der Reisende über Hunde, über Tiere wußte, hatte er aus den Äußerungen und Handlungen seines Vaters, dem Locken, Kennenlernen und Spielen gelernt. Manchmal hatte er sich als Kind gewünscht, von seinem Vater genau so gerufen zu werden, mit dem lauten Flüstern und den Zischlauten, nur deswegen, damit man dann eine Stunde lang spielte. Sein Vater rief ihn aber beim Namen oder bei einem der hundert Kosenamen, die er für seine Söhne erfunden hatte, rief ihn wie den Menschen, der der Junge schließlich war.

Sein Vater konnte sich zwar, sehr selten, hastig und auch trotzig geben, noch seltener aber handelte er unbedacht. Er legte keinen gesteigerten Wert auf Bekannte oder gar

Freunde. Von seiner eigenbrötlerischen Auslegung der Welt nahm er nur seine Familie aus. Paß auf, was du tust, denk an morgen: Das mußte dem Jungen an ausgesprochenen Erziehungsmaximen genügen. Keine schlechte Maxime, dachte der Reisende, wenn sie auch nicht verriet, woher sie kam – aus der Offenheit, bloß aus der Angst? Ganz anders: aus dem Mut zum Neuen?

19

Mein katalanischer Geliebter und ich waren, halb drei Uhr früh, noch immer in der Kneipe gesessen und hatten uns gerade nur über den Sherry unterhalten.

Die Hitze, den ganzen Tag lang unerträglich, war der Brise gewichen. Wir hatten für später, im Morgengrauen erst, ein Gewitter erwartet.

Er bestellte nochmals Sherry, wir stießen an, da erschien ein Hund im Lokal, lief, ohne sich umzusehen und als ob er bereits die halbe Stadt nach mir abgesucht hätte, zwischen den Tischen auf mich zu, blieb vor mir stehen, schaute mich an.

Der junge Windhund, hellbraun und schmal, mit kurzem, glatten Haar, legte seine Schnauze auf mein Knie, wie zur Probe, ging dann vor und zurück, ohne mich aus den braunen Augen zu lassen. Er hatte ein Anliegen und wartete vor meinen Füßen. Der Wirt schickte ihn nicht weg, was für ein schönes Exemplar, sagte er, ein junger Streuner. Der Hund machte Anstalten, auf meinen Schoß zu springen, legte die Pfote auf mein Bein.

Ich kraulte ihn an der Kehle, streichelte seinen Kopf, während er da und dort an mir roch. Nimm den Kleinen mit, sagte der Wirt, so ein Tier bereitet dir Freude; gleich zieht er wieder ab, sagte mein Geliebter, kurz bevor sich der Windhund vor mich hinlegte.

Der Wirt schenkte Sherry nach, er erzählte uns von seinem Schwager, der in einem Madrider Zirkus gearbeitet hatte. Im eigenen Wohnwagen lebte dort auch ein Dresseur, der seine fünf Hunde sehr liebte und sich nur ihnen widmete. Die Kunststücke, die die Hunde vollführten, waren vor allem Geschicklichkeitsübungen, von einem Abend auf den anderen hatte der Dresseur allerdings eine Art Zaubertrick im Programm. Dabei trat sein Lieblingshund allein auf, Jorge, der nun rechnen konnte.

Der Dresseur fragte den Hund, was drei und vier ergab, der Hund bellte siebenmal. Das Publikum war begeistert.

Jorge, sagte der Wirt, konnte in Wahrheit nicht rechnen. Der arme, alte Hund bellte zunächst ein Mal, dann ein zweites, ein drittes und viertes Mal, dazwischen wartete er stets kurz, bellte nochmals und wieder, bis die Leute, hier nach dem siebten Mal, entzückt und verwundert Beifall klatschten.

Wir bezahlten den Wirt, der von uns zunächst nichts annehmen wollte, fuhren zu mir.

Beim Carrer de Entença bat ich meinen Geliebten, anzuhalten. Ich stieg aus, der Hund sprang mir nach, ich streichelte seinen länglichen Kopf. Mein Geliebter öffnete das Seitenfenster, wir küßten uns, dann gab er Gas.

Auf dem Gehsteig bemerkte ich den Moment, da es vollends hell wurde. Er erinnerte mich an jenen genauso deutlichen Moment im Bus, um die Mittagszeit, an die Hitze, die in Sekundenschnelle einzufallen pflegte. Nun aber war es bewölkt, es würde zu regnen beginnen, dachte ich und blickte mich nach dem Hund um.

Ich konnte ihn nicht finden. Ich pfiff durch die Finger, nicht sehr laut, es war noch früh. Der Hund zeigte sich, vielleicht auf den Pfiff hin, zwischen den Büschen im Park.

Ich lief hin. Er ließ sich streicheln, leckte meine Hand. Vor ihm lag ein Schokoladenpapier, das er von den Büschen hergebracht hatte. Bestimmt war er hungrig. Allerdings schien er mir nicht mehr entschlossen, mitzukommen, viel lieber würde er auf der Straße sein, sich von Abfällen ernähren, aus Eimern fressen, Mülltüten aufreißen, dachte ich, sich nachts den anderen Streunern in den Parks und Industriearealen anschließen. Ich machte ein paar Schritte zum Ausgang des Parks hin.

Der Hund schaute mich zwar an, blieb aber stehen, wo er war. Ich entfernte mich mehr und mehr. *Er* setzte sich.

Wenn ich ein wenig wartete, würde es sich schon zeigen, ob er mitwollte oder nicht. Ich setzte mich auf die Bank, doch der Hund kam nicht her. So stand ich denn auf und verließ den Park.

In der Wohnung blickte ich in die ersten Sonnenstrahlen des Tages. Ich betrat die Küche, schnitt eine Scheibe vom Weißbrot, belegte sie mit Käse. Kauend dachte ich, daß ich dem Hund etwas hätte zu essen geben sollen. Dafür war es jetzt zu spät – war es wirklich zu spät?

Schnell nahm ich den aufgeschnittenen Schinken aus dem Kühlschrank, den Schokoriegel, die Kekse, rannte die Treppen hinunter und weiter auf dem Gehsteig zum Park.

Der Hund war, zum Glück, noch da. Nicht, daß er auf mich gewartet hätte, er schnüffelte um den leeren Eimer bei der Bank herum, auf der ich gesessen hatte. Ich pfiff wieder, er blickte auf.

Ich schritt auf ihn zu und verfütterte an ihn zunächst den

Schinken, dann den Schokoriegel, schließlich, einen nach dem anderen, die Kekse. Sein Hunger war damit aber noch nicht gestillt, er blickte mich fragend an. Ich zeigte die Handflächen vor.

Was der junge Hund brauchte, war etwas Warmes. In meiner Wohnung hätte ich als erstes Reis für ihn kochen können, Nudeln, ihm ein Steak vorsetzen. Es lag mir aber fern, ihn womöglich gegen seinen Willen mitzunehmen. Ich streichelte ihn lange, küßte seinen Kopf, richtete mich auf. Ich ging zum Ausgang. Dort schaute ich zurück.

Der Hund hatte jede meiner Bewegungen verfolgt, es lagen fünfzig Meter zwischen uns. Ich hockte mich vor die Wiese, rief ihn zu mir.

Falls er mit mir gehen wollte, müßte er es jetzt tun.

Er streckte und schüttelte sich, schien mich weiterhin abzuschätzen.

Dann sprang er auf. Schnell lief er auf mich zu.

20

In Piräus war der Reisende vor ein paar Tagen mit dem Handgepäck die Gangway hinuntergestiegen. Auf der Pier hatte er dem blau uniformierten Beamten den Reisepaß vorgezeigt, wurde gefragt, ob er Griechisch spreche. Nickend hatte er die Papiere wieder an sich genommen. Sei willkommen, Freund, hatte der Reisende noch gehört.

In der Hitze des noch frühen Vormittags hatte er die Straße zum Bahnhof überquert, zur Athener Metro hin, wischte sich, wie er dachte, mit dem Taschentuch die Abgase vom Gesicht, nun, da er nicht länger mit geschlossenen Augen im Seewind stand.

Die Halle war menschenleer. Er betrachtete die Auslagen auf einem Klapptisch, Bleistifte, Umschläge, Ringordner, bunte Etiketten, Briefmarkensätze für angehende Sammler. Die Alte stand auf, die größeren Umschläge seien ihr ausgegangen, sagte sie. Er nickte, wollte etwas kaufen, fand nichts. Kurz darauf bestieg er die Metro in die Innenstadt.

Am Syntagma-Platz winkte er ein Taxi heran. Der Fahrer stimmte für die kurze Strecke nur widerwillig zu, er fuhr dann südlich, obwohl er in westlicher Richtung schneller am Ziel gewesen wäre. Der Reisende konnte die Säulen am Olympieion schon sehen, dahinter lag das Hotel.

Der Türsteher trug das Handgepäck zur Rezeption. In den Salons saßen Einheimische und Geschäftsleute. Trotz der Beleuchtung war es düster, der Reisende brauchte einen Moment lang, um sich in der weiten Lobby zurechtzufinden. Er stieg ausnahmsweise in diesem Hotel ab, weil es gleich unter der Akropolis lag.

Auch wenn die Vertraulichkeiten, die sich Hotelangestellte bei Griechisch sprechenden Gästen üblicherweise herausnahmen, hier nicht zu erwarten waren, meldete sich der Reisende auf englisch an.

Im Zimmer wechselte er das Hemd. Nur kurz stellte er sich auf den Balkon.

Er verzichtete auf den Fahrstuhl, stieg die Treppen hinunter.

Der Reisende erreichte das kleine Café, trank einen Mokka, den ihm die Besitzerin kochte. In der Patisserie nebenan besorgte sie ihm ein Kadaifi, er hatte darum gebeten.

Neu gestärkt, verspürte er bald das Bedürfnis, sich die Beine zu vertreten, und stand auf.

Die Sonne brannte auf seiner Haut. Er sah zu, daß er nur in den schattigsten Seitenstraßen ging.

Vor dem Bad begegnete er dem Priester wieder. Der Priester blieb stehen und zeigte sich erstaunt, daß der Reisende noch immer in der Stadt war. Nicht noch immer, schon wieder, antwortete er.

Der Priester trug sein schwarzes Gewand und an der langen Kette um den Hals ein dickes, silberbeschlagenes Kreuz mit goldenen Einlassungen, das auf der Höhe des Bauches baumelte. Mein Sohn, sagte er, bleibst du länger in Athen?

Der Reisende wußte, was er in dieser Lage, in die er

sich zwar nicht sehr oft, doch in scheinbar regelmäßigen Abständen brachte, erwidern wollte; er konnte umhin, ins Pfarrhaus oder ins Café eingeladen zu werden, beides dem Einheimischen an sich eine Ehre. Warst du in Smyrna, wie ich dir geraten habe?

Er nickte und überlegte, ob er dem Priester tatsächlich die Hand küssen sollte. Damit hätte er die Form gewahrt, auch wenn er sich anschließend, wie er es vorhatte, abwenden und ihn stehenlassen würde.

Dir soll es gutgehen, sagte der Priester, hob dabei die Hand gerade so weit, daß man sie nehmen und küssen konnte, und er sich nicht blamierte, daß der Reisende das nicht tat.

Im Gehen erinnerte er sich an jenen ökumenischen Gottesdienst, der in der kleinen Kantonshauptstadt ab und zu, eher selten, im Freien abgehalten wurde, nah am Hausberg, unter dem Skilift, neben dem großen Kasernenplatz, den die Stadt früher im Winter als Eisfeld herrichtete. Im Sommer lasen da ein reformierter und ein katholischer Geistlicher – die kleine Stadt hatte zwei Kirchen mit inzwischen ähnlich gemäßigtem Einfluß – die Messe unter dem großen Baum, und auch der Junge fand sich, von Freunden zum kichernden Spaß, den man sich dort bereiten wollte, mitgenommen, unter den Gläubigen ein, hörte zu und schnitt Grimassen, wurde, noch öfter aber die Freunde, von ihren Müttern angestoßen und ermahnt, ruhig zu sein.

Als endlich alle nach vorn gingen, um das Abendmahl zu empfangen, blieb der Junge im Gras sitzen. Komm mit, sagten die Freunde, doch er ließ sich nicht dazu hinreißen.

Zu Hause erzählte er seiner Mutter von dem Erlebnis. Er war stolz, geistesgegenwärtig und mutig gehandelt zu haben. Sie sagte bloß, daß es nicht schlimm gewesen wäre, die Hostie anzunehmen, und strich ihm übers Haar.

Lange wollte der Reisende nun nicht mehr umhergehen. Er schlug den Weg zum Odeon des Herodes Atticus ein, sah den Aufstieg zur Akropolis von weitem bereits.

Er zwang sich dort, langsam zu gehen, Fuß vor Fuß zu setzen wie im Gebirge, in den Alpen, wo stetige, kleine Schritte, ein sicherer Tritt nötig waren. Einmal ging er hinter einer Gruppe älterer Nordamerikaner, dann neben chinesischen Studenten her. Die Hitze hielt sie nicht davon ab, ganz hinaufzusteigen; auch ihn nicht. Er kam der Stelle, die seit Tausenden von Jahren jenen selben Blick erlaubte, näher und näher.

Über ihm der wolkenlose, ein hellblauer, zur hoch stehenden Sonne hin weißlicher Himmel, in seinem Rücken das nur ein klein wenig sattere, noch immer hellblaue Meer, übersät von dem mittäglichen, in jedem Augenblick in unzählige Splitter gebrochenen, zerbrochenen und aufs neue zusammengefügten Weiß, das ihn auch vom Marmor der Säulen und Treppen her blendete.

Bei den oberen Stufen angekommen, wartete er die Sekunden ab, jetzt, und jetzt, da die Menschen, mit denen er heraufgekommen war, noch nicht und nicht mehr in den Propyläen waren.

Er ging dorthin, zwischen hohen Säulen, die seit einiger Zeit wieder ein Dach trugen, wandte sich um: ein weit, bis zum Horizont reichender Blick, auch zur Seite hin, der Himmel so, wie gerade noch und doch so blau wie nie, ebenso blau das Meer, an der Küste die bewaldeten Streifen, Grün, dahinter die Hügellandschaft, im Säulengang der hellblau schimmernde Marmor.

Er blickte lange hin. Mit innerem Blick starrte er schließlich hinaus, und es war ihm kurz, als ob er alles, was er sah, schon vor diesem ersten Mal gesehen hätte.

Er schloß die Augen.

Der Reisende wollte sich das, was er gerade gesehen hatte, für immer einprägen. Er ahnte, daß ihm das nicht gelingen würde.

Wohin? fragte er sich.

Ohne zurückzusehen, stieg er langsam, sehr langsam zum Hotel hinunter.

Er streckte sich auf dem Bett aus. Das Rezeptbuch hatte er in der Reisetasche verstaut. Er wollte es hervorholen. Seine Müdigkeit vereitelte jeden Versuch dazu.

21

Die italienische Reederei hatte vor zwei Wochen darauf bestanden, in Albanien auch das Hotel für ihn zu buchen, dabei kannte der Reisende keinen Ort, an dem die Bevölkerung, von gelegentlichen Distanzlosigkeiten abgesehen, vor Fremden größere Zurückhaltung geübt hätte, grüblerischer gewesen wäre als hier in Durrës.

Ein paar Kinder hatten sich ihm angeschlossen, er verstand zunächst nicht, daß es ihnen um nichts anderes als um seine Gesellschaft zu tun war. Wenn er sich auf die Kaimauer setzte, setzten sie sich links und rechts neben ihn, nicht hungernde, nicht schmutzige, dennoch abgezehrt wirkende zehnjährige und ältere Jungen, vier, manchmal fünf, sechs; wenn er aufs Meer schaute, schauten auch sie einen Moment lang aufs Meer. Sie folgten ihm so, daß sie sich jederzeit einem anderen Erwachsenen, einem mutmaßlich besseren Zeitvertreib, immer aber ihrer eigenen Neugier zuwenden konnten.

Der Reisende war – dieses Ortes nicht kundig und jeder aufgezwungenen Anführerschaft abgeneigt – versucht, sich umgekehrt den Jungen anzuschließen, mit einigen Schritten Abstand dem ältesten, der ausgeschert war: Der Junge ging, wohin es ohnehin gegangen wäre, über den betonierten und mit Sand bestreuten kleinen Platz, deutete dann, zwischen den Autowracks, mit ausgestrecktem Arm auf ein paar junge Männer, die Fußball spielten, dort vorn, am breiten, in der beginnenden Dämmerung unendlich wirkenden Strand.

Der Reisende hörte die Rufe wieder, über die er sich vorhin, im Hotel, gewundert hatte. Er merkte gleich, daß die Männer sich aufs Fußballspiel verstanden, sie paßten den Ball schnell. Er schaute eine Weile hin, ging dann weiter.

Neben einem Bootswrack bemerkte er eine Traube, ähnlich der, die sich um ihn gebildet hatte. Er vermutete darin einen Ausländer, vielleicht einen Italiener, einen Briten, Mitarbeiter der Vereinten Nationen oder des Roten Kreuzes, aus einem Zeltlager. Der Mann blieb immer wieder stehen, er hatte es nicht besonders eilig, mußte mehr noch etwas verloren haben.

Die Kinder um ihn herum blickten zu Boden, manchmal knieten zwei, drei in den Sand und hoben mit den Händen Gruben aus, falls der Reisende richtig sah.

Als er sich der Traube so weit genähert hatte, daß die Kinder zwischen ihnen hin- und herrannten, erkannte er in dem Mann einen Einheimischen.

Zu beschäftigt, um die Hand zum Gruß zu heben, hob er sie erst, als der Reisende neben ihm stand. Der blonde Mann trug einen hüfthohen Holzstiel, der unten mit einer runden Platte versehen war, vor sich her. Er führte die Platte, bereit, in der nächsten Sekunde überrascht zu werden, über den Sand.

Der Metalldetektor blieb stumm, doch der Mann ließ sich nicht ablenken, starrte zu Boden, versuchte es da, und da – wieder nichts.

Er drehte sich im Kreis, ging einen Schritt nach vorn und zur Seite. Die Traube drehte sich verzögert mit, ganz so, als würden ihm die Kinder nicht glauben, daß ausgerechnet da keine Schätze zu heben waren, keine Münze da vergraben lag, auch nicht ein Ring, dort ein silbernes Zigarettenetui, eine vergoldete Brille. Dosen, Konserven, Flaschendeckel waren es, die der Mann vor allem fand, ein Junge ließ den Reisenden in die Plastiktüte mit der Ausbeute schauen. Möglich, daß der Mann die wertvollen Dinge gleich einsteckte.

Noch mit dem ersten, stotternden, wie ausgespuckten Signalton gerieten die Kinder außer sich. Kaum daß der Ton gleichmäßig geworden war, begannen sie, den mutmaßlich sehr wertvollen Gegenstand zu bergen. Der Mann aber suchte gleich an anderer Stelle weiter.

Über diese Arbeitsteilung hätte der Reisende staunen können, wenn nicht bloß eine leere Fischkonserve zum Vorschein gekommen wäre. Der Mann mußte schon am Ton erkannt haben, was da verborgen lag.

Die Kinder fanden später einen Flaschendeckel und ein verrostetes Küchenmesser, beides warfen sie nicht wieder in den Sand, sie legten es in die Tüte, vielleicht nur deswegen, um nicht noch einmal davon genarrt zu werden.

Barfuß, trug der Mann ein Leibchen und eine kurze Hose aus glänzendem, synthetischen Material, weder Kettchen noch Ringe, keine Uhr, bestimmt wollte er auf diese Weise vermeiden, daß der Detektor, ein älteres Minensuchgerät aus italienischen Beständen, beeinflußt würde. Die Jungen mit der Tüte hielten zum Suchenden Abstand.

Der rechte Arm des Mannes schien wesentlich muskulöser als der linke, mit dem er den Kindern anzeigte, wohin er treten wollte. Er verwendete den grauen Kunststoffgriff einer Krücke, den er mit Klebeband am Holzstiel befestigt hatte, stützte das Gewicht des Suchgeräts auf dem Unterarm ab.

Wieder bei der Kaimauer, schaute der Reisende in die untergehende Sonne, bald, dachte er, würden die Lichter angehen, aber es gab hier keine Lichter.

Er wollte sich ins Hotel aufmachen, bevor er dafür auf die Kinder angewiesen sein würde, blickte nochmals über den Strand.

Während er in der Traube zum Hotel ging, betrachtete er die Felsen, die bewaldeten Kalksteinformationen, orangefarben im Abendlicht. Die Berge reichten weiter vorn bis zum Strand, ganz vorn bis zum Meer hin. Von der Westmole am Hafen aus hatte er die nicht sehr hohen Berge, die alpinen Ausläufer betrachtet, er hatte sie schon vom Schiff aus bemerkt, dann auch Teile der byzantinischen Stadtmauer, die Palmen entlang der Küste.

Beim Schlagbaum, vor der betonierten Auffahrt zum Hotel, wollte er sich von den Kindern verabschieden, er drehte sich um, aber da war keiner. Vorhin noch hatten drei ältere schräg hinter ihm gesprochen. Er schaute nochmals zum Strand. In der Dunkelheit konnte er nichts mehr erkennen.

22

Die Botanikerin erschrak über die völlige Dunkelheit in ihrem Schlafzimmer, für einen Moment war sie ohne Orientierung, aufgewacht aus einem Traum, der nicht geendet hatte, nur kurz abgerissen war, wie schon einige Male zuvor. Sie stand auf, ging ein paar Schritte, vom Bett weg, mutmaßlich zur Tür hin, stieß aber, mit ausgestrecktem Arm, bloß gegen die Wand. Unwillig tappte sie zum Bett zurück, suchte das Kopfende, setzte von dort Fuß vor Fuß in die erhoffte Richtung, um nur gerade bei der anderen Wand anzukommen. Wieder beim Bett, ging sie nochmals vom Kopfende zur Tür hin, wie sie dachte – der Türgriff in ihrer Hand gehörte zum Kleiderschrank.

Etwas anderes, als sich aufs Bett zu legen, blieb ihr nicht übrig. Sie versuchte, ihr Entsetzen zu mindern, sie redete sich gut zu, ohne zu wissen, ob sie nun richtig oder verkehrt herum im Bett lag.

Sie fand das Kissen unter den Füßen, setzte sich auf, wandte sich um; da, der Wecker. Im Licht der Nachttischlampe stellte sie nun fest, daß es Mittag war. Sie griff zum Hörer, legte gleich wieder auf. Bei Luiza könnte sie sich auch später noch melden.

Wie üblich wurde sie von der Sonne geblendet, wenn sie

gegen Mittag ins Wohnzimmer trat. Sie setzte Kaffee auf, trank ihn dann am großen Tisch, bei der offenen Balkontür.

Die Servietten und Korken, die sie und der Reisende liegengelassen hatten, schob sie mit dem Arm weg. Daß er, kurz vor dem Morgengrauen, darauf bestanden hatte, das Geschirr abzuräumen, war ihr Antwort genug, genauso, daß er anschließend ging.

In einer wenn auch vagen Hoffnung, mit Meinem Diplomaten gerechnet zu haben, erschien ihr nun falsch und töricht. Das Bedürfnis, zum Telefon zu laufen und die Nummer des Katalanen zu wählen, konnte sie nicht unterdrücken: Der frühere Geliebte ließ es stets etwas länger klingeln, dann nahm er ab, sie hörte seine fragende Stimme. Die Botanikerin hängte ein, noch bevor er das tun konnte.

Sie setzte sich wieder an den Tisch, blickte hinaus. Sie trank den zweiten Kaffee, aß Brot mit Weichkäse, allmählich gewann sie ihre Ruhe zurück. Wie sehr sie sich von dieser Stadt, vom Meer, von den Menschen hier, von der Vegetation, der Flora und Fauna, den Gerüchen, dem unendlich hoch wirkenden Himmel angezogen fühlte, sagte sie sich, und wie wenig das alles doch als Erwiderung auf ihre Wünsche taugte.

Die Kopfschmerzen hatten zugenommen, nachdem sie ins Sonnenlicht geschaut hatte. Sie kehrte ins Schlafzimmer zurück, legte sich aufs Bett, schloß die Augen. Kaum hatte sie eine Hand unters Kissen geschoben und die andere unter ihren Rücken, sah sie sich in Zehlendorf, an jenem Weiher, dem Tümpel unter den alten Birken. Sie blickte übers Wasser, zu den Gärten der Villen, dann nochmals übers Wasser. Wenn sie sich anstrengte, konnte sie das Gewächshaus ihrer Mutter erkennen, dort vorn, aber sie wollte sich nicht anstrengen, ihr jugendlicher Kopf war am Wasser heiß geworden. Sie schlenderte auf dem Pfad zurück, bemerkte einen jungen Mann auf dem Gehsteig. Er hievte eine lederne Tasche in den Kofferraum seines Sportwagens, warf die Klappe zu. Der Nachbarssohn hatte sich in den vergangenen Jahren, die er im nördlichen Ausland verbracht hatte, kaum verändert, dachte sie und trat aus dem Wäldchen. Er freute sich, sie zu sehen, sie umarmten sich. Das war doch Maries Ledertasche, sagte sie. Der Nachbarssohn nickte.

Jener späte Nachmittag ließ, schnell hatte er sich verdunkelt, ein Gewitter erwarten, Marie, der Nachbarssohn und das Mädchen, das die Botanikerin gewesen war, rannten zur Haltestelle. Sie warteten dort, wagten es dann, weiterzurennen, kamen aber nur bis vor das Haus an der Ecke. Sie stellten sich unter das breite Vordach der Garage, lachten, hockten sich, als der Regen andauerte, gemeinsam auf den Asphalt.

Marie nahm die Hand der einen und des anderen und hielt sie in ihren Händen. Jetzt bleiben wir hier, bis der Regen aufhört, sagte sie. Das war der Botanikerin nur deshalb peinlich, weil sie die Hand des Jungen in ihrer Hand spürte. Da war sein Zeigefinger, der auf ihrem Zeigefinger zu liegen kam und der sie an die fremde Hand, den Arm, den ganzen Körper des Jungen denken ließ. Ärgerlich genug, schien von der Hand eine Kraft auszugehen, die sie, um sich ihr entziehen zu können, vor sich kleinredete.

Sie tat so, als wäre sie des Regens wegen unleidlich – alles andere wäre ihr noch peinlicher gewesen. Ihre Hand wurde auf der Kalksteinstufe naß, da merkte sie, daß die beiden aufgestanden waren. Komm, sagte Marie. Der Mann am Fenster rief alle hinein.

Die beiden Erwachsenen waren ihr nicht gänzlich unbekannt, sie hatte sie da und dort, beim Einkaufen, gesehen, noch nie aber ein Wort mit ihnen gewechselt.

Wie geht's, fragte der Mann. Er mochte so alt sein wie ihr Vater, er trug ein weißes Hemd und eine graue Bundfaltenhose, das volle braune Haar mit Seitenscheitel. Gut, antwortete Marie für alle. Die Frau, das Haar auf die überkommene Weise aufgetürmt und mit zwei langen Nadeln fixiert, wollte die Namen der drei in Erfahrung bringen, gab ihnen die Hand, forderte sie auf, sich auf die Couch zu setzen.

Die Kinder fanden sich von einem Augenblick auf den anderen in einem fremden Wohnzimmer wieder, schwiegen. Der Mann erklärte ihnen, wie der Regen entsteht; das wußten sie nicht. Euch sind bestimmt die Fische aufgefallen, sagte die Frau, als sie mit dem Orangensaft zurückkehrte. Sie stellte das Tablett auf den Tisch, deutete mit dem Kinn in die Ecke.

Ihr Mann, der gar nicht ihr Mann war – die beiden Geschwister lebten seit je zusammen –, kniete lächelnd vor dem schmalen Wasserbecken, das die Wand entlanglief, um die Ecke und durch die Seitenwand, das Ende war nicht zu sehen.

Marie ging als erste hin, die Botanikerin und der Junge folgten ihr, sie sahen die bunten Fische und darunter, unter dem gläsernen Beckenboden, den hellblauen Teppich. Die Botanikerin schritt das Aquarium ab und kam dann wieder in den Flur, von wo es in ein anderes großes Zimmer ging, dort einmal herum und anschließend in ein wieder anderes

Zimmer, eine Art Studierzimmer, in dem auch eine Chaiselongue stand, die der grünlichen, weichen Chaiselongue ihres Vaters ähnlich sah.

Ihr Vater mochte es, auf der Seite liegend Pfeife zu rauchen und Kurzwellenradio zu hören, die karibischen und afrikanischen Stationen, die skandinavischen und die restlichen europäischen Sender, die er ihr beigebracht hatte zu unterscheiden.

Das Mädchen betrachtete einen Fisch, der, als nun das Licht im Aquarium anging, bunt leuchtete. Beim Schreibtisch endete das Becken, sie kehrte ins Wohnzimmer zurück. Die anderen beiden hatten sich vor die Wand gehockt, ließen sich von dem Mann erzählen, wie die Fische in Latein heißen. Die Frau fragte die Kinder, ob sie Kuchen wollten. Marie bejahte für alle.

Der Kuchen schmeckt sehr gut, sagte die Botanikerin; ein Marmorkuchen mit Schokoladenüberzug. Den hatte die Frau gebacken.

An der Tür klingelte es. Die Frau kehrte mit zwei Schulfreunden der Botanikerin zurück. Das hat sich also herumgesprochen, sagte der Junge und schob sich an seiner Schwester vorbei. Er setzte sich hin und nahm unaufgefordert vom Kuchen, redete dann mit dem Mann über die Fische.

Bald wirkte der Mann abwesend, er wischte sich mit dem Taschentuch über die Stirn. Nachdem er mehrmals stark gehustet hatte, verabschiedete er sich von den Kindern, zog sich in sein Arbeitszimmer zurück.

Der Regen hatte aufgehört, in der Abenddämmerung leuchteten, weit vorn, ein paar dünne rötliche Streifen am Himmel. Die Kinder gaben der Frau die Hand, riefen dem

Mann zum Abschied zu, erhielten aber keine Antwort. Er liegt jetzt auf der Chaiselongue und liest, er hört euch nicht, sagte die Frau und schloß lautlos die Tür hinter ihnen.

23

Er hätte sich wieder für diesen offenen, menschenleeren, von der Sonne schon am Morgen erleuchteten und erwärmten Speisesaal entschieden.

Wie lange er sich schon am kleinen, mit einem weißen über einem orangefarbenen Tuch bedeckten Tisch im Speisesaal des Hotels aufhielt, hätte er nicht angeben können, jetzt, am späten Vormittag, nachdem die anderen Gäste längst in ihren Tag aufgebrochen waren.

Seit einiger Zeit schon betrachtete er die weißen Lilien in den Vasen vor den Fenstern, er würde beim Hinausgehen daran riechen, dachte er, die Botanikerin hätte das bestimmt getan. Gestern abend hatte sie ihm wieder gefallen, ihre Nähe hatte ihn beruhigt.

Er ließ sich nochmals Kaffee und Wasser bringen. Er blickte aus den Fenstern auf die Straße hinaus. Das Meer konnte er nicht sehen, er wußte es dennoch in der Nähe.

Nach dem Frühstück ging er in die Lobby, wo ihn die Rezeptionistin mit Namen begrüßte. Er gab der jungen Frau den Schlüssel, eine Magnetkarte, zurück.

Das Schildchen am Revers ihrer Kostümjacke leuchtete auf, er drehte sich um – es war das Blau des Himmels, das auf dem Schildchen widerschien, nicht das Blau des Meers.

Er bezahlte und nahm von der Katalanin den kleinen Stadtplan an, obwohl er ihn nicht mehr benutzen würde.

Mit seinem Handgepäck trat er auf den Gehsteig, die Hitze erschien ihm unerträglich. Er hatte noch Zeit. Für die Abfahrt mußte er sich zwei Stunden zuvor beim Zahlmeister melden, das war zu schaffen.

Das Taxi brachte ihn zum Parc de les Tres Xemeneies. Dort ging er ein wenig im Schatten der Pinien. Er dachte an das Rezeptbuch und setzte sich später ins Café, wo er in seinen Notizen las.

Müde, wie er war, schloß er die Augen. Er döste nicht, er sah die Botanikerin vor sich. Er hatte nicht vergessen, wie sie ihn vor ein paar Stunden angeschaut hatte. Er hoffte für die Botanikerin, daß sie ihm das sehr verübeln konnte – was genau? Was immer sie ihm verübelte, er hätte ihr, aus einem Grund, recht gegeben: Sie würde ihn um so schneller vergessen können. Er schaute in den Park. Die Flügeltür des Geräteschuppens dort vorn stand offen, er versuchte, gegen die Sonne hineinzublicken.

Der Junge, der er gewesen war, hatte nicht umhinkönnen, sich den neuen Werkhof anzuschauen. Er nahm den Weg durch den Wald, seinen bevorzugten Weg, zwischen den Ästen, Zweigen und den Baumwipfeln sah er die verwitterten Kalkberge, fast in greifbarer Nähe. Der Junge staunte auf dem geteerten Zubringer, den er noch nicht kannte, nur über die Länge des Betonbaus mit der grünen Verschalung. Die drei Straßenreinigungswagen und zwei Kleintransporter auf dem Vorplatz leuchteten orangerot – am Waldrand war das die Signalfarbe, die sie im Straßenverkehr, selbst in der kleinen Kantonshauptstadt, nicht sein konnte.

Was nicht orangerot leuchtete, die Planen und Stangen,

schimmerte dunkelgrün, die Seile, Säcke, die Stiele der Schaufeln und Besen hoben sich bestimmt bloß deswegen aus dem Orangerot heraus, um es im Kontrast, der das Auge ohnehin dauernd reizte und täuschte, noch stärker wirken zu lassen, dachte sich der Junge. Er näherte sich dem Werkhof. Neu kam ihm alles nur deshalb vor, weil es auch neu war: Die alten Werkzeuge und Fahrzeuge kannte er zur Genüge.

Auch jetzt, am Nachmittag, war die Halle grell erleuchtet, an den Wänden hingen Sägen und Kettensägen in mehr als ausreichender Zahl, darunter Schneeketten. Auf Paletten stapelten sich Säcke mit Splitt. Der Junge sah die neuen Schneeschleudern, sie glänzten, aneinandergeschoben, vor sich hin. Auf tiefen, dunkelgrünen Eisenböcken lagen die Schaufelvorsätze für die Jeeps, nach Größe geordnet. Er betrachtete Straßenkehrmaschinen, an der Wand die dazugehörigen Aufsätze, Tellerbürsten, Rundbürsten. Beim Eingang bemerkte er dunkelgrüne Wollkleidung und orangefarbene Schutzkleidung, deren silberne Streifen an den Borden, an Schulterteilen und Ärmeln sinnlos leuchteten. Den Boden hatte man dunkelgrün gestrichen und in gelb umrandete, numerierte Felder aufgeteilt, darin war Platz für Handwalzen, Schubwalzen und die Kehrwalzen, darüber, auf Metallregalen, Dutzende noch verschweißter Rollen aus rot-weißem Signalband. Hier mußten auch neue Reifen aufbewahrt werden, dachte der Junge, der Gummi roch stark.

Als die Männer in die Halle traten, blickten sie den Jungen an, beachteten ihn dann aber nicht mehr. Die Bergler scherzten miteinander, in Gesellschaft waren sie oft aufgeräumt. Sie hatten sich Bärte stehen lassen, rauchten dünne, krumme Zigarren, deren Rauch der Junge nicht ausstehen konnte. Bald stiegen sie in die Wagen und fuhren davon, nur einer blieb zurück, er setzte sich auf den Holzstuhl, nahm das Fernglas, suchte die Felsen nach Gemsen ab.

Das Orangerot, das Dunkelgrün, das Gelb am Boden, das Grau der Betonwände: Die neuen Farben und Linien, die das Auge des Jungen reizten und seine Gedanken ordneten – wenn auch nur in der Art, wie die Werkzeuge an den Wänden geordnet waren –, erinnerten ihn an die Comics, die sich in seinem Zimmer, unter seinem Bett stapelten. Die klaren, einfachen Formen, die meist nur Grundfarben einfaßten, kamen den Comicfiguren entgegen, es konnte kein Hintergrund flächig genug sein, um den bunten, den blau-weißen, rot-weißen, gelb-weißen Figuren Geltung zu verschaffen. Der Junge las täglich von ihren Abenteuern.

Die neuesten Comics, die knallig bunten Taschenbücher, hatte er stets dabei, wenn er mit seinen Eltern und Geschwistern auf Reisen war. Er wußte allerdings, daß er sich, wo immer es hingehen würde, auch am Ziel die Comics besorgen konnte: Aus den gelben Schnäbeln kamen einmal griechische Wörter, einmal italienische, dann wieder deutsche, französische, kastilische – die Sprache war dem Jungen gleichgültig. Hätte er nicht schon durch die Bilder verstanden, worum es in einer Episode ging, hätte er das von den Schnäbeln seiner geliebten Figuren sinngemäß ablesen können.

Mit Bürgerrechten ausgestattet, schlugen sich die vermenschlichten Enten und Mäuse, Hunde und Gänse durch ihre Abenteuer. Sie lebten in einer zivilen Gesellschaft, lange bevor der Junge wußte, was das sein konnte. Im Griechenland der späten siebziger Jahre verbreiteten sich die

Comics schnell, es galt bei den Studenten als schick, sie im Hörsaal, am Strand, im Café zu lesen. Er bat dort seine Mutter, die Taschenbücher zu beschaffen, sie kam oft mit mehreren zurück. Seine Geschwister blätterten bloß darin, zum so großen wie heimlichen Glück des Jungen warfen sie ihm die Comics früher oder später hin.

Der Reisende packte seine Notizen zusammen.

Er verließ den Park, ging auf dem Gehsteig bis zum Kiosk vor.

Die Comics wurden hier neben den pornographischen Magazinen feilgeboten. Den Reisenden überkam ein Ekel, den er, einen Augenblick lang, als menschlichen Ekel vor sich selbst empfand.

24

Wie lange die Botanikerin nun schon im Miró-Park saß, unter den verstreuten mittäglichen Besuchern, hätte sie nicht angeben können. Sie überlegte, wie weit es von hier zum Vasenladen war, die Gesellschaft der Slowenin würde ihr guttun.

Sie ging zur Straße vor. Der junge Streuner wäre heute eine aufheiternde Begleitung, dachte sie, wenn sie auch nicht wußte, ob es Aufheiterung war, was sie suchte. Sie nahm sich vor, am Abend nach dem Hund, den sie dem Katalanen anvertraut hatte, zu fragen. Futterdosen waren vorrätig, vielleicht vermißte sie der Hund schon.

Am besten, sie führe jetzt doch zum Jardí, dachte sie. Bei der Haltestelle entschloß sie sich aber, ein Stück weiterzugehen.

Sie nahm später den Bus zum Strand. Ganz hinten, beim offenen Fenster, setzte sie sich hin.

Die wenigen Fahrgäste sahen auf die Gehsteige hinaus. Sie blickte, wohin sie blickten, verfolgte, was die Aufmerksamkeit der älteren Männer erregte: Autos, Plakatwände.

Ein Bad im Meer würde sie nicht nehmen können, sie hätte sich noch in der Wohnung dazu entscheiden müssen.

Wenn es stets ein Vergnügen für sie war, im Bus zu fahren

und die Menschen zu betrachten, bevor sie am Strand unter dem Sonnenschirm oder im schattigen Café saß, dann kam es ihr heute als bloße Möglichkeit vor, die Zeit, die sie lähmte, hinter sich zu bringen. Gleich würde sie barfuß auf dem Sand gehen, im seichten Wasser, später unter den Palmen der Promenade, so stellte sie sich das vor.

Sie stieg aus dem Bus. Weshalb ihr die Badegäste heute so häßlich erschienen, mochte sie sich nicht fragen. Sie streifte die Schuhe ab, ging auf dem heißen Sand auf Zehenspitzen und dann doch in der Rinne, die das Duschwasser zum Meer hin geschlagen hatte.

Im seichten Wasser blieb sie kurz stehen, den Saum ihres Kleides in der einen Hand, in der anderen die Schuhe, die Handtasche unter den Arm geklemmt. Sie watete durchs Wasser, schlängelnd, es reichte ihr bis zum Knie, weiter vorn bis zum Knöchel, dann wieder bis zum Knie und auch ein wenig darüber. Sie wandte den Kopf zum offenen Meer hin, schloß für einen Moment die Augen.

Sie konnte dann nicht umhin, die halbnackten Männer und Frauen wieder und wieder anzusehen. Sie blickte auf runde, große, behaarte und kahle Köpfe, gebeugte, kurze, lange Rücken, schmale, breite, schräge Schultern und Hüften. Auch sie selbst war den anderen hier nur gerade ein Körper. Das Sommerkleid kam ihr unpassend vor, schnell lief sie aus dem Wasser, zwischen den Sonnenschirmen zur Strandbar.

Schau, dort, eine Deutsche in Eile, hätte der katalanische Geliebte gesagt und dann lange gelacht. Nur eine Deutsche, eine Fremde, konnte hier in diesem Aufzug in der Sonne laufen, das brauchte ihr niemand nachzurufen, sie kannte die Leute gut genug, um es auch so zu hören.

In das lautlose Gelächter stimmte sie nicht ein. Nur wenn sie ganz bei sich war, konnte sie über sich lachen, über die Rubia, die Blonde, als die man sie in Barcelona sah.

Im Schatten der Plane tupfte sie sich mit dem Papiertaschentuch Stirn, Nase und Mund. Sie blickte zum Himmel, den sie genau so schon vom Balkon aus gesehen hatte. Am Tresen kaufte sie eine Flasche Wasser.

Kaum daß sie sich gesetzt hatte, trat ein junger Katalane in Badehose und Segeltuchschuhen heran und bat sie um den freien Stuhl, sie nickte. Er trug ihn zu seinen Freunden an den vorderen Rand der Plane.

Sie fragte sich, was sie in dieser Stadt tat und was in den vergangenen Tagen vorgefallen war, aber sie kannte die Antworten schon. Wie um sich zu vergewissern, daß sie einst ihre Gründe hatte, fragte sie sich das ein weiteres Mal.

Sie war nach Barcelona gekommen, weil das Angebot vom Jardí ihr als Glücksfall, als das erschienen war, wonach ihr verlangte.

Sie trank aus der Flasche. Man darf sich nicht täuschen lassen, dachte sie, ein enges Hin und Her, ein Vertrautsein, das kann man mit jedem, mit fast jedem, den man mag, herstellen. Sie wollte in diesem Augenblick glauben, daß sie in eine Falle getappt sei, die sie sich womöglich selbst gestellt hatte, von eigener langer Hand vorbereitet, in Berlin.

Der Reisende war nach Barcelona gekommen, um sich zu verabschieden. Es hatte keinen Zweck, dachte sie, ihn aus der Wüste, die das Meer für ihn war, hinausführen zu wollen. Das mußte jemand anderes tun.

Sie stand auf, kehrte zur Haltestelle zurück. Außer ihr wartete, mitten am Nachmittag, niemand auf den Bus.

25

Das Schiff legte im Hafen von Barcelona pünktlich ab. Der Reisende schaute über die nächtliche Stadt. Bald begab er sich in seine Kabine.

Der erste Blick in der Kabine galt stets dem Bett, der zweite dem Fenster oder Bullauge, dessen Größe und ob es, sinnloserweise, im Notfall geöffnet werden konnte.

Diese Kabine war weiß tapeziert. Der Reisende schätzte das Alter der Tapete, die sich über die Decke zog und an der anderen Wand unter dem Teppich verschwand, am Kontrast zum weißen Kopfkissen, es war ihre erste Saison. Er roch den Lufterfrischer, darin das Nikotin.

Noch keine dieser engen Einzelkabinen, in der er sich nicht wie in einer Abstellkammer vorgekommen wäre: Einbaumöbel aus furniertem Holz, die Stromleitungen in Schienen über Wände und Decken geführt, das Licht grell; die türkischen und griechischen Betten französisch gemacht, mit weißem Laken und einem weiteren Laken, einer dünnen, grünen oder hellbraunen Schlafdecke, ganz so, wie sein Bett in der kleinen Kantonshauptstadt. Der Anblick rührte ihn, wenn auch nur der Mühe wegen, die das Zimmerpersonal, die Griechinnen und Türkinnen, die Maghrebinerinnen und Russinnen darauf verwandten, als wäre der Schlaf vom ganzen Tag zweifellos das Wichtigste.

In der nur notdürftig gekühlten, engen Außenkabine streckte er sich auf dem Bett aus, las. Er hatte nach dem Abendessen das Rezeptbuch in den Bogen Butterbrotpapier aus Izmir eingeschlagen und wieder in der Reisetasche verstaut, die Zettel genügten ihm hier.

Wenn er seine Übertragungen verglich, achtete er auf die Schreibweise. Sie war nicht so unterschiedlich ausgefallen, wie er – zu Beginn, in Alexandria – befürchtet hatte, noch bevor er die deutschen Wörter gegeneinandersetzen konnte. Beruhigt sah er, daß er dabei stets, die ganze Reise über, konzentriert war.

Er schloß die Augen. Er fiel in einen unruhigen Schlaf, aus dem er öfter erwachte. Er beobachtete durchs Bullauge, wie der Tag anbrach.

Sehr früh am Morgen stieg er an Deck. Auf dem kühlen Deckstuhl blickte er in die Morgensonne; vor ihm ausgestreckt, bis zum Horizont, das ruhige, wie ihm sein wollte, ungerührte Meer.

An dem Zettel, den er als letzten gelesen hatte, war ein Faden mazedonischen Honigs eingetrocknet, er kaute ihn. Hier sitzt es sich gut, dachte er, und schloß die Augen.

Das kleine, grüne Heft mit den ägyptischen Rezepten hatte ihm die erwartet guten Dienste geleistet, war ihm ein Fundus und eine Referenz gewesen, er besaß auch eine griechische Fassung davon, ebenfalls in Grün. Sie unterschied sich von der arabischen – deutlich genug – nur durch die Schrift. Er hatte aus dem Album transkribiert und übersetzt, um schließlich eine deutsche Fassung der Rezepte zu besitzen: Sie bedeutete ihm so viel, oder nur so viel, daß er sie, den einen oder anderen Zettel, eine Zeitlang mit sich herumtrug, im Handgepäck, selten in der Innentasche des Jacketts.

Im Altgriechischen und im Deutschen fand er einen – der ähnlichen Satzstellung wegen – gemeinsamen Rhythmus vor, dem er sich gern ergab. Er strebte einen Gleichklang und Gleichtakt an, in den er das Arabische und das Türkische allerdings nicht zu überführen vermochte. So hielt er sich oft an die erste Bedeutung der arabischen und türkischen Wörter, die dabei bloß ihre erste Bedeutung preisgaben, nur selten auch die Bedeutungen, die sie im verborgenen hatten, ihre Herkunft und Zukunft, ihre gegenseitigen Spiegelungen und Verzerrungen, die erneut die erste Bedeutung beeinflußten und früher oder später für eine kurze oder lange Zeit selbst zur ersten Bedeutung wurden.

Der Reisende hatte seine Übertragungen, die Rezepte – in arabischer, türkischer, griechischer, französischer, englischer Handschrift verfaßt – in seiner deutschen Sprache und seiner eigenen Handschrift vor sich sehen wollen, und er hatte sie stets überprüfen wollen: in der Backstube, in der Patisserie.

Sobald er die deutsche Fassung eines Rezepts verinnerlicht hatte, warf er den Zettel weg. Er wollte alles, was im Album stand, übertragen, anschließend verinnerlichen.

Als der Reisende in Izmir in die alte Backstube mit dem Holzofen vorgelassen worden war, schaute er sich zunächst um.

Was immer er dort in die Hand genommen, betastet, gewogen, gedrückt, zwischen den Fingern zerrieben hatte, kam ihm vertraut vor. Die Hitze war unerträglich, nur

Milch, Butter und Teig fühlten sich kühl an. Man gab ihm eine weiße Schürze, er knetete den Teig, wie er es versprochen, bevor man ihn in die Backstube gelassen hatte.

Dieses Rezept kennen wir selbst, bekam er von den beiden Besitzern der Backstube zu hören, auch das andere und wieder das andere, aber wo hast du sie her?

Die wirklich alten Rezepte aus dem Album enthielt er, in Alexandria, Piräus, in Izmir, wo immer, den erstaunten Zuckerbäckern vor. Nicht, weil man das so tat, er hatte damals bloß noch keine Gewißheit, daß die Rezepte hervorbrachten, was er sich von ihnen versprach.

Während er für die Zuschauer rührte und schabte, raffelte und übergoß, buk er im geheimen zugleich nach einem zweiten, verinnerlichten Rezept, nach Teilen davon, etwa eine Füllung oder ein wenig Mürbeteig, eine Glasur, einen kleinen Tortenboden.

Zu Beginn waren seine Übertragungen mangelhaft, wenn es auch bloß jener Mangel sein mochte, den, wie er dachte, jede Übertragung einschloß, auch jedes schriftliche Festhalten, jede Verkürzung auf ein paar Zeilen, jedes verkürzte Bewahren.

Er buk nach der verinnerlichten, vollständigen Anleitung. Ob seine Übersetzungen aus dem Griechischen, Arabischen, Türkischen, Französischen, Englischen richtig waren, konnte er: schmecken.

Er überprüfte, was er falsch angenommen oder richtig verstanden hatte, indem er die Süßspeise kostete.

Im sechsten arabischen Rezept nochmals die vierte Zeile anschauen, dabei das türkische Wort einsetzen, dachte er essend. Bei Graupe im griechischen Wörterbuch nachschlagen, es müssen im smyrnäischen Rezept etwas anderes als aufgeweichte, gesiebte Graupen gemeint sein, so wie das jetzt schmeckt.

Er hatte eine Möglichkeit gefunden, das Rezeptbuch, das in fremden Sprachen verfaßt war, fehlerlos zu erfassen.

Einmal hatte er einen Tag damit verbracht, eine Vignette in Form einer Galeere, nachdem er sie als Zierschrift erkannt hatte, für sich aus dem Rand der Seite herauszulösen, zu übersetzen, zu entziffern und anschließend Ziffer für Ziffer wieder zusammenzufügen. Das war ihm kein verlorener, kein vergeudeter Tag. Am Ende las er nur: Er ist es selbst.

Das Rezept daneben kannte er, er wußte, daß es nur darauf ankam, den Kadaifiteig auf die richtige Weise herzustellen, ihn dann hauchdünn auszuwalzen und zu schneiden und wieder zu schneiden, bis aus den Streifen Strähnen, aus den Strähnen Locken, aus den Locken einzelne Haare oder Halme wurden, die er kurz buk, nicht etwa goldbraun. Gelblich-weiß und dürr geworden, mußten sie später, falls sie nicht gleich zerbrochen waren, zerbrochen werden, finger- und fingerkuppenlang, damit er sie über die Unterlage, den Teller, streuen konnte. Mit dem Eßlöffel schöpfte er die Füllung aus der Schale auf die dürren, hierhin und dorthin weisenden Halme, wickelte sie darin ein; für die Füllung konnte er Walnüsse, Pistazien oder Mandeln verwenden, er bevorzugte Mandeln, zerstückelte sie, rieb etwas Zitronenschale drauf, während er den Walnüssen, selten, einen Teelöffel Zimt beimengte. Zwei Eßlöffel Branntwein, Zukker, ein Ei, dieses kurz gerührt, er verknetete die Masse, die schnell daraus entstand, drehte sie dann, mit dem Löffel portioniert, auf den Halmen, bis der Kadaifi so lang wie sein Zeigefinger und doppelt so dick war.

Er legte die Teilchen aufs Blech, goß über jedes zwei Eßlöffel geschmolzener Butter, buk sie nun goldbraun. Vom Sirup – aus Zuckerwasser und der Saft einer Zitrone, auf dem Herd verdickt – konnte er nie genug anrühren. Jede Portion sollte, etwas abgekühlt, darin aufschwemmen.

Der Reisende stand auf, stellte sich an die Reling, das Gesicht im Fahrtwind.

Nun, da er das Rezeptbuch übersetzt und seine Übersetzungen am Gegenstand, der Patisserie des Mittelmeers, geprüft hatte, erschien es ihm ohne Ziel, weiterzureisen.

Vor seinem inneren Auge zeichnete sich die Küste ab, grün, hügelig. Bald würde er die tatsächliche Küste sehen, er lächelte.

Konnte er es bisher kaum erwarten, an Land zu gehen, focht ihn die lange Passage jetzt nicht mehr an.

Er sah aufs Meer hinaus, dorthin, wo er hergekommen war.

Venedig, 2002–Athen, 2006

Unter Umständen
Ein Nachwort nach zehn Jahren

«Er wußte, daß es unter Umständen, die vielleicht seine Umstände waren, nur eine Generation dauert, bis der Flüchtling zum Flaneur wird.» Als ich um das Jahr 2000 diesen Satz in ein Notizheft schrieb, wußte ich noch nicht, wozu. Ich hatte zwar vor, ihn in einem Text unterzubringen, durchaus in einem längeren Text. Aber ich ahnte wohl bloß, daß ich die Bewegung des Satzes aufnehmen und mit ihm durch die Generationen reisen würde, durch Städte und Landstriche, stets in der Nähe des Wassers, des Mittelmeers, wenn nicht gleich auf dem Mittelmeer, auf Passagierschiffen, Frachtern, Fähren, Zodiacs und Barken.

Hatte ich in meinen Büchern zuvor auf die eine oder andere Weise auch identifikatorische Momente verarbeitet, so beschäftigte mich zu der Zeit, um das Jahr 2000, die Frage nach dem Eigenen und dem Fremden noch dringlicher als zuvor – ich vermute, mein Umzug von Zürich nach Berlin 1995 verlangte nach einer persönlichen Klärung. Ich hatte mich in der Metropole zwar bestens eingelebt, allerdings auch den Grund, weshalb ich dorthin gezogen war, etwas zu beargwöhnen begonnen: die Anonymität.

Anonym zu leben, nicht wissen zu wollen, wer gerade den

Stadtteil, in dem man lebt, regiert, den Bäcker, den Schuster, den Frisör, die Zahnärztin und den Hausmeister zu seinem unmittelbaren Umfeld zählen zu wollen, allein um sich dem widmen zu können, wofür man hergekommen war, dem Schreiben und Lesen und nochmals dem Lesen und Schreiben – das hat in seiner gesteigerten Arbeitsmoral zwar nichts Ehrenrühriges, sicher aber auch nichts Heldenhaftes. Kurzum, in einem basisdemokratischen Land wie der Schweiz zur Welt zu kommen und über alles mitzureden und mitzuentscheiden, über jede kleine Brücke, die gebaut oder nicht gebaut wird, über den Zukauf von IT-Gerät in der Kantonsverwaltung usf., mithin die Selbstverständlichkeiten der abgeklärten Zugehörigkeit von klein auf einzuüben und seinerseits vorzuleben – von dort ist es ein großer Sprung in die selbstgewählte Isolation in der Weltstadt, zu der sich Berlin damals kraftvoll zu werden anschickte.

Dieser Sprung von der gebirgigen Provinz in ein kontinentales Zentrum und damit zusammenhängend die neuen Vektoren und Tangenten im Alltag ließen in mir eine Sehnsucht entstehen, eine ganz nüchterne nach dem, was mich vielleicht ausmacht, im Vergleich zu dem, was andere vielleicht in mir, dem Schweizer mit dem griechischen Namen, sehen. Das Eigene und das Fremde, aneinander abgeglichen und zerstoßen, vermengt und destilliert, aneinander gegoren und vor sich selbst zur Kenntlichkeit verklärt – geboren war die sublime Idee von der höchstpersönlichen Grand Tour, deren Stoff ich erst noch weben musste.

Ich tat das auf Schiffen, während ich an Land meine Notizhefte mit all dem anfüllte, was mir des Notierens würdig erschien: Begebenheiten, Landschaften, Menschen, wieder und wieder und immer wieder Begegnungen, in der Levante, im Maghreb, in Kleinasien, im Nahen Osten, an der Côte d'Azur; ich spielte in Tel Aviv Backgammon, trank süßen Tee in Marokko, hörte den schwärzesten Rembetiko in Piräus. Und jedesmal, wenn ich anlandete, fragte ich mich, was das alles mit mir zu tun hat; all das in der Hoffnung, von den äußeren Zuschreibungen durch mitteleuropäische Mehrheitsgesellschaften nicht zum Narren gehalten zu werden.

Nun denn, zehn Jahre, nachdem ich mit eigenen Augen den fatalen Mangel auch bloß jeden Anzeichens von einer offenen Gesellschaft in Ägypten, in der Türkei, in Algerien, die verkümmerten Ansätze zu einer Zivilgesellschaft gerade auch in Griechenland gesehen und beschrieben habe, zeigt sich das Ausmaß der sozialen, ökonomischen und letzten Endes menschlichen Katastrophe an den Gestaden des Mittelmeers so deutlich wie seit Jahrzehnten nicht mehr – trotz des Arabischen Frühlings, der unter Auslassung des Sommers längst schon wieder in den Herbst übergegangen ist. Täglich sind in den vergangenen Jahren Hunderte und Tausende Menschen auf dem Mittelmeer ertrunken, auf der Flucht, die nie etwas Romantisches, immer und in jedem Fall traumatisch und lebensbedrohlich ist – wie jedes erzwungene Verlassen.

Meine Familie väterlicherseits ist in den vergangenen drei Generationen zwei Mal geflüchtet, von Izmir, das damals Smyrna hieß, nach dem kosmopolitischen Alexandria, wo mein Vater auf die Welt kam, nach der Schweiz; mütterlicherseits aus dem ebenfalls bürgerlichen Haushalt in Zypern nach Alexandria, von dort eine Generation später nach der verschneiten Schweiz. Sie mussten stets alles zurücklassen – nur ihre Bildung und ihre Erfahrung nicht. In Ägypten, zu jener Zeit eine englische Kolonie, waren meine Eltern zuletzt bei der Uno beschäftigt, am Stützpunkt in Gaza, in dessen Militärkrankenhaus zu Beginn der Sechzigerjahre meine Schwester zur Welt kam. Die Familiengeschichten in ‹Land› sind frei imaginiert. Keiner meiner Vorfahren besaß eine Patisserie, weder in Alexandria noch an einem anderen Ort.

In Alex aber, wie die Einheimischen die Stadt einst nannten, beginnt ‹Land›. Ich fragte mich damals zu jenem Platz durch, wo die Karriere der Sängerin Amal Maher ihren Anfang nahm. Ich erkundigte mich, dem Zufall und meiner Gedankenlosigkeit geschuldet, vor einer Ampel bei einer Frau mittleren Alters. Unter den mit einer Burka bekleideten Frauen in der Nähe war sie die einzige, die ein Kopftuch trug. In perfektem Englisch erklärte sie mir den Weg, fragte dann aber erbost, weshalb ich ausgerechnet sie, eine Frau, nach dem Weg frage, das könne ich ihr doch nicht antun. Ich bat höflich um Verzeihung und machte, dass ich weiterkam. Etwas entfernt bemerkte ich die misstrauischen Blicke ihrer Begleiter.

Ich hielt diese Begegnung fest, in meinem Notizheft. Sie gehört zu jenen Notaten, die ich nicht im Roman verwendet habe; rund ein Dutzend Notizhefte hatte ich auf meinen Reisen am mare nostrum gefüllt, Hunderte, Tausende Notate harrten ihrer Verarbeitung. Und doch blieben viele Notate zurück, ich konnte sie in dem narrativen Zusammenhang des Romans nicht verwenden. Schon während der Arbeit an ‹Land› wurde mir allerdings klar: Diese Findlinge unter den Notaten bildeten bereits den Text, nach dem ich suchte – nicht ‹Land›, sondern etwas Eigenständiges. Die singulären Notate gruppierten sich auf einer anderen erzählerischen Ebene, auch wenn sie Notate blieben. Es waren Notate vor allem über vier Städte. Das gebundene kleine Buch, das daraus entstand, trägt den Titel ‹Die Stadt an den Golfen. Thessaloniki, Berlin, Zürich, Alexandria› und kam 2004, drei Jahre vor ‹Land›, mit einem Nachwort von Ingo Schulze heraus. Es ist so etwas wie die B-Seite zu ‹Land›, wenn man den Vergleich bemühen will zu den Jazz-Schallplatten, die auf ihrer A-Seite den Ohrwurm und auf der B-Seite die Instrumentalversion enthalten.

Zehn Jahre sind nun, da die Taschenbuchausgabe erscheint, seit der Erstveröffentlichung des Romans ‹Land› vergangen, und die Welt am Mittelmeer ist in der Zwischenzeit zusammengebrochen. «Er wußte, daß es unter Umständen, die vielleicht seine Umstände waren, nur eine Generation dauert, bis der Flüchtling zum Flaneur wird.» Dem Reisenden, einer der beiden Hauptfiguren in ‹Land›, war das vergönnt – in der Literatur. Inwieweit das auf die Abertausenden zutrifft, die vornehmlich aus Syrien nach Deutschland geflüchtet sind, bleibt abzuwarten.

Perikles Monioudis

Michael Köhlmeier im dtv

»Köhlmeier war immer ein Geschichten-Erfinder von Rang, ein Fabulierer wie aus vergangenen, vormodernen Tagen.«
Ulrich Weinzierl in ›Die Welt‹

Abendland
Roman

ISBN 978-3-423-**13718**-8

Die Lebensgeschichten eines exzentrischen Mathematikers, Weltbürgers und Jazz-Fans und seines Biographen.

Die Musterschüler
Roman

ISBN 978-3-423-**13800**-0

In einer Schulklasse war ein Mitschüler zusammengeschlagen worden – 25 Jahre danach wird die Vergangenheit wieder aufgerollt.

Bleib über Nacht/Geh mit mir
Zwei Romane

ISBN 978-3-423-**13855**-0

Über eine schwierige Liebe während des Krieges und einen Sohn, der, lang danach, dem Geheimnis seiner Familie auf die Spur kommt.

Idylle mit ertrinkendem Hund
Roman

ISBN 978-3-423-**13905**-2

Zwei Männer sehen, wie ein Hund ins Eis einbricht. Einer holt Hilfe. Der andere kriecht auf einem Ast zu dem Hund und spürt, dass er ihn nicht retten kann …

Madalyn
Roman

ISBN 9778-3-423-**14127**-7

»Seine Heldin ist ein zauberhaftes seelenstarkes Geschöpf, das beim Lesen den Hunger nach großen Gefühlen weckt.« (Gabriele Killert, ›Die Zeit‹)

Spielplatz der Helden
Roman

ISBN 978-3-423-**14252**-6

Drei Südtiroler brechen zu einer Expedition durch Grönland auf. Die Durchquerung entwickelt sich zu einem aberwitzigen Psychodrama.

Die Abenteuer des Joel Spazierer
Roman

ISBN 978-3-423-**14323**-3

Joel, geboren 1949 in Budapest, wächst bei seinen Großeltern auf und ist vier Jahre alt, als diese von Stalins Schergen abgeholt werden.

Zwei Herren am Strand
Roman

ISBN 978-3-423-**14468**-1

»Der Staatsmann und der Clown: Zwei brillante Denker, die gemeinsam Methoden entwickeln, dem Selbstmord zu entgehen.« (Kulturspiegel)